Yann Sola

JOHANNISFEUER

Ein Südfrankreich-Krimi

Kiepenheuer & Witsch

MIX
Papier aus verantwortungsvollen Quellen
FSC® C083411
FSC
www.fsc.org

Verlag Kiepenheuer & Witsch, FSC® N001512

1. Auflage 2019

Umschlaggestaltung: Sabine Kwauka
Umschlagmotiv: © Stephane Fauvel
Karte: Oliver Wetterauer
Gesetzt aus der Scala Serif
Satz: Buch-Werkstatt GmbH, Bad Aibling
Druck und Bindung: CPI books GmbH, Leck
ISBN 978-3-462-05277-0

ERSTER TEIL

KAPITEL 1

Perez parkte seinen Wagen auf dem Col des Gascons, einem Bergsattel oberhalb von Banyuls-sur-Mer. Kaum hatte er die Tür aufgedrückt, schoss sein Hund Hippy auch schon aus dem überhitzten Fahrzeug hinaus. Die Hinterbeine sprungbereit eingeknickt erwartete er sein korpulentes Herrchen auf dem glühend heißen Parkplatz. Perez brauchte etwas länger, um sich aus dem Sitz zu schälen. Der Kangoo ächzte erleichtert auf, als er es endlich geschafft hatte.

Hippy lief voraus, er kannte sich aus, schließlich kamen sie seit nunmehr fünfzehn Tagen hierher, fast immer zur gleichen Stunde, um das zu absolvieren, was Perez »Höhentraining« nannte. Zwar stellte der recht breite und zumeist ohne Steigung verlaufende Weg auch für ungeübte Wanderer kaum eine Herausforderung dar, doch Perez hoffte, sich hier oben, rund dreihundertfünfzig Meter über dem Meer, schon einmal an die Höhenluft gewöhnen zu können.

Er hatte Stéphanie, der Tochter seiner Lebensgefährtin Marianne, ein höchst uneigennütziges Geschenk gemacht: Er hatte versprochen, mit ihr auf den Canigou, den heiligen Berg der Katalanen, zu steigen. Und zwar, wie der Brauch es von einem guten katalanischen Vater verlangte, zur Sommersonnenwende, wenn in der Nacht vom 23. auf den 24. Juni oben auf dem Gipfel in dreitausend Metern Höhe das Johannisfeuer entfacht wurde. Von dort aus brachten dann die Abgesandten aller katalanischen Gemeinden von Perpignan bis Barcelona eine lodernde Fackel zurück in ihre Dörfer und entzündeten *les feux de la Saint-Jean.* Anschließend wurde ausufernd gefeiert.

Langsam setzte Perez seine müden Knochen in Bewegung. Zu seiner Rechten stieg der Berg steil an. Würde man dem ausgetretenen Pfad zwischen blühenden Ginsterbüschen folgen, käme man nach zweihundert Höhenmetern zu den Ruinen einer Verteidigungsanlage, von wo aus eine betonierte Straße direkt zum Tour de Madeloc führte. Unmöglich, dachte sich Perez jeden Tag aufs Neue, eine solche Steigung zu meistern. Da ließ er seinen Blick doch lieber talwärts schweifen. Weinstöcke, so weit das Auge reichte, auf kunstvoll terrassierten Parzellen. Die rot-braunen Schiefer- und Tonböden trugen das Gold der Region. Der Anblick der prallvoll hängenden Reben hatte auf Perez eine beruhigende Wirkung. Ganz weit unter ihm erstreckte sich das in der Sonne glitzernde Mittelmeer bis zum Horizont. Perez stöhnte lustvoll.

Vor einem halben Jahr, genauer gesagt, als eine gewisse Dame, die kurz darauf tot aufgefunden worden war, den Beagle Hippy in einer Nacht-und-Nebel-Aktion in seiner Wohnung abgeladen hatte, war Perez, zuvor ausgewiesener Bewegungsphobiker, zum Fußgänger geworden. Jeden Tag schlenderte er seitdem mit seinem Hund durch die Gassen von Banyuls, deutlich häufiger, als es das sogenannte *Geschäft* des Tieres verlangt hätte. Aber dass er durch diese häufig durch kurze Plaudereien mit Bekannten und Freunden unterbrochenen Spaziergänge die notwendige Kondition aufbaute, um eine Bergbesteigung nahe der Todeszone durchzustehen, bezweifelte er. Und so hatte er sich entschlossen, dieses Höhentraining zu absolvieren. Auch wenn er es niemals öffentlich zugegeben hätte, tat ihm die Bewegung gut und machte ihm, im Rahmen des Möglichen, sogar Spaß.

Und erst das Zusammensein mit seinem neuen Freund Hippy – wie sehr hatte er sich an ihn gewöhnt, wie sehr war ihm das Tier innerhalb kürzester Zeit ans Herz gewachsen. Ihm, der früher nur beleidigende Worte für Hundebesitzer übrig gehabt hatte. Es war ihm unmöglich, sich ein Leben ohne Hippy vorzustellen, ihn gar wieder abzugeben, wie er es zunächst vorgehabt hatte. Tage, an denen er den Hund bei Stéphanie, Marianne oder seiner leiblichen Tochter Marie-Hélène zurücklassen musste, gehörten nicht zu den glücklichen. Manchmal ließ er ihn auch bei Haziem im *Conill amb Cargols,* seinem Restaurant unten in Banyuls. Die beiden waren ebenfalls ineinander vernarrt. Was für Perez ein Segen war. Wie viel von Hippys Liebe auf das grandiose Futter zurückzuführen war, das er von dem Koch erhielt, fiel ins Reich der Spekulation.

Die ersten Schritte waren immer besonders schwer. Die Gelenke knackten zum Fürchten, die Sehnen und Bänder schmerzten. Allein der gute Wille trieb ihn voran.

Kaum war er um die erste Kehre spaziert, hielt er auch

schon wieder inne, stellte den Rucksack ab und wühlte darin herum.

»Verdammte Hitze«, murmelte er und sah sich vorsorglich nach allen Seiten um. Erst als er sicher sein konnte, dass kein anderes menschliches Wesen in der Nähe war, zog er eine Kappe hervor und setzte sie auf. Beleidigend beige war sie, hatte einen überlangen Schirm und auf der Rückseite flatterte eine Art Plane, die Nacken und Ohren bedeckte. Marke: *Légion étrangère.*

Bis nach Perpignan war er gefahren, um dieses Accessoire des Grauens zu erstehen. In einem Geschäft, in dem er von niemandem erkannt werden konnte.

Nach einer halben Stunde in gemächlichem Tempo hörte Perez Hippy, der bereits hinter der nächsten Wegbiegung verschwunden war, aufgeregt bellen. Sie befanden sich kurz vor dem Punkt, an dem sie immer umkehrten, noch vor der ersten Steigung, die er sich für die letzten Tage der Vorbereitung aufsparen wollte. Man musste es ja nicht gleich übertreiben. Er war schon voller Vorfreude auf die Rast, die er an dieser Stelle einzulegen pflegte. Für gewöhnlich setzte er sich am Straßenrand ins verdorrte Gras, zog sein klitschnass geschwitztes Hemd aus, legte es ausgebreitet neben sich, damit die Sonne es trocknete, und machte sich über die Vesper her, die, von Haziem liebevoll zubereitet, in seinem Rucksack steckte. An diesem Tag war es eine frische, knusprige Baguette, aufgeschnitten, mit etwas Nussöl beträufelt und mit reichlich *Jambon à l'os,* feinstem Kochschinken, und etwas Rauke belegt. Alles getoppt von *Moutarde à l'ancienne,* der mit milder Schärfe das Geschmackserlebnis abrundete. Eine einfache, aber köstliche Brotzeit. Dazu eine Dose Jahrgangssardinen, die ihm Eustache, der alte Grantler aus Collioure, seit letztem Jahr nach elendig langen Verhandlungen endlich ins *Conill* lieferte. Selbstredend befand sich auch ein *Petit Rouge* im Rucksack, tatsächlich nur eine halbe Flasche, schließlich war er ja jetzt ein Sportsmann – irgendwie jedenfalls.

Perez lauschte. Hippy bellte so gut wie nie, höchstens knurrte er ein wenig. Tat er es doch, war etwas Ungewöhnliches im Gange oder gar Gefahr im Verzug.

Oder war es gar nicht Hippy gewesen, hatte da ein anderer Vierbeiner gebellt? Wäre dies der Fall, würde er hinter der Kurve ziemlich sicher auch auf Menschen treffen.

Vorsichtshalber riss er sich die Kappe vom Kopf und stopfte sie in die tiefen Taschen seiner Shorts. Schnell fuhr er sich mit den Fingern durch die schwarzen schweißnassen Locken und versuchte sich an einem ungezwungenen Wandererlächeln, obwohl ihm gerade nicht danach war.

Der letzte Abend auf Mariannes Dachterrasse steckte ihm noch in den Knochen. Es war wunderbar mild gewesen, so ganz ohne Wind. Marianne hatte ihn bekocht, was sie ausgesprochen selten tat, und er hatte einen seiner besten Weine geöffnet. Vielleicht war es am Ende doch ein Glas zu viel gewesen.

Er gab sich einen Ruck und umrundete entschiedenen Schrittes die Felsnase. Nun sah er den Grund für das Gebell wenige Meter vor sich im Staub. Ein regloser Körper lag zusammengekrümmt mitten auf dem Weg. Und daneben Hippy, der hilfesuchend sein Herrchen ansah und dabei herzerweichend winselte.

KAPITEL 2

Perez näherte sich vorsichtig. Sein Puls raste. Was tat man in so einer Situation? Die Bergwacht rufen? Gab es so etwas überhaupt an der Côte Vermeille? In Banyuls jedenfalls nicht. Einen Hubschrauber anfordern? Die Polizei verständigen?

Er zwang sich zur Ruhe und ging in die Hocke. Vorsichtig stieß er mit dem Finger gegen die Schulter der Person. Er wartete viel zu lange auf eine Reaktion, die nicht kam. Das Gesicht lag im Staub.

»Hallo«, sagte er überflüssigerweise, bevor er sich tiefer hinabbeugte und dabei feststellte, dass es sich um eine Frau handelte. Mit einem ausgemergelten, fast schon knabenhaften Körper und sehr kurz geschnittenem Haar.

Er versuchte herauszufinden, ob noch Leben in ihr steckte, ob sie noch atmete. Er fasste ihr an den Hals, er hatte keine Übung in derlei Dingen, wusste aber, dass man durch das Anlegen von Daumen und Zeigefinger den Puls fühlen konnte. Und tatsächlich war ihm, als schlage dort etwas.

»Sie lebt noch«, rief er Hippy zu, der jede seiner Bewegungen aufgeregt verfolgte. Der Hund winselte. »Ich weiß doch auch nicht …«, sagte Perez, zog sein Handy aus der Tasche und wählte Mariannes Nummer. Sie war praktischer veranlagt als er und würde sofort wissen, was zu tun war.

Nachdem er ihr in raschen Worten die Lage geschildert und erklärt hatte, wo genau er sich befand und wie man dorthin gelangte, befahl sie ihm, nichts zu unternehmen, bis der Notarzt eingetroffen war.

»Notarzt«, sagte er zu Hippy, nachdem er das Gespräch beendet hatte. Wieder bellte der Hund, als wollte er ihm mitteilen, dass er auf diese Idee auch selbst hätte kommen können. »Besserwisser«, knurrte Perez und ließ sich ins Gras sinken. Das Gesicht blass, eine Hand ruhte auf dem Körper der leblosen Frau.

So saß er auch noch da, als Marianne eine Viertelstunde später eintraf, noch vor dem Krankenwagen. Perez war keineswegs überrascht, sie war eben eine Frau der Tat.

Doch sie kam nicht allein. Kurz darauf stand nicht nur Perez' Schwiegersohn Jean-Martin – *le grand échalas,* die Bohnenstange, wie er hinter vorgehaltener Hand genannt wurde – neben ihnen, es kletterte auch noch Stéphanie aus dem Wagen. Sie starrte betreten auf die Szenerie, Tränen schossen ihr in die Augen.

»Marianne!«, sagte Perez, während er versuchte, auf die Beine zu kommen. »Das ist doch kein Anblick ...«

Weiter kam er nicht, weil seine Freundin ihn grußlos beiseiteschob, um sich über die Frau zu beugen.

»Stell dich so, dass sie im Schatten liegt!«, wies sie ihre Tochter an. »Perez! Du daneben. Jean-Martin, du auch. Steht nicht so rum. Na los, macht schon. Perez, gib mir dein Wasser.«

Sie sprach, ohne den Blick von der Bewusstlosen abzuwenden. Als nichts in ihrer nach hinten ausgestreckten Hand landete, drehte sie sich den drei Schattenspendern zu. Perez hob entschuldigend die Rotweinflasche hoch. Er benutzte Wasser ausschließlich zum Waschen. Den Vorwurf in Mariannes Blick beantwortete er mit einer trotzigen Geste, die so viel besagte wie: »Wasser? Also wirklich nicht.«

Marianne schaute zu Jean-Martin an Perez' Seite. Das Gesicht des Dürren war weiß wie ein Kreidefelsen.

»JeMa, du hast doch immer eine Wasserflasche in deiner Umhängetasche«, sagte sie. Der Angesprochene nickte. »Also?«

»Wir sind so hektisch aufgebrochen ...«

»Verdammt!« Marianne wendete sich wieder der Frau zu. Sie hob ihren Kopf leicht an. Mit einem sauberen Taschentuch wischte sie ihr den Dreck aus dem Gesicht. »Das ist doch ... dieses Mädchen«, sagte sie mit Erstaunen in der Stimme – »Wie heißt sie denn noch gleich?«

Perez legte die Stirn in Falten.

»Stimmt«, sagte er leise. »Jetzt wo du es sagst, kommt sie mir auch irgendwie bekannt vor.«

»Es ist das Mädchen, das damals ...«, rief Marianne in diesem Augenblick. »Ganz bestimmt ist sie das. Die Tochter von, ach, ich komme nicht auf den Namen. Das gibt's doch gar nicht.«

Auch Perez erinnerte sich an die ganzseitigen Suchanzeigen, die seinerzeit im *L'Indépendant* abgedruckt worden waren. Allerdings hatte sich das Mädchen stark verändert.

»Wie lange ist das her?«, fragte er, erhielt aber keine Antwort.

Ihr Verschwinden hatte vor einigen Jahren für viel Aufruhr gesorgt. Vor allem deshalb, weil niemand im Ort je von der Familie des Mädchens gehört hatte. Kein Wunder also, dass ihm der Nachname jetzt nicht einfiel.

»Granado!« Marianne schrie es förmlich. Die umliegenden Berge warfen das Echo zurück.

»Granado«, bestätigte er, nur halb überzeugt.

»Ambre«, flüsterte Marianne, als wollte sie das Echo überlisten.

»Ambre Granado«, setzte Perez beide Informationen zusammen. »Was ist ihr bloß zugestoßen?«

In diesem Augenblick hörten sie in der Ferne die Sirenen der Ambulanz. Es dauerte noch eine Ewigkeit, bis der Krankenwagen um die Kurve schaukelte.

Perez lief hinüber zu den Pompiers und überschüttete die beiden Sanitäter und den Notarzt mit Informationen und Fragen.

»Beruhigen Sie sich mal und lassen Sie uns unsere Arbeit machen«, sagte der Arzt, den Perez noch nie zuvor gesehen hatte. Die Sanitäter schoben ihn zur Seite und knieten sich neben den leblosen Frauenkörper. Perez und die anderen standen abseits und verfolgten gebannt jeden ihrer Handgriffe. Irgendwann rief der Mediziner über die Schulter:

»Sie wird wieder. Keine akute Lebensgefahr. Kennt einer von Ihnen die Frau?«

Alle schüttelten den Kopf. Ein Reflex. Eine Obrigkeitsallergie. Hier in der Gegend pflegte man seine Vorurteile noch und gab sie an die nächste Generation weiter.

»Armes Mädchen! Was ist ihr bloß geschehen?«, flüsterte Marianne. Sie hielt ihre Tochter dabei im Arm. »Ich frag mal, ob ich mitfahren darf.«

Die Übrigen sahen sie an.

»Warum?«, ergriff Perez das Wort. »Jetzt geht uns die Sache doch nichts mehr an. Die Flics werden ihre Eltern benachrichtigen und ihnen die glückliche Nachricht überbringen. Ihre Tochter lebt! Sie werden außer sich sein vor Glück.«

»Ganz bestimmt werden sie das. Aber ich will bei dem Mädchen bleiben, bis sie sich sicher in der Obhut ihrer Eltern befindet. Kannst du mich später in Perpignan abholen?«

»Na gut, meine schöne Samariterin. Wenn du dich damit besser fühlst.«

Es war großartig, mit einer Frau zusammen zu sein, der ihre Mitmenschen nicht gleichgültig waren, die sich einmischte und immer bereit war, zu helfen. Auch wenn er es in diesem Fall für unsinnig hielt. Seiner Meinung nach hätte Stéphanie ihre Mutter nach diesem Schock eher gebraucht als diese Ambre. Dann würde er sich eben um die Kleine kümmern. Mutter und Stiefvater konnten sich die elterlichen Pflichten ebenso gut teilen wie Mutter und leiblicher Vater. Hoffentlich sah Stéphanie das auch so.

»Stellt euch vor, sie wacht auf und sieht in lauter fremde Gesichter«, verteidigte Marianne ihren Plan. »Die der Polizisten, womöglich das des Elsässers? Nach allem, was sie vielleicht durchgemacht hat? Das muss man doch verhindern ... Was seht ihr mich so an?«

»Fremde Gesichter?«, sagte Stéphanie.

»Wir sind uns nicht fremd. Wir kennen uns. Ist lange her.«

»Ach ja«, sagte Perez. »Jetzt machst du mich aber neugierig. Woher?«

Der Motor des Krankenwagens startete. Marianne blieb die Antwort schuldig. Sie lief zu dem Notarzt, unterhielt sich kurz mit ihm, woraufhin der sie einsteigen ließ.

»Was ist dir geschehen, Ambre Granado?«, rief Perez der entschwindenden Ambulanz hinterher.

»Das werden wir schon herausfinden«, sagte Stéphanie und drückte dabei seinen Arm.

Perez stöhnte auf, und es war nicht die Hitze, die ihm zusetzte.

KAPITEL 3

Auf dem Rückweg nach Banyuls fuhr Perez absichtlich einen Umweg. Bevor er sich nicht ganz sicher war, dass Stéphanie mit dem Gesehenen gut umgehen konnte, wollte er sie nicht allein lassen.

»Es ist alles okay, Perez, wirklich«, versicherte ihm seine Ziehtochter zum wiederholten Mal. »Brauchst dir keine Sorgen zu machen. Ich habe mich bloß erschrocken, weil sie wie tot dalag. Aber jetzt, wo der Arzt gesagt hat, dass sie nicht in Lebensgefahr schwebt, ist alles gut. Du kannst mich zu Hause absetzen. Außerdem bin ich ja nicht allein, Jerry wartet auf mich.« Sie lachte. »Er hat mir schon zehn Nachrichten geschickt – mindestens.«

Perez knurrte. »Ist das jetzt eigentlich was Ernstes zwischen dir und diesem Jérôme?«

Stéphanie hatte den Jungen auf einer Jugendfreizeit der katholischen Kirche kennengelernt – schon die Ankündigung, dass sie mit einer kirchlichen Organisation zu verreisen beabsichtige, hatte für eine heftige Auseinandersetzung zwischen Mutter und Tochter gesorgt. In der sich die Kleine allerdings tapfer durchgesetzt hatte. Aus den aufgeregten Diskussionen im Vorfeld hatte Perez sich herausgehalten – nun war Stéphanie das erste Mal in ihrem

Leben verliebt, was sie natürlich abstritt. Der Junge war ganz in Ordnung, soweit der erste Freund der Tochter überhaupt in Ordnung sein konnte. Sie nannte ihn Jerry, weil sie den Namen Jérôme doof fand.

Kaum hatte er Stéphanie vor ihrer Wohnung abgesetzt und im Seitenspiegel beobachtet, wie die beiden jungen Leute sich begrüßten – mit den üblichen unverfänglichen Wangenküssen –, erhielt er auch schon einen Anruf von Marianne aus Perpignan. Der Fahrer der Ambulanz musste wie ein Verrückter gefahren sein.

Sie war empört. »Stell dir mal vor«, sagte sie ohne Begrüßung. »Das Krankenhaus hat sofort nach unserem Eintreffen die Polizei verständigt. Vorschrift, hat der Typ gemeint. Was für ein Crétin!«

Perez lachte. »Natürlich haben sie die Polizei verständigt. Was denkst denn du? Eine Frau wurde bewusstlos in den Bergen aufgefunden. Sie werden sie befragen, sobald sie vernehmungsfähig ist und natürlich die Eltern informieren. Normale Polizeiarbeit. Warum regst du dich so auf?«

»Das hätte ich ihr gerne erspart. Wer weiß, wie unsensibel die Polizisten hier wieder auftreten.«

»Wer weiß, ja, aber das kann uns doch eigentlich egal sein. Mein Gott, was hast du denn mit dieser Frau, woher kennst du sie überhaupt? Wir haben doch damit nichts zu schaffen. Ich habe sie gefunden, wir haben getan, was getan werden musste, und nun ist sie in Sicherheit und in medizinischer Betreuung. Alles ist gut, Marianne.«

»Ich bitte dich, du hast doch gesehen, in welchem Zustand sie ist. Wer weiß, was die Arme durchlitten hat. Und gerade dein Freund Boucher ist ja nicht eben berühmt für seine mitfühlende Art und seinen liebevollen Umgang mit Menschen. Sie sollte sich erst einmal bei ihrer Familie erholen können. Danach … nun ja …«

»Ich verstehe, dass dir das nahegeht, schließlich kennst du das Mädchen. Aber genau das werden die Bullen tun, sie werden sie zu ihrer Familie zurückbringen, wenn sie die Umstände ihres Verschwindens geklärt haben.«

»So etwas würde ich für jeden tun, ob ich die Person kenne oder nicht spielt keine Rolle, das ist doch selbstverständlich.«

»Hast ja recht.«

Perez atmete durch. »Mach dir mal keine Sorgen«, schob er beschwichtigend nach. »Bei unserer Polizei dauert sowieso alles länger. Boucher wird nicht persönlich auftauchen. Da kommen die einfachen Beamten, die zuerst mal den Papierkram erledigen. Noch weiß ja niemand, dass sie vermisst wird. Sie hatte doch keinen Ausweis dabei, oder?«

»Nein.«

»Na, siehst du, dann sind sie für eine Weile beschäftigt. Außerdem können die Beamten sie erst befragen, wenn die Ärzte grünes Licht dafür geben. Das wird heute in keinem Fall etwas. Du hast also genügend Zeit, die Dinge so zu regeln, wie du es für richtig hältst.«

»Ich habe den Schwestern in der Aufnahme ihren Namen genannt, das musste ich ja wohl.«

»Weniger gut. Dann sehen die Flics natürlich nach, ob ihr Name in irgendwelchen Akten auftaucht. Aber was soll's, ist doch gut, sie rufen die Leute an und die kommen ihre Tochter holen.«

»Damals war sie etwas fülliger«, sagte Marianne.

Perez schwieg, er wusste nicht, was seine Freundin damit sagen wollte.

»In jedem Fall trug sie ihr Haar lang, sie war ein strahlend schönes Mädchen. Und nun liegt da eine ausgezehrte Frau mit Kurzhaarfrisur, die wesentlich älter aussieht, als sie ist.«

»Apropos, wie alt wird sie wohl sein?«

»Zweiundzwanzig ... dreiundzwanzig, ich erinnere mich nicht mehr, wann genau sie verschwunden ist. Stéphanie muss damals so zehn oder elf gewesen sein. Das hat mir einen derartigen Schock versetzt, dass ich meine Kleine wochenlang nicht aus den Augen gelassen habe. Was sollen wir jetzt machen, Perez? Du kennst dich doch gut aus. Du weißt, wie man Polizeiarbeit behindert.«

Er kratzte sich am Kopf. Was war nur los mit Marianne? Er konnte beim besten Willen nicht verstehen, wo hier das Problem lag.

»Ich behindere niemals, ich helfe!«, sagte er, um irgendetwas zu antworten und beschloss gleichzeitig, im Ungefähren zu bleiben. »Man muss einfach nur ein wenig schneller als die Beamten sein. Und das ist hier unten nicht soooo schwer.« Dann kam ihm die Idee, wie er sich aus der Situation befreien konnte. »Wenn du willst, fahre ich jetzt gleich zu diesen Granados und sorge dafür, dass sie noch vor der Polizei bei ihrer Tochter sind. Dann ist doch alles bestens, oder nicht? Das ist es doch, was du möchtest, wenn ich dich richtig verstehe.«

»Wenn sie dich reinlassen.«

Perez lachte laut. »Die Granados? Warum denn nicht?«

»Sie sind sonderbar.«

»Daran erinnere ich mich dunkel, das erzählte man sich damals. Aber warum sollten sie mich nicht reinlassen?«

»Gegenfrage: Kennst du jemanden, der mit ihnen befreundet ist?«

»Ich weiß mir schon zu helfen. Also?«

»Was?«

»Soll ich nun oder nicht?«

»Was?«

»Na, hinfahren!«

»Du könntest schon weg sein.«

»Okay! Wo finde ich die Familie?« Marianne nannte ihm die Adresse. Perez zuckte zusammen. »Die Fremden?«, stammelte er. »Das sind sie?«

»Wie bitte?«

»An der Straße gibt es nur ein einziges Wohnhaus. Es steht mitten in den Weinbergen. Und ich kenne die Umgebung wie meine Westentasche. Es liegt direkt gegenüber von Antonios Erdbunker.«

»Dann kannst du es ja nicht verpassen.«

»Wird sie denn wieder? Ich meine, was soll ich den Leuten sagen – sollten sie mit mir sprechen?«

»Die Ärzte haben sich nichts entlocken lassen. Bisher haben wir nur die Aussage des Notarztes: ›Sie wird schon wieder, es sieht nicht lebensbedrohlich aus‹ und einige Infos von meiner Freundin Babette, du erinnerst dich doch an sie? Mittelgroß, schwarze Haare, aus Elne.« Die

Beschreibung trifft auf neunzig Prozent der katalanischen Frauen zu, dachte Perez, sagte aber nichts. »Sie ist hier Krankenschwester und hilft mir, so gut sie kann.«

»Also?«

»Aus Sicherheitsgründen, um auszuschließen, dass Ambre einen Schlaganfall hatte, wird sie in die Röhre geschoben, das hat sie mir anvertraut. Danach werden sie überprüfen, ob sie vielleicht Diabetikerin ist. Jedenfalls, ganz egal, wie das hier weitergeht, wenn das Mädchen aufwacht, soll sie vertraute Gesichter sehen, nicht irgendwelche Bullenfressen.«

»Bullenfressen? Marianne, ich erkenne dich kaum wieder. Es ist schon ein bisschen komisch, dass ausgerechnet du gegen das Einschalten der Polizei bist, das ist dir klar, oder?«

Ein ewiger Streitpunkt zwischen ihnen.

»Ich habe andere Beweggründe als du, mein Bester. Und im Gegensatz zu dir habe ich keine Angst vor der Polizei.«

»Aber eine Freundin der Staatsmacht scheinst du mir auch nicht gerade zu sein.«

»Bin ich auch nicht. Aber deine undifferenzierte Abneigung ... Ist ja jetzt auch völlig egal ...«

»Ich fahre los, Marianne. Es wird nicht lange dauern, dann werden die Granados bei ihrer Tochter sein. So lange kontrollierst du da drüben das Geschehen. Die armen Ärzte! Sie tun mir jetzt schon leid ...«

KAPITEL 4

Perez fuhr in Richtung Col de Banyuls, nach seiner schweißtreibenden Sporteinheit hätte er gerne geduscht, doch dazu war keine Zeit. Hippy lag eingerollt und von den aufregenden Ereignissen ermüdet auf dem Beifahrersitz. Den Fußraum lehnte das Tier kategorisch ab.

Kurz hinter dem Musée Maillol bog er in die Straße ein, die hinauf in die Weinberge führte. Am Ende der Can Raphalet stand das Haus der Granados, von einer alten Steinmauer vor neugierigen Blicken geschützt. Aber wer sollte hier oben schon vorbeikommen?

Die Weinberge reichten bis unmittelbar an die Grundstücksgrenze, auf der anderen Seite fiel das Gelände steil ab, es war durch harte Sträucher, Wurzelfallen und scharfkantige Felsstücke nahezu unzugänglich.

Perez stieg aus, öffnete seinem vierbeinigen Freund die Beifahrertür und sah sich um. Ein paar Meter entfernt befanden sich die Überreste eines alten Bunkers, so gut wie unsichtbar, so sehr waren sie von Moos und Gräsern überwuchert. Die Eingangstür war doppelt gesichert, wie er wusste.

Perez kannte das Terrain, es gehörte nicht zum Haus der Granados, auch wenn es direkt gegenüberlag. Der

Winzer, ein alter Kauz, hielt dort einige Flaschen versteckt, um die man sich an der Côte Vermeille riss wie um kaum etwas anderes. Die Reben, die die Trauben für diese Köstlichkeit lieferten, wuchsen nicht auf diesen eher kargen Böden, sondern auf einem Stück Land oberhalb des Cap l'Abeille. Der Wein hieß *Creus* und verhalf Perez zu seinem bescheidenen Reichtum, der Winzer war sein Vater Antonio.

Perez war schon oft mit ihm hier heraufgefahren. Wenn sein eigener Vorrat nicht mehr ausreichte, um die Nachfrage zu befriedigen, und er seinen Vater deshalb bitten musste, ihm mit einigen Flaschen aus dessen Bestand auszuhelfen. Antonios Anteil ging niemals zur Neige, er war zu geizig, den teuren Tropfen selbst zu trinken. Aber sooft Perez auch schon hier oben gewesen war, er hatte noch nie jemanden in dem großen Haus gegenüber gesehen. Laut Antonio wohnten »Fremde« auf dem Anwesen, mehr war nicht aus ihm herauszubekommen. Wahrscheinlich wusste er tatsächlich nicht, wer sie waren, weil er sich nicht für andere Menschen interessierte.

Perez erinnerte sich, dass das verfallene »Mas«, wie man freistehende alte Gutshöfe in Katalonien nannte, ehemals einem Schäfer als Unterschlupf gedient hatte, bevor es vor langer Zeit an einen Lyoner Rechtsanwalt veräußert worden war. Der hatte es mit erheblichem Aufwand restauriert und wieder bewohnbar gemacht. Als seine Frau verstarb, wechselte das Haus erneut den Besitzer. Seit einer halben Stunde wusste Perez nun auch, wer es dem Juristen abgekauft hatte: die Familie Granado.

»Sehen wir mal nach, ob die Fremden zu Hause sind,

was, Hippy?«, sagte er und legte den Finger auf die Klingel.

Als sich auch nach mehrfacher Wiederholung nichts rührte, drückte er die Klinke nieder. Die Holztür war verschlossen. Normalerweise ließen die Menschen an der Côte Vermeille, zumindest die Einheimischen, ihre Häuser selbst bei längerer Abwesenheit offen stehen, kleine Hoftore wie dieses allemal. Oftmals steckte sogar der Schlüssel – von außen. Nicht so bei den »Fremden«.

»Hallo«, rief Perez einige Male, ohne Gehör zu finden. Er stieg zurück in den Wagen, wendete und parkte den Kangoo so dicht neben der Mauer, dass er auf die Motorhaube klettern und von dort einen Blick auf das eigentliche Haus werfen konnte.

Mitten im gepflasterten Hof stand eine alte Zisterne, ebenso liebevoll aufgearbeitet wie der Rest des Anwesens. In vernünftigem Abstand zu dem Brunnen wuchsen zwei Zypressen. Zwischen ihnen hing eine bunte Hängematte. Etwas tiefer hangabwärts glitzerte das Wasser eines in den Felsen gesprengten Swimmingpools in der Sonne.

Perez war so fasziniert von diesem Idyll, dass er für einen Moment vergaß, weshalb er gerade Beulen in seine Motorhaube drückte. Er riss den Blick vom Garten los und ließ ihn prüfend über die Fassade des Hauses gleiten. Die petrolgrünen Fensterläden waren allesamt fest verschlossen.

Erneut rief er laut den Namen der Familie, bevor er, überzeugt, dass sich niemand im Haus befand, zurück auf die Straße sprang.

»Das hättest du sehen sollen, Hippy, wie diese Leute wohnen. Wirklich schön, so was könnten wir uns nicht leisten. Eine ungerechte Welt ist das, mein kleiner Freund. Ich rufe mal Haziem an.«

Ein leises Quieken war alles, was Hippy dazu zu sagen hatte.

Perez bat den Koch, für ihn die Telefonnummer der Granados herauszusuchen.

»Ich schaue gleich mal im Internet nach, wenn ich was finde, schicke ich's dir aufs Handy«, sagte der Maghrebiner. »Wer sind diese Leute? Hab den Namen noch nie gehört.«

»Fremde!«, antwortete Perez und lächelte. »Ich erkläre dir alles später. Danke, mein Großer. Was gibt's eigentlich heute zu essen? Ich sterbe vor Hunger.«

»Wir befinden uns auf einer Auslandsreise und sind bis auf Weiteres auf diesem Wege nicht erreichbar. Hinterlassen Sie keine Nachricht, der AB wird nicht abgerufen.«

Perez sah sein Telefon an, als wäre das schwarze Ding verantwortlich für die Ansage auf dem Anrufbeantworter der Familie Granado.

»Hast du Töne, Hippy? Was geht in der Birne von Leuten vor, die so was auf Band sprechen? Klingt geradezu wie eine Einladung für Einbrecher und Diebe, findest du nicht? Sehr leichtsinnig!«

Eine Handynummer hatte Haziem ihm nicht geschickt. Er dachte kurz nach, dann wählte er Mariannes Nummer.

»Im Ausland? Merde!«, fluchte sie, nachdem er sie

ins Bild gesetzt hatte. »Das kann dauern, bis sie wiederkommen. Soweit ich mich erinnere, fahren die häufiger in der Welt herum. Monsieur Granado ist Musiker und Forscher. Stets auf der Suche nach seltenen Instrumenten oder fremden Gesängen. Nach unbekannter Musik und so. Manchmal im Dschungel von Brasilien, manchmal auf Sumatra oder in entlegenen Dörfern des Himalaya.«

»Bei Gelegenheit, meine Liebste, solltest du mir erzählen, woher du diese ganzen Details über uns völlig fremde Leute kennst. Sag mir erst einmal, was ich jetzt machen soll.«

»Reg dich nicht gleich auf, Perez, ja? Bitte! Ich würde das Mädchen gerne zu mir nehmen, bis die Eltern wieder da sind. Oder zumindest so lange, bis sie zu Kräften gekommen und fähig ist, für sich selbst zu entscheiden, wie es weitergehen soll. Ich hätte kein gutes Gefühl, wenn sie hier im Krankenhaus bliebe oder in die Obhut der Polizei überstellt würde.«

»Marianne«, hob Perez, um Ruhe bemüht, an. Doch er konnte sich in dem kurzen und heftigen Gespräch, das nun folgte, nicht durchsetzen. Marianne hatte ihre Entscheidung längst getroffen. Und was das bedeutete, wusste er.

»Alors«, sagte er am Ende resignierend. »Was sollen wir nun machen?«

»Haben wir nicht bei Docteur Brossard noch etwas gut? Er könnte uns helfen.«

Perez schüttelte den Kopf, was sie natürlich nicht sehen konnte. Warum betrieb sie so einen Aufwand? Sicher, die Sache mit dieser Ambre war schlimm, aber mussten sie dafür den Gefallen einfordern? Er hätte sich das lieber für etwas wirklich Wichtiges aufgespart. Aber er konnte nichts dagegen sagen – Docteur Brossard stand weitaus tiefer in Mariannes Schuld als in seiner.

KAPITEL 5

Perez fuhr zurück nach Banyuls, neben ihm auf dem Beifahrersitz quengelte Hippy, er hatte seit dem frühen Morgen nichts zu fressen bekommen. Perez erinnerte sich an die Lunchbox, die noch im Rucksack steckte. Er hielt an, packte die liebevoll präparierte Baguette aus und teilte sie gerecht mit dem Hund. Mit dem Effekt, dass er danach erst so richtig hungrig war. Ein Blick auf Hippy zeigte, dass es dem Vierbeiner nicht anders erging.

»Das Leben ist nicht immer leicht, mein Bester«, stöhnte Perez. »Wir fahren jetzt zu Docteur Brossard. Aber danach, da lassen wir uns von Haziem was Ordentliches zubereiten, was hältst du davon?«

Ihm war, als nickte der Hund, wenn auch zögerlich. Hippy war Brechtianer: Erst kam das Fressen, dann die Moral. Perez hegte für diese Einstellung eine große Sympathie und er hatte schon allein deshalb nicht vor, sich lange bei Brossard aufzuhalten. Marianne hatte ihn beauftragt, die Möglichkeiten, Ambre Granado aus den Fängen des Krankenhauses zu befreien, gemeinsam mit Brossard auszuloten. Als Mediziner kannte der sich damit hoffentlich aus, schließlich war er selbst lange Jahre im Krankenhaus von Perpignan in leitender Position tätig gewesen, bevor er die Praxis vom Herrn Papa in Banyuls übernommen hatte. Es ging darum, das Mädchen, sobald es stabil war, nach Banyuls zu verlegen.

Er parkte den Kangoo mitten auf der Straße direkt vor der Praxis und stieg, nachdem er Hippy befreit hatte, die wenigen Stufen zum Eingangsportal hinauf. Die Sprechstundenhilfe, eine unscheinbare Mittvierzigerin, warf ihm, sobald sie den Hund in seinem Schlepptau bemerkte, einen tadelnden Blick zu. Hunde waren in der Praxis unerwünscht.

Perez scherte sich nicht darum. Er sah auch nicht ein, den Umweg über das brechend volle Wartezimmer zu nehmen. Stattdessen stürmte er unter den heftigen Protestrufen der Frau direkt in das Behandlungszimmer, wo er den Doktor bei einem Gläschen *Banyuls* überraschte.

»Würde ich auch nicht ablehnen«, rief Perez und ließ sich, ohne eine Aufforderung abzuwarten, in einen der bequemen Besucherstühle plumpsen.

Das Verhalten des Arztes wunderte ihn keinen Moment lang. Schließlich war ein volles Wartezimmer noch lange kein Grund, sich nicht ordentlich zu ernähren. Und ein Glas Wein, noch dazu von dieser Qualität, gehörte seiner Meinung nach ebenso zu den Grundnahrungsmitteln wie ein fangfrischer Fisch, einige hauchzarte Scheiben Jabugo-Jabugo, ein knackiger Salat, fette Schnecken, knusprige Baguette und ... Schluss damit! Er musste aufhören, ans Essen zu denken – sofort!

Nachdem er das ihm gereichte Glas mit dem größten Genuss geleert und die beiden Männer den neuesten

Klatsch ausgetauscht hatten, wobei Perez wie zufällig Brossards drogensüchtigen Sohn erwähnt hatte, den er und Marianne vor mehr als einem Jahr aus einer gewaltigen Bredouille befreit hatten, kam er zu seinem eigentlichen Anliegen.

In knappen Worten erzählte er, was vorgefallen war und weihte den Doktor danach in Mariannes Plan ein. Brossard lauschte, ohne Zwischenfragen zu stellen. Am Ende nahm er den Telefonhörer zur Hand und rief einen Kollegen an, der – so legte es das kurze Gespräch nahe – bei ihm ebenso in der Kreide stand wie er bei Perez und Marianne.

»Und du meinst«, sagte der Arzt gegen Ende des Telefonats, »dass es tatsächlich erforderlich ist, dass ich meinen Freund begleite, nur für diese blöde Unterschrift? ... Einer muss die Verantwortung übernehmen, ist doch klar ... Natürlich erinnere ich mich. Aber solange die Frau ... Die Vorschriften, wem sagst du das? ... Na schön, mein Bester, wir machen uns gleich auf die Socken, mein Wartezimmer ist zwar knüppelvoll, aber bei einem Notfall ... Hat Zeit bis morgen früh? ... Umso besser. Passt acht Uhr für dich?« Brossard sah, wie Perez mit den Armen fuchtelte. »Oh, warte mal ... Ich sehe gerade, dass ich um acht Uhr einen kleinen Eingriff vornehmen muss. Den kann ich unmöglich noch mal verschieben ... Zehn sagst du? Das passt wunderbar. Um zehn auf Station ... Ja, ich weiß, ich erinnere mich an das Zeitfenster der Visite. Danke, bis morgen dann!«

Brossard notierte die Uhrzeit auf einem Zettel und schob ihn Perez zu.

»Noch einen *Banyuls?*«, fragte er, ohne weiter auf das Gespräch einzugehen.

»Er ist ganz vorzüglich. Siebzehn Jahre im Fass gereift, was für ein herrlicher Tropfen, viel zu schade, um ihn achtlos wegzuschlürfen«, sagte Perez. »Draußen warten die Leute, ich will Ihre kostbare Zeit nicht noch länger in Anspruch nehmen. Hippy! Allez, wir lassen den Docteur seine Arbeit tun. Wir sehen uns morgen gegen halb zehn, ich hole Sie ab.«

»Um Punkt neun stehen Sie vor meiner Tür, sonst können Sie es vergessen.«

Perez knurrte anstelle einer Antwort, Hippy tat es seinem Herrchen gleich.

KAPITEL 6

Perez stieg die Stufen zu seiner Wohnung hinauf. Hippy, der leichtfüßig an ihm vorbeigeschossen war, erwartete ihn winselnd auf dem oberen Treppenabsatz.

»Gibt kein Fresschen, weißt du doch«, brummte er.

Normalerweise verließ Perez das Haus am späten Vormittag, um im *Catalan* zu frühstücken und kehrte erst irgendwann in der Nacht wieder heim, wenn er nicht bei Marianne schlief. Seiner Überzeugung nach blieb nur zu Hause, wer krank war – und das war er das letzte Mal im Alter von siebzehn Jahren gewesen. Das Gewese, das manche Menschen um die eigenen vier Wände machten, war ihm völlig unverständlich. Er kannte Leute, die darauf bestanden, einen Balkon oder gar einen Garten zu haben. Wozu? Wenn man an der frischen Luft sein wollte, konnte man sich doch auf die Terrasse eines Cafés setzen.

An diesem Spätnachmittag erschien ihm allerdings sein eigener Körpergeruch derart streng – was er auf den Stress des Erlebten zurückführte, denn für gewöhnlich roch er, selbst wenn er transpirierte, völlig neutral –, dass er sich frisch machen wollte.

Nach der schnellen Dusche verspürte er nur noch eins: einen gewaltigen Appetit. Zweimal schon hatte er in der

Zwischenzeit mit Haziem telefoniert, nur um sicherzustellen, dass auch ja noch alle Gerichte der Karte verfügbar waren. Wäre eins zur Neige gegangen, hätte er sich vorsorglich die letzte Portion reserviert, schließlich konnte er noch nicht abschätzen, auf was er später Lust haben würde. Genau genommen hätte er die jeweils letzten *drei* Portionen sperren müssen, denn er hatte sich mit Marianne und Stéphanie verabredet, die ebenfalls noch nicht gegessen hatten. Sie würden sich ausgiebig stärken und dabei sicher eine Menge Gesprächsstoff haben.

Als er wenig später mit knurrendem Magen und knurrendem Hund das *Conill* betrat – Hippy hatte einen Artgenossen vor der Tür getroffen –, traf er auf eine Gästerunde, die er nicht erwartet hatte. An einem Fünfertisch saßen zwei junge Burschen, etwa dreizehn oder vierzehn Jahre alt, daneben eine elegant gekleidete Dame jenseits der sechzig und eine etwa vierzigjährige, ebenso attraktive Frau. Am Kopfende schließlich thronte ein hagerer, aus dem Elsass zugezogener Typ, rothaarig und mit einer von Sommersprossen übersäten Haut.

»Monsieur le Commissaire«, rief Perez und winkte. »Was machen Sie denn hier? Mesdames, bonsoir«, wandte er sich an die Frauen. »Die jungen Herren! Gibt es etwas in der Familie Boucher zu feiern? Sind Sie etwa schon wieder befördert worden?«

»Ah, Perez, da sind Sie ja endlich. Habe die ganze Zeit von Ihnen und Ihrer Neigung zum Lukullischen gesprochen, das kann man doch so sagen? Und über den fabelhaften *Creus*. Sie wissen ja, dass meine Frau den über alles liebt. Das«, er wies auf die Tischgesellschaft, »ist meine Familie, aber das haben Sie ja schon erraten, bei Ihrem kriminalistischen Gespür. Auch davon habe ich schon viel erzählt.«

Perez war gar nicht glücklich über diese Gäste. Zu Beginn, als Boucher gerade erst nach Banyuls versetzt worden war, hatte er Haziem gebeten, ihn abzuweisen, falls er einen der begehrten Tische zu ergattern suchte. Nach und nach hatte er diese Regel gelockert. Dass die Bouchers hier nun in Mannschaftsstärke hockten, war für sich genommen nicht schlimm. Aber Perez gefiel nicht, dass Boucher, immerhin Vertreter der Staatsmacht, über seinen Delikatessenhandel sprach, den er am Rande der Legalität und komplett an der Steuer vorbei betrieb. Er wollte vor allem nicht, dass er über den *Creus* sprach, den er ausschließlich unter der Hand verkaufte. Ein Wein, dessen Trauben im Land wuchsen und von seinem Vater ebenfalls in der Gemarkung Banyuls gekeltert wurden, allerdings im Verborgenen, denn offiziell führte Perez die gesamte Ernte nach Spanien aus. Im Nachbarland wusste davon niemand, der Wein verschwand einfach im kleinen Grenzverkehr, ein Taschenspielertrick, der seinem Erfinder Perez über zweihundert Euro die Flasche einbrachte, denn den Mythos des *Creus* hatte er sorgsam aufgebaut. Weinfanatiker rissen ihm die streng limitierte Menge aus den Händen – zu welchem Preis auch immer.

Natürlich wusste Boucher von alldem nichts, trotzdem hatte es Perez einen Schauer über den Rücken gejagt, als er den Elsässer über den *Creus* reden gehört hatte.

Und es gab noch ein weiteres Problem mit Bouchers

Anwesenheit. Die übrigen Gäste des von Haziem geleiteten *Conill amb Cargols* waren zum großen Teil Winzer und Winzerinnen, in jedem Fall Banyulencs, und die mieden aus grundsätzlichen Erwägungen den Kontakt mit der Polizei. Die einzige Ausnahme bildeten die beiden Dorfpolizisten Moskowicz und Leblanc, die im Zweifelsfall immer zu ihren Landsleuten hielten.

Also würde Perez Haziem bitten, künftig doch wieder zur restriktiven Tischvergabepolitik zurückzukehren, schließlich durfte er weder sein Geschäft noch seinen guten Ruf aufs Spiel setzen.

All das schoss ihm durch den Kopf, während Boucher keckerte wie eine Möwe. Perez hatte gelernt, dieses verhasste Geräusch als Lachen zu verstehen.

»Der Geburtstag meiner Schwiegermutter«, sagte der Kommissar, als er sich wieder eingekriegt hatte. Dabei zeigte er auf die Ältere der beiden Frauen.

Charme kann man nicht lernen, dachte Perez und flötete: »Das glaube ich nicht!« Er strahlte die Dame an. »Wenn das stimmen würde, dann wäre Madame Boucher Ihre Tochter. Unmöglich, Boucher, Sie veralbern mich. Die Damen sind Schwestern, vermute ich …«

Das Gesülze stoppte erst, als Perez einen Arm auf der Schulter spürte. Marianne war unbemerkt hinter ihn getreten. Da er sie nicht hatte abholen können, hatte sie in Perpignan den Zug nehmen müssen und war nun direkt vom kleinen Bahnhof oben in den Weinbergen gekommen. Entsprechend abgekämpft sah sie aus.

Perez stellte sie der Familie Boucher vor. Der Kommissar nickte heftig. Wahrscheinlich hatte er auch schon über Marianne Finken gesprochen. So langsam kam Perez sich wie ein Tier im Zoo vor. Er kürzte die Sache ab.

»Ich wünsche Ihnen einen guten Appetit und einen schönen Abend«, sagte er und zog Marianne hinter sich her zu seinem reservierten Tisch direkt beim Tresen, hinter dem Haziem arbeitete.

Es war ein kleines Lokal. Nun mussten sie die ganze Zeit darauf achten, dass der Elsässer nichts von dem aufschnappte, was sie besprachen.

Nachdem Marianne aufgewühlt von den im Krankenhaus verbrachten Stunden erzählt und Perez seine Eindrücke vom Anwesen der Granados und seine Meinung zum Text auf deren Anrufbeantworter zum Besten gegeben hatte, aßen sie, was Haziem ihnen auftrug.

Der Küchenchef hatte seinem Chef und Freund nur in die Augen zu schauen brauchen, um zu wissen, wie es um ihn stand.

»Setz dich, geht gleich los«, hatte er ihn angewiesen und daraufhin Teller um Teller in die Mitte des Tisches gestellt.

Der Maghrebiner wusste, dass die Familie nichts mehr liebte, als von jedem Gang zu naschen. Private Teller waren im Hause Finken-Perez als spießig verpönt. Einzig Hippy hatte seinen eigenen Napf und seine eigene Menüfolge, die ihm direkt zu ihren Füßen serviert wurde. Hunde, die nur einen Gang aßen, bemitleidete Perez. Zu Beginn ihres gemeinsamen Lebens hatte der Hund durchaus Schwierigkeiten mit den kleinen Portionen gehabt, hatte dann aber, als eine nach der anderen vor ihm abgestellt worden war, das Prinzip verstanden. Inzwischen hatte er sich nicht nur daran gewöhnt, sondern regelrecht damit angefreundet. Mit ihm war eine neue Generation Vierbeiner auf die Bühne des domestizierten Haustiers getreten: der Gastrohund.

Seine zweibeinige Familie machte sich über eine Platte Jabugo-Jabugo her, das war der feinste Schinken, der in der Salamanca produziert wurde. Sie aßen verschiedene Croquetas, mit Blutwurst, Manchego oder Stockfisch gefüllt. Eine kalte, exzellente Gazpacho wurde aufgetragen, gefolgt von einigen Tellern Muscheln, Coques im eigenen Sud, mit altem Jerez-Sherry abgeschmeckt, Schwertmuscheln in Kräuterbutter, dazu mit Aioli und mie de pain gratinierte Miesmuscheln. Schließlich brachte Haziem noch ein ausgezeichnetes Taboulé sowie eine sanft unter der Salzkruste gegarte Dorade Royale.

Danach war Perez einigermaßen wiederhergestellt. Dabei war ihm nicht einmal aufgefallen, dass die beiden Frauen am Tisch seinem unstillbaren Heißhunger schon eine Weile nur mehr staunend zugesehen hatten. Stéphanie hatte nach der Gazpacho die Segel gestrichen, während Marianne nach den Muscheln das Besteck demonstrativ von sich weggeschoben hatte. Perez hingegen dachte noch intensiv über eine Käseplatte nach, schließlich hatten er und Hippy, das wurde gerne vergessen, intensiv Sport getrieben.

Während des Essens hatte Perez Marianne mit einem Gedanken überrascht, den sie im Flüsterton besprochen und am Ende für sehr gut befunden hatten.

Also stand Perez noch vor der Käseplatte auf und trat erneut an Bouchers Tisch.

»Wie wäre es mit einer Zigarette, Kommissar Boucher?«

Boucher, der als Ausdauersportler nur wenig Verständnis für die Nikotinsucht übrig hatte, folgte Perez dennoch in die warme Luft der südfranzösischen Sommernacht. Haziem brachte ihnen zwei Gläser Wein, sie stießen an und Perez rauchte seine Zigarette.

»Wie konnten Sie es nur im Elsass aushalten, Boucher?«, fragte Perez, während er die Kippe im Aschenbecher ausdrückte. »Solche Nächte, seien Sie ehrlich, die gibt es doch schon nördlich von Lyon nicht mehr. Ach, was sage ich? Oberhalb von Oranges beginnt es doch schon kalt zu werden.«

»Waren Sie jemals dort?«, fragte Boucher. Er konnte ein Lachen nicht unterdrücken, als Perez empört den Kopf schüttelte.

Perez warf einen Blick über die Schulter ins Restaurant. Bouchers Jungs neckten Hippy, der es sich gerne gefallen ließ. Marianne hatte sich zu Mesdames Boucher gesellt und Stéphanie redete auf Haziem ein, der, davon unbeeindruckt, neue Weine durchprobierte, jetzt, wo auch für ihn der Service beendet war.

»Kommissar«, sagte Perez nun wieder an Boucher gewandt. »Ich muss Ihnen mal was erzählen, es gibt da etwas, bei dem ich Ihre Hilfe brauche. Sagt Ihnen der Name Granado etwas? Ambre Granado?«

»Sollte er?«

»Vermutlich nicht, war vor Ihrer Zeit. Also ...«

Perez erzählte Boucher die ganze Geschichte und blieb ausnahmsweise einmal bei der Wahrheit. Halbwahrheiten, eine Lüge gar, wären ihm zu leicht nachzuweisen gewesen. Er sprach über Ambres Verschwinden vor Jahren und von seiner heutigen Überraschung in den Bergen. Nur den Grund seines Ausflugs verschwieg er dem Ausdauerathleten gegenüber geflissentlich. Er endete damit, dass sich die Granados irgendwo im Ausland befänden, und er sie telefonisch nicht habe erreichen können.

»Und, spricht aus Ihrer Sicht als leitender Kommissar irgendetwas dagegen, dass Madame Finken die junge Frau so lange bei sich aufnimmt, bis die Eltern zurück sind? Wir spüren da so eine Art Verantwortung, sie hat vermutlich schwere Zeiten hinter sich, wissen Sie? Deshalb würden wir ihr einen längeren Krankenhausaufenthalt gerne ersparen.« Genau so hatte er es mit Marianne abgesprochen.

»Mein lieber Perez! Ausgezeichnet!«, rief Boucher und packte ihn bei den Schultern.

Perez war sich nicht sicher, was das zu bedeuten hatte. Er versteifte sich.

»Ich finde es hervorragend, dass Sie mit dieser Geschichte direkt zu mir gekommen sind«, fuhr Boucher fort. »Ganz, ganz toll, wirklich.«

Perez erinnerte sich nicht genau, aber wahrscheinlich war er zum letzten Mal auf diese infantile Art gelobt worden, als er seinen ersten Löffel Suppe unfallfrei zum Mund geführt hatte.

»Ich mache diese Geschichte zur Chefsache, gleich morgen früh kümmere ich mich darum. Als Allererstes, versprochen. Zunächst einmal ist es ja eine wirklich erfreuliche Nachricht, dass diese junge Frau wieder aufgetaucht ist. Die Akte kann dann sicher schon bald geschlossen werden, und das ist bei dem derzeitigen Rückstau auch für mich ein Segen. Ich finde, es spricht überhaupt nichts dagegen, dass Madame Finken die Frau bei sich aufnimmt. Entlastet schließlich den Steuerzahler.« Erneutes Möwengekecker. »Wir werden die Frau natürlich verhören müssen, sobald es medizinisch vertretbar ist. Das kann ich ihr nicht ersparen. Ist quasi Vorschrift. Aber darum kümmere ich mich dann höchstpersönlich, ich gebe Ihnen mein Ehrenwort. Und Sie wissen ja, dass ich äußerst gefühlvoll mit Menschen umgehe.«

Perez gab sich Mühe, nicht laut loszuprusten.

»Ja, sie ist dann ganz sicher bei Ihnen in den besten Händen. Im Krankenhaus wird man bekanntlich nicht gesund!«, sagte Boucher im Brustton der Überzeugung. »Aber, mein lieber Perez, wenn Sie weiter nichts auf dem Herzen haben, würde ich Ihnen gerne von etwas ganz anderem berichten. Also, nein, was heißt *ganz anders* – also, sicher werden Sie morgen in der Zeitung von einem tragischen Fall in Montpellier lesen. Ich bin selbst erst vor einigen Stunden von einem Kollegen vor Ort darüber informiert worden. Im Hinterland, in den Bergen, haben sie auch eine junge Frau gefunden. Irre, oder? Sie galt zwar nicht als vermisst, dafür war sie aber nirgends registriert. Verstehen Sie? Offiziell gibt es sie gar nicht! Also ... *gab* es sie gar nicht, sollte ich wohl sagen. Die Kollegen haben quasi eine Tote, die nicht existiert. Sie war ein bisschen jünger als ihre Madame Granado. Selbstmord, sagen sie.

Mehr weiß ich nicht darüber, aber ich höre mich mal um. Wahrscheinlich ein Zufall, aber merkwürdig ist es schon.«

Merkwürdig, das bist du auch, dachte Perez. Wer hat dich bloß zum leitenden Hauptkommissar gemacht?

»Gut!«, rief Boucher in den Sternenhimmel hinauf. »Ich sag es gerne noch mal: Großartig, dass Sie mit dieser Sache direkt zu mir gekommen sind, ich weiß das sehr zu schätzen. Diese Deppen in Perpignan hätten das sicher wieder verhunzt. Wenn es Schwierigkeiten gibt, berufen Sie sich bitte auf mich.«

Später, auf dem Heimweg, bat Perez Stéphanie, für ihn herauszufinden, was im Internet über die Tote von Montpellier zu finden war.

KAPITEL 7

Am nächsten Morgen saß Perez schon sehr früh vor einem dampfenden Kaffee im *Catalan*. Seine Laune war nicht die beste, und das keinesfalls nur wegen des frühen Termins mit Docteur Brossard. Er hatte schlecht geschlafen, eigentlich hatte er fast gar nicht geschlafen. Immer wieder war er schweißgebadet aufgewacht, weil das Bild der leblos im Dreck liegenden Ambre Granado ihn bis in seine Träume hinein verfolgt hatte. Jedes Mal war er aufgestanden, hatte seinen trockenen Mund mit kaltem Leitungswasser ausgespült und eine Zigarette zur Beruhigung geraucht.

Seine Nervosität hatte sich auch auf Hippy übertragen. Sobald sein Herrchen aus dem Bett gestiegen war, hatte er sich auf den Hinterbeinen wie ein Kreisel um die eigene Achse gedreht und dabei gewinselt, als stünde der Weltuntergang unmittelbar bevor.

Jetzt aber, wo Perez zumindest dem äußeren Anschein nach ruhig im Café saß, hockte auch der Hund in buddhistischer Einkehr auf dem Lederimitat der Sitzbank und tat, als läse er in der Zeitung, die Perez vor sich ausgebreitet hatte.

Perez suchte im *L'Indépendant* nun schon zum zweiten

Mal nach Informationen zu der Toten von Montpellier. Gerade als er die Tageszeitung mit einem Kopfschütteln, das allein Kommissar Boucher galt, zusammenfaltete, betrat Stéphanie das *Catalan*. Mit Wangenküssen begrüßte sie Jean-Martin und Marie-Hélène, bevor sie sich neben Hippy auf die Bank fallen ließ und sofort begann, diesem das Kinn zu kraulen, was der Hund sichtlich genoss. Perez, der zunächst nur einen kurzen Blick auf seine zweite Tochter geworfen hatte, besah sie sich nun etwas genauer.

»Wie siehst du denn aus?«, sagte er verblüfft. Das Mädchen, sonst ein Sonnenschein von früh bis spät, wirkte, als liege ihr etwas schwer auf dem Herzen. »Hast du mal wieder Krach mit deiner Mutter?« Sie antwortete nicht, zog aber einen Flunsch, der Perez' Vermutung bestätigte. »Also?«, forderte er sie auf. »Was gibt's?«

Stéphanie druckste einen Moment herum, bevor sie mit der Wahrheit herausrückte.

»Maman hat mir mitgeteilt, dass Ambre bei uns einzieht. Einfach so. ›Sie zieht bei uns ein‹. Damit soll ich mich mal eben so abfinden.«

»Ach was!«, wiegelte Perez ab. »Immer hübsch der Reihe nach. Zunächst mal muss Ambre aufwachen. Dann müssen sich die Ärzte damit einverstanden erklären, sie in die Obhut von Docteur Brossard zu übergeben. Und danach muss auch noch die Polizei zustimmen, dass sie bei euch unterkommt. Was sie nicht tun werden, bevor sie nicht die Gelegenheit hatten, Ambre zu verhören. Das wird dauern, dann sind vielleicht ihre Eltern aus dem Urlaub zurück und dann zieht niemand bei euch ein.

Marianne hat sicher nur für den Fall der Fälle schon mal dein Einverständnis einholen wollen.«

»Das hörte sich bei ihr ganz anders an ...«

»Du weißt doch, wie sie ist.«

»Eben!«

»Dann sag ihr halt, was dich stört. Nom de dieu! Warum sollte sich deine Mutter ausgerechnet aus dieser Sache raushalten?« Stéphanie sah ihn mit zusammengepressten Lippen an. »Fräulein Finken! Ich bin nicht in der Stimmung ...«

»Canigou?«, rief sie und sah ihn herausfordernd an.

Perez brauchte einen Augenblick für die Transferleistung, dann aber lachte er aus vollem Hals.

»Du glaubst doch nicht etwa, dass wegen Ambre unser Ausflug ins Wasser fällt?«, sagte er. »Ich bin Katalane, Steph, bei uns gilt das Wort eines Mannes noch etwas. Natürlich steigen wir rauf, du und ich! Ambre hin oder her, die Tour steht so felsenfest wie der Canigou selbst.«

»Aber, wenn du erst mal anfängst zu ermitteln ...«

»Sind das Tränen in deinen Augen? Komm mal her.« Er nahm sie in den Arm. »Ich hab es dir doch versprochen. Ich halte mein Wort. Schluss mit dem Theater! Und außerdem: Warum sollte ich ermitteln? Ambre ist ja wieder da, wenn auch ramponiert. Nein, nein. Kein Fall für mich. Sag mir lieber, was du über diese andere Frau herausgefunden hast, über die Tote von Montpellier? Im *L'Indépendant* finde ich kein Wort darüber, obwohl Boucher gesagt hat ...«

»Nichts«, unterbrach Stéphanie und rieb sich die Augen. »Wahrscheinlich halten die Flics ihre Informationen zurück. Von Ambre steht aber auch nichts drin, oder?«

Perez schüttelte den Kopf.

In diesem Augenblick fiel sein Blick auf die Straße, in die ein Leichenwagen eingebogen war. Ein schwarzer Mercedes mit weißen Gardinen vor den Scheiben. Er kratzte sich an der Wange. Wenn in Banyuls oder in der Umgebung jemand verschied, erfuhr man es meist sehr schnell. Die Familie hängte Zettel an öffentlichen Stellen aus und steckte sie in die Briefkästen. Hier verstarb man nicht, ohne dass es jemand mitbekam.

Er schaute zu Stéphanie, die verstand seine Frage, zuckte aber bloß die Schultern.

»Hey, Jean-Martin«, rief er rüber zur Theke und deutete gleichzeitig mit dem Daumen nach draußen.

Der Dürre starrte aus dem Fenster, schüttelte dann erstaunt den Kopf. Er stupste Marie-Hélène an, auch sie zeigte sich verwundert.

Perez stand auf und lief zur Tür. Hinter dem Leichenwagen, der im üblichen Schritttempo die Avenue du Puig del Mas hinunterfuhr, lief nur eine einzige Person. Eine Frau mittleren Alters? So genau war sie nicht zu erkennen, ihr Gesicht war hinter einem Schleier verborgen. Nicht nur ihn und die übrigen Gäste des *Catalan* hatte der unangemeldete Trauerzug aufgeschreckt, auch in den gegenüberliegenden Gebäuden beugten sich Menschen aus den Fenstern und tuschelten, während sie auf den Mercedes deuteten.

Die Frau, die tapfer hinter dem Wagen herschritt, schien die Aufmerksamkeit nicht zu bemerken.

Wie aus dem Nichts – für die Côte Vermeille allerdings nicht ungewöhnlich – zog in dem Moment der Tramontane auf, ein kalter Wind aus den Bergen, dessen Markenzeichen extrem starke Böen waren. Eine von ihnen peitschte über die Place Paul Reig, erfasste die Trauernde und riss ihr den Schleier von Kopf und Schulter.

Zu Perez' Überraschung trug sie ein ziemlich freches Top mit Spaghettiträgern. Und sie war keineswegs so alt, wie er angenommen hatte. Blitzschnell drehte sich die Frau um die eigene Achse, bekam den davonwehenden Schleier eben noch zu fassen und bedeckte schnell wieder ihre Blöße. Allerdings verlor sie dabei ihr Taschentuch.

Niemandem fiel das auf. Niemandem, bis auf einen kleinen Hund. Hippy trabte, ohne Aufmerksamkeit zu erregen, als wollte er sich nur mal eben die Füße vertreten, auf die Place Paul Reig hinaus, schnappte sich das schwarze Stück Stoff und stand, als wäre nichts geschehen, kurz darauf wieder an der Seite seines Herrchens. Erst da bemerkte Perez die Trophäe im Maul des Hundes. »Böser Dieb«, sagte er und starrte weiter dem Trauerzug hinterher.

»Hast du ihr Tattoo gesehen?«, fragte er Stéphanie, nachdem der Leichenwagen außer Sicht war.

Das Mädchen schüttelte reichlich desinteressiert den Kopf.

»Ich muss los«, sagte Perez. »Der Docteur hasst Unpünktlichkeit, da versteht er keinen Spaß. Wenn ich es nicht besser wüsste, würde ich sagen: Er stammt aus dem Elsass.«

Er umarmte Stéphanie.

»Denk daran«, sagte er zum Abschied. »Du musst trainieren für unseren großen Tag. Sonst siehst du schlecht aus gegen mich. Ich bin mörderfit.«

KAPITEL 8

Im Centre Hospitalier von Perpignan war Docteur Brossard auch zwanzig Jahre nach seinem Weggang für die meisten der Ärzte und Schwestern kein Fremder. Voller Herzlichkeit wurde er begrüßt, man erkundigte sich nach seinem Wohlbefinden, seiner Praxis in Banyuls, ja sogar – mit aller gebotenen Zurückhaltung – nach dem Zustand seines drogensüchtigen Sohnes. Allerdings kosteten diese nicht eingeplanten Zwischenstopps mehr Zeit, als den beiden Männern zur Verfügung stand. Perez störte das nicht, zwanzig Minuten waren seiner Meinung nach noch keine Verspätung.

Das aber sah der Arzt, der im Schwesternzimmer der Station wie ein Tiger im Käfig ungeduldig hin und her lief, deutlich anders. Brossard verstand den Ärger des Kollegen. Er entschuldigte sich sofort. Allerdings mit der Unterwürfigkeit eines kleinen Jungen, der seine Eltern enttäuscht hatte. Perez fand das albern. Eine verabredete Uhrzeit war in seinen Augen eine Absichtserklärung, nicht mehr.

»Wir waren pünktlich unten an der Drehtür, ich schwöre«, sagte Brossard. »Dann habe ich zuerst Lucien getroffen, kurz darauf stieß Madame Foucault dazu, schließlich meine gute alte Isabelle. Du weißt doch, wie es läuft ... Vor dem Fahrstuhl noch dieser alte Pfleger, dessen Namen ich immer vergesse – wie peinlich. Du siehst, Ruud, es war nicht meine Schuld. Bitte verzeih mir, dass ich den Ablauf störe.«

Der Arzt blickte mit eingefrorenen Zügen auf seine dicke Armbanduhr.

»Und?«, versuchte Brossard die angespannte Stille zu überwinden. »Wie ist ihr Zustand?«

»Ich dachte, ihr bringt die Familie mit«, erwiderte Ruud schnippisch. Nach der Antwort konnte Perez den eigenwilligen Vornamen einem Land zuordnen. Mit diesem schnarrenden Akzent sprachen nur Holländer.

»Das hatten wir vor«, sagte Brossard. »Leider haben wir sie noch nicht erreicht. Sie scheinen auf Reisen zu sein. Also, wie geht es der Frau?«

»Den Umständen entsprechend gut.«

»Komm schon, Ruud! ›Den Umständen entsprechend gut‹ kann bedeuten, dass sie kurz vorm Ableben oder kurz vor ihrer Entlassung steht.«

»Körperlich gut.«

»Mein Gott ...«

»Was willst du hören? Sie ist stabil, wenn auch noch etwas schwach. Wir stärken sie mit den üblichen Maßnahmen. Die Medikamente schlagen gut an. Sie war komplett dehydriert und hat einen Sonnenstich erlitten. Sie erbricht sich oft, was aber in ihrem Zustand normal ist.«

»Habt ihr die vorgeschriebenen Untersuchungen schon durchführen können?«

Doktor Ruud zuckte die Schultern. »Kein Schlaganfall, keine Diabetes. Nichts Ernstes, wie schon gesagt.«

Vielleicht lag es an den ausweichenden Antworten dieses niederländischen Arztes oder an der unruhigen letzten Nacht, jedenfalls meldete sich in diesem Moment Perez' Instinkt. Bislang hatte er nur Marianne unterstützen wollen, nun juckte es ihn in den Fingern. Er wollte mehr erfahren, mehr über diese Ambre Granado, mehr über die andere tote Frau in Montpellier, mehr über ... Plötzlich lag da ein Fall vor ihm, den er vorher nicht gesehen hatte. Noch nicht klar umrissen, alles eher noch unscharf, aber er hatte Witterung aufgenommen.

»Das bedeutet?«, fragte Docteur Brossard.

»Dass sie wahrscheinlich am Wochenende so weit ist, zumindest aus medizinischer Sicht, das Krankenhaus zu verlassen.« Brossard zog die linke Augenbraue in die Höhe. »Vielleicht musst du ihr in der kommenden Woche noch ein paar Infusionen geben, es kann aber auch gut sein, dass das nicht nötig ist. Ansonsten sollte sie weiterhin medizinisch überwacht werden. Ihre Blutwerte müssen kontrolliert werden, normales Business, kennst du ja.«

»Was sagt sie denn dazu?« Perez hielt die Rolle des stummen Zuhörers nicht länger aus.

Ruud sah zu Brossard hinüber. Erst als der Zustimmung signalisierte, antwortete er.

»Sie scheint sehr verwirrt. Aber noch mal: Sie ist auf einem guten Weg – was die physische Gesundheit angeht.«

»Genauer!«, befahl Brossard.

»Sie reagiert nicht auf unsere Fragen, obwohl sie bei

Bewusstsein ist. Wenn man sie anspricht, sieht sie einen mit großen Augen an. Sieht einen einfach nur an – nicht fragend oder hilfesuchend. Mit einem total leeren Blick. So was hab ich, ehrlich gesagt, in dieser Heftigkeit noch nicht erlebt. Sie liegt im Bett, kugelt sich wie eine Katze ein und schließt die Augen. Aber sie schläft nicht, ist einfach bloß abwesend. Dabei versteht sie, was wir sagen, da bin ich mir sicher, aber sie spricht nicht, kein Wort, sie bleibt absolut stumm! Kann natürlich der Schock sein, oder ...«

»Oder ihr ist vielleicht etwas Schlimmes widerfahren, bevor sie sich den Sonnenstich geholt hat. Ist es das, was du sagen willst?«

»Ich bin weder Hellseher noch Polizist, aber einiges spricht dafür. Sie sah doch aus, als wäre sie auf der Flucht gewesen. In jedem Fall war sie nicht für eine Bergtour gerüstet. Kein Rucksack, keine Wertsachen, kein Ausweis. Kein Wasser.« Perez hüstelte. »Nicht einmal Schuhe. Sie hat Schnittwunden davongetragen, obwohl sie das Barfußgehen gewohnt zu sein scheint. Das legt zumindest die kräftige Hornhaut auf Ballen und Fersen nahe.«

»Auf der Flucht vor was?« Brossards Frage stand eine Weile unbeantwortet im Raum. »Könnte sie ... ich meine ...«

Jetzt sah Ruud Perez an, wie ein General einen Zivilisten.

»Ich könnte mal eine rauchen gehen«, sagte Perez. Dass er lieber bleiben würde, war nicht zu überhören.

»Müssen Sie nicht«, sagte Brossard. »Ich vertraue ihm, Ruud, dann kannst du das auch tun.«

Der Holländer überlegte kurz, schließlich willigte er ein. Perez stopfte das Zigarettenpäckchen zurück in seine Shorts.

»Nein, keine Spuren einer Vergewaltigung«, sagte er und schüttelte, wie um den Satz zu unterstreichen, den Kopf. »Das war natürlich auch unser erster Gedanke. Allerdings, und das ist heutzutage bei einer Frau ihres Alters wirklich eine Seltenheit, haben wir bei den Untersuchungen festgestellt, dass Madame Granado mindestens ein Kind, die Kollegen aus der Gynäkologie glauben sogar zwei Kinder geboren hat. Und die letzte Entbindung ist noch nicht lange her.«

Der Arzt verfiel in Fachchinesisch, vom folgenden Dialog verstand Perez nur wenig. Es war ihm aber auch herzlich egal, wie man herausfand, ob eine zweiundzwanzigjährige Frau bereits mehrfach entbunden hatte. Er fragte sich stattdessen, wo diese Kinder jetzt wohl stecken mochten. Und ob es einen Ehemann gab, den man dann schleunigst über ihr Schicksal informieren müsste. Spätestens jetzt war die *Causa Ambre Granado*, wie Boucher sie genannt hatte, zu einem Fall geworden. Ein ungewöhnlicher Fall, vielleicht sogar eine menschliche Tragödie.

Perez wollte so schnell wie möglich zurück nach Banyuls, er musste mit Marianne sprechen. Höchste Zeit, dass sie sich ihm offenbarte.

»Können wir zu ihr?«, fragte in diesem Moment Brossard.

»Von mir aus. Gerade hat sie aber Besuch. Ein Kommissar aus Port-Vendres.«

»Was?«, rief Perez. »Boucher ist schon hier?« Brossard sah ihn fragend an. »Er war gestern Abend im *Conill*«, erklärte Perez. »Kann ja manchmal nicht schaden, wenn man sich den Segen der Polizei holt.«

Während der Holländer bestätigend nickte, verengten sich die Augen von Docteur Brossard zu Schlitzen. Er wusste um Perez' Aversion gegen die Ordnungskräfte.

»Ein Freund von Ihnen?«, fragte Ruud.

»Kann man so nicht sagen. Kommen Sie, Brossard, wir warten unten auf Boucher. Ach, eins noch ...«, sagte Perez im Weggehen zu Doktor Ruud. »Hat der Kommissar auch schon mit Ihnen gesprochen?«

Der Arzt schüttelte den Kopf. »Ich war bis eben im OP und da muss ich jetzt auch schleunigst wieder hin, sonst wacht mein Patient aus der Narkose auf, bevor ich den ersten Schnitt gesetzt habe. Wenn Sie mich also bitte entschuldigen würden.«

»Das ist gut, da haben Sie wirklich keine Zeit, um Fragen zu beantworten.«

Ruud und Brossard warfen sich vielsagende Blicke zu.

»Na schön, dann mach ich mich mal vom Acker. Deine alte Sekretärin hat die Papiere«, sagte der Holländer in Brossards Richtung. »Vielleicht unterschreibst du sie schon mal. Nimm das Datum vom kommenden Samstag. Und bitte, sorge dafür, dass ich diesen Vertrauensbeweis nicht bereuen muss, im Gegensatz zu dir habe ich keinen Vater, von dem ich eine Praxis erben kann.«

Vor der Tür warteten Perez und Brossard so lange, bis sie den roten Schopf des Elsässers auftauchen sahen. Perez schnippte die Zigarette in den Rinnstein und trat dem Kommissar in den Weg.

»Ah, Monsieur le Commissaire«, rief er mit dem Ausdruck übertriebenen Erstaunens. »Sie sind meiner Bitte schon nachgekommen, das ist toll. Ich wollte Mademoiselle Granado gerade einen Besuch abstatten.« Er dachte gar nicht daran, dem Kommissar Docteur Brossard vorzustellen, der sich klugerweise im Hintergrund hielt. Je weniger Banyulencs der Elsässer persönlich kannte, desto besser – schon aus grundsätzlichen Erwägungen. »Ist sie wach? Darf ich zu ihr?«

Boucher wand sich in der ihm eigenen Art.

»Mademoiselle steht noch unter Schock«, dozierte er. »Derzeit spricht sie nicht, wie lange der Zustand noch anhalten könnte, weiß niemand. Der behandelnde Arzt operiert, ihn konnte ich nicht befragen. Ansonsten scheint sie mir stabil, hängt natürlich noch am Tropf. Wenn die Ärzte nichts dagegen haben, können Sie die Frau meinetwegen zu sich nehmen. Halten Sie mich bitte auf dem Laufenden. Ich muss ihren Aufenthaltsort zu jeder Zeit kennen. Und sollte sich an ihrer momentanen Verwirrung etwas ändern, sollte sie wieder anfangen zu sprechen, verständigen Sie mich bitte sofort. Die Frau sieht nicht gut aus, wenn ich das als Laie sagen darf, völlig ausgezehrt. Man muss sie aufpäppeln. Da vertraue ich ganz auf Sie, ist ja quasi Ihr Metier. Apropos: Es war wirklich großartig gestern Abend in Ihrem Etablissement. Die Damen Boucher waren begeistert und selbst meine Jungs hatten nichts zu meckern, da können Sie sich was drauf einbilden.«

Etablissement, dachte Perez und klopfte dem Kommissar aufmunternd auf die Schulter, bevor er ihn wortkarg verabschiedete.

»Gehen wir hoch zu ihr«, sagte Brossard, als Boucher außer Sichtweite war.

Perez sah ihn fragend an. »Sie meinen? ... Nein! Das bringt jetzt nichts. Wir haben von zwei Seiten gehört, dass sie nicht redet. Reine Zeitverschwendung, wenn Sie mich fragen. Außerdem haben wir die Papiere. Am Wochenende holen wir sie nach Banyuls. Wir haben erledigt, worum Marianne uns gebeten hat. Warum sehen Sie mich so an? Sie meinen, als Arzt können Sie nicht so einfach wieder abreisen, ohne die Patientin in Augenschein genommen zu haben, ist es das, was Sie mir sagen wollen?« Brossard fand das wohl offensichtlich. »Vergessen Sie es, es sei denn, sie wollen den Zug zurück nach Banyuls nehmen ... Nicht aufregen, Docteur Brossard, das war ein Scherz«, sagte er noch, während er ihn auch schon sanft in Richtung Kangoo stupste, wo Hippy unruhig auf die Rückkehr seines Herrchens wartete.

KAPITEL 9

Die Familie traf sich zu einem späten Mittagessen im *Conill*. Perez stieß als Letzter zur Gruppe. Er hatte Docteur Brossard zu Hause abgesetzt. Im Restaurant war es außergewöhnlich ruhig, da Haziem entschieden hatte, an diesem Tag keine weiteren Gäste anzunehmen. Perez hatte in der letzten Zeit viel Geld mit seinen Delikatessen verdient, etwas davon musste nun gewaschen werden. Am Ende des Tages würde Haziem die Summe verbuchen, die ein vollbesetztes Restaurant eingebracht hätte. Damit es nicht auffiel, hatte er die normale Menge an Lebensmitteln eingekauft. Die feinen Waren verfütterte er nun an die Familie, der Rest ging, wie stets, an ein Auffanglager für Flüchtlinge in Perpignan, in dem er vor einiger Zeit zusammen mit Perez ermittelt hatte. Dort stellte man keine Fragen, sondern freute sich einfach über die großzügigen Spenden.

Perez setzte sich auf den freien Stuhl neben Marianne. Alle hatten zunächst nur Augen für Hippy, der immer und überall sofort im Mittelpunkt stand und wohl selbst der Ansicht war, dies auch zu verdienen. Vor allem heute, wo man ihn unverschämterweise den Morgen über im Auto eingesperrt hatte.

Nach der Begrüßungszeremonie begannen Perez und die anderen die letzten vierundzwanzig Stunden zu besprechen. Dabei wurde gegessen, was Haziem auftrug. Der Maghrebiner selbst saß natürlich mit am Tisch, verschwand aber, sobald die Teller leer waren, um kurz darauf mit neuen Gerichten wiederzukommen. Perez hatte schon wieder ausreichend Appetit, um Haziems Kochkunst gebührend würdigen zu können.

Marianne war es gelungen, Marie-Ange Granados Handynummer zu besorgen, bei einer Friseurin hatte sie Erfolg gehabt. Natürlich hatte sie gleich versucht, die Granados zu erreichen, doch vergeblich. *»Der Teilnehmer ist derzeit nicht erreichbar. Wünschen Sie einen Rückruf, drücken Sie bitte die Eins. Wünschen Sie keinen Rückruf, legen Sie bitte auf.«* Keine Mailbox.

»Und, hast du die Eins gedrückt?«, fragte Perez.

»Klar. Jedes Mal. Sie hat noch nicht zurückgerufen. Wahrscheinlich sind sie außerhalb der Reichweite eines Funknetzes oder sie wollen ganz einfach nicht gestört werden.« Mit diesen Worten schob sie Perez den Zettel mit der Handynummer über den Tisch. »Falls du es selbst versuchen willst.«

»Und die Nummer ihres Mannes?«

»Ich kenne niemanden, der mir die geben könnte.«

»Vielleicht hat er gar kein Handy«, sagte Stéphanie.

Perez fütterte Hippy mit ein paar Stückchen Jabugo-Jabugo.

»Du gibst dem Hund nicht gerade den teuersten Schinken der Welt, oder?«, fragte Haziem und tippte sich an die Stirn.

»Das sagt der Richtige. Wer verwöhnt den Hund denn am allermeisten?«

»Soll ich Kaviar besorgen, oder ist dir der zu billig?«

Beleidigt legte sich Perez die letzte hauchdünne Scheibe auf die Zunge. Der nussige Geschmack des schmelzenden Fetts war einmalig. Er trank einen Schluck Wein, bevor er sich zu Hippy hinabbeugte und ihn unter dem Kinn kraulte.

»Böse Menschen sind das, mein Kleiner. Als ob du eine Delikatesse nicht würdigen könntest, schließlich bist du doch Hippy, der Hund von Perez. Stimmt's, mein kleiner Gastrotiger? Ja, du bist der Beste! Später, wenn diese Banausen weg sind, gebe ich dir noch ein Scheibchen.«

Nicht nur Haziem tippte sich an die Stirn. Perez antwortete mit einem spitzbübischen Lächeln und lieferte dann einen Bericht seines Besuches in Perpignan. Kaum war er fertig, brachte sein Freund die Dessertteller. Speiseeis, das Jean-Martin aus der neuen Eisdiele mitgebracht hatte. Perez verbiss sich jeden Kommentar, weigerte sich aber, auch nur einen Löffel davon zu probieren.

»Haziem, mal was ganz anderes«, sagte er, während die anderen den Nachtisch lobten. »Kennst du eigentlich unseren Pfarrer?«

Der Maghrebiner starrte ihn noch ratloser an als bei der Schinkenverfütterung an Hippy vor wenigen Minuten.

»Guck mich nicht an, als wäre ich bescheuert. Ihr seid quasi Nachbarn.«

Perez deutete zur offenen Tür. Einige Meter weiter, auf der anderen Straßenseite, lag die Dorfkirche mit dem modernen Glockenturm.

»Na und? Zwei Häuser weiter ist eine Boutique, da kenne ich auch niemanden. Sie waren nie hier zum Essen, ich habe nie dort eingekauft.«

»Mein Alter, wie willst du so ein echter Banyulenc werden? Wir kennen uns hier unten, glaube mir, das nervt manchmal, ist aber besser so.«

»Er ist relativ neu, zumindest habe ich das mal einen Gast sagen hören. Ich bin ein Ungläubiger, Perez. Wäre ich das nicht, ginge ich in eine Moschee, auch dann würde ich ihn nicht kennen. Er kommt nicht her, ich gehe nicht in seine Messe. Also keine Ahnung, ich weiß nicht einmal, wie er aussieht.«

»Was ist mit euch anderen Ungläubigen? Hat jemand eine Ahnung, wer der Pfarrer ist?«

Allgemeines Schulterzucken. Perez wusste, dass Jean-Martin früher immer in die Kirche gegangen war, um seiner Mutter, die eine gläubige Christin war, einen Gefallen zu tun. Allerdings hatte er die Besuche eingestellt, seit er eine militante Nicht-Christin geheiratet hatte. Perez' Tochter Marie-Hélène hatte die Abneigung gegen alles Religiöse von ihrem Vater geerbt, der sich darin ausnahmsweise mit Maries Mutter einig war. Da der Dürre in Diskussionen mit seiner Frau immer den Kürzeren zog, blieb er inzwischen der Kirche fern. Wie er diesen Umstand seiner Mutter beigebracht hatte, wusste Perez nicht.

»JeMa, was ist mit dir? Deine Familie ist doch religiös.«

Der Dürre starrte konzentriert an die Decke und reagierte nicht.

»Aber JeMa nicht«, antwortete Marie-Hélène für ihren Mann.

Perez verdrehte die Augen. »Mein Gott, man könnte meinen, der Pfarrer wäre pures Gift. Steph, was ist mit dir? Du warst doch mit diesen Fanatikern auf einer Jugendfreizeit. Oder dein Freund Jérôme, der müsste den Pfarrer doch kennen?«

Stéphanie sah ihn zornig an, ebenso wie Marianne. Dieses extrem kontroverse Thema zwischen Mutter und Tochter ohne erkennbaren Grund anzusprechen, brachte beide gegen ihn auf.

Perez atmete tief durch. Er wusste es ja: Nur die Alten gingen in Banyuls in die Kirche. Vor allem die alten Katalaninnen, die kaum ein Wort Französisch sprachen, obwohl viele von ihnen seit über fünfzig Jahren im Ort lebten. Insofern war es wenig verwunderlich, dass der Pfarrer von Banyuls eine Art Schattendasein führte. Er war sich nicht einmal sicher, ob der Mann im Ort wohnte, ob er noch für andere Gemeinden zuständig war, ob er jung oder alt war, dick oder dünn, sympathisch oder unsympathisch. Schon die alten Schmuggler hatten mit der Kirche in Fehde gelegen. In Banyuls war Platz für viele und vieles, Religion gehörte nicht unbedingt dazu.

»Warum willst du das eigentlich wissen?«, fragte Marie-Hélène. »Wen interessiert schon die Kirche?«

Perez kratzte sich den Bauch. »Kennt ihr das Gefühl, wenn einen den ganzen Tag über etwas beschäftigt, man aber nicht weiß, warum?« Keiner antwortete, alle sahen ihn mehr oder minder verwirrt an. »Da gab es doch heute Morgen diesen Trauerzug. Diese Beerdigung, von der niemand etwas wusste. Also eigentlich ein Geisterbegräbnis. Und dazu diese Witwe, die irgendwie auch merkwürdig war. Die Szene geht mir einfach nicht mehr aus dem Kopf. Na ja ... Vergesst es, tut mir leid, Steph. Lasst uns über Ambre reden. Es sieht so aus, als könnten wir sie spätestens am Samstag abholen. Sollte es dazu kommen, haben wir noch einiges zu klären. Zum Beispiel: Wollen oder können wir sie im Hotel unterbringen?«

»Nicht in ihrem Zustand. Sie wäre dort mutterseelenallein, das können wir nicht machen«, sagte Marianne. »Ehrlich gesagt habe ich noch gar nicht so weit gedacht.« Stéphanie sah ihre Mutter von der Seite zweifelnd an. »Wenn wir uns entschließen, ihr zu helfen, dann müssen wir uns gemeinsam um sie kümmern. Für einen allein wird das zu viel. Wenn wir das nicht garantieren können, lassen wir sie besser, wo sie jetzt ist. Noch ist es dafür nicht zu spät.« Es war untypisch für Marianne, so rational zu denken. »Wer weiß«, fuhr sie fort, »was diese Sprachblockade für eine Ursache hat. Ihr ist vermutlich etwas Schlimmes zugefügt worden ... Es ist schon mal gut zu wissen, dass sie nicht vergewaltigt wurde, aber es gibt noch viele andere schreckliche Dinge, die einen Schock auslösen können und zu einem Trauma führen. Wenn die Erinnerung an das Geschehene zurückkehrt, kann es ganz schön heftig werden. Jedenfalls hat mir das meine Freundin im Krankenhaus erklärt, ich habe eben noch mal mit ihr gesprochen. Sie meint, wir sollten uns das gut überlegen, es ist eine Menge Verantwortung, die wir übernehmen. Und niemand kann zum gegenwärtigen Zeitpunkt absehen, wie lange dieser Zustand andauern wird. Wann sie wieder spricht, ob sie sich dann an alles erinnert. Wir wissen nicht, wann die Eltern zurückkommen. Sind wir also dazu bereit?«

Stille breitete sich aus. Stéphanie sah bloß auf ihre Schuhspitzen. Hippy, irritiert von der plötzlichen Ruhe im Raum, gab einen kurzen, trockenen Laut von sich, was die Spannung löste.

»Hippy hat sich entschieden«, sagte Marie-Hélène. »Er ist dabei. Wir haben zwar eine Menge Arbeit am Hals, aber auf uns könnt ihr ebenfalls zählen.«

Jean-Martin nickte und demonstrierte damit die von seiner Frau erwartete Solidarität.

»Sie kann auch gerne hier im *Conill* sitzen«, sagte Haziem ernst. »Auch wenn es manchmal langweilig für sie sein wird, wenn ich mich um das Essen oder die Gäste kümmern muss. Ich weiß nicht, ob es eine gute Idee ist, aber ich würde gerne helfen.«

Niemand zweifelte daran, dass Haziems Angebot ernst gemeint war. Als Bürgerkriegsflüchtling kannte er viele zerstörte Seelen und hatte auch selbst einiges erlitten.

»Ich natürlich auch«, sagte Perez. »Wenn schon mein Hund mit von der Partie ist. Aber mal ganz ehrlich: Den lieben langen Tag an einem Krankenbett zu sitzen, das ist nichts für mich. Und irgendwelche Psycho-Gespräche zu führen ... Kommt schon, ihr kennt mich, da tut man der Frau keinen Gefallen. Wenn das meine Aufgabe wäre, muss ich passen! Und noch etwas – das mag jetzt hartherzig klingen – nächste Woche verreisen Steph und ich, und das ist absolut unumstößlich. Ambre ist Schreckliches widerfahren, davon müssen wir ausgehen, Marianne hat vollkommen recht. Trotzdem, ich habe meiner Tochter ein Versprechen gegeben.«

Marianne nickte ihm zu. Auch Marie-Hélène signalisierte durch ein Lächeln ihr Einverständnis mit der soeben offiziell zur Halbschwester ernannten Stéphanie Finken. Alle im Raum wussten, dass Stéphanie sich oft von ihrer Mutter zurückgesetzt fühlte. Ständig, so beschwerte sie sich, sei Marianne ihr gesellschaftspolitisches Engagement wichtiger, als Zeit mit der eigenen Tochter zu verbringen.

»Niemand erwartet, dich in Krankenschwesterntracht zu sehen, obwohl …« Marianne lächelte.

»Ich kann es tragen? Ist es das, was du sagen willst?« Er lächelte auch.

»Deine Rolle, meine kleine Miss Marple, wird sein, herauszufinden, was mit Ambre Granado geschehen ist. Und du brauchst erst gar nicht so zu tun, als ob dich der Fall nicht interessierte. Es steht dir ins Gesicht geschrieben. Euer Ausflug findet natürlich statt, das ist doch gar keine Frage. Ihr fahrt, wie geplant, am 22. Juni los, also in fünf Tagen. Und ihr kommt am 25. Juni wieder zurück. Ich hoffe nur, dass du mir da oben keinen Herzinfarkt erleidest, aber darüber haben wir ja schon ausführlich gestritten.« Marianne war gegen diesen Ausflug gewesen, hatte sich aber mit ihren Bedenken nicht durchsetzen können. »Währenddessen übernehmen wir anderen die Betreuung. Ambre wird bei uns wohnen, nicht im Hotel. Wir rücken ein wenig zusammen, wenn das für dich okay ist, Steph?«

Das Mädchen nickte. Seit Perez so vehement für sie Partei ergriffen hatte, strahlte sie mit der Sonne um die Wette und sah keinen Grund, ihre Hilfe zu verweigern.

KAPITEL 10

»Das war sehr süß von dir, dass du Stéphanie *meine Tochter* genannt hast«, sagte Marianne draußen vor der Tür des *Conill*. Perez rauchte und Hippy lag im Schatten des Fasses, das als Zeichen, dass das Restaurant geöffnet hatte, von Haziem vor die Tür geschoben wurde, ob er nun Gäste annahm oder nicht. Die anderen hatten sich nach und nach verabschiedet. Der Koch räumte auf und verpackte die übrig gebliebenen Lebensmittel.

»Das ist sie ja auch«, sagte Perez. »Marie geht ihren Weg, sie braucht mich schon längst nicht mehr. Zwischen ihnen mache ich keinen Unterschied. Ich liebe beide.«

»Sag ich ja: sehr süß!« Sie gab ihm einen Kuss. »Aber ansonsten bist du unruhig, das merke ich.«

Er nickte. »Irgendwas kommt auf uns zu, das spüre ich. Wenn ich bloß wüsste, was es ist.«

»Du meinst ...«

»Zu viele merkwürdige Ereignisse in zu kurzer Zeit, genau. Vielleicht ist es das, was mich so unruhig macht. Zuerst finden wir Ambre, kurz darauf erzählt mir Boucher von der anderen jungen Frau in Montpellier ...«

»Na ja, unter Umständen wurde zur selben Zeit auch in Lyon oder Paris jemand tot aufgefunden. Das muss nichts heißen und schon gar nicht zusammenhängen. Was denn noch?«

»Die Beerdigung …«

»Jetzt hör aber auf!«

»Doch, doch. Natürlich muss das nichts bedeuten, das weiß ich selbst. Aber wenn mich etwas derart beschäftigt, dann ist da meist auch was dran.«

»Puh … aber gleich einen Zusammenhang zu vermuten … Fehlen dir dafür nicht die Anhaltspunkte?«

»Im Augenblick noch … Keine Ahnung, irgendwo muss ich anfangen.« Er stöhnte gequält.

»Du bist überspannt, mein Dickerchen. Hör zu, wenn es dich derart beschäftigt, dann geh doch gleich mal rüber zur Kirche und schau, ob du den Pfarrer antriffst. Er wird dir sicher all deine Fragen zu dieser ominösen Beerdigung beantworten können. Wenn du das erst mal aus dem Kopf hast, siehst du vielleicht etwas klarer.«

»Das sollte ich tun, ich überwinde meine Pfaffenallergie und spreche mit ihm.«

Er steckte sich eine neue Zigarette an, trank einen Schluck Wein und sah hinauf zum Himmel. Vereinzelte schwarze Wolken schoben sich immer mal wieder vor die Sonne. Da aber der Tramontane blies, würden sie nicht lange genug über Banyuls hängen bleiben, um sich abzuregnen. Keine Gefahr im Paradies.

»Mal was anderes, Marianne. Ich denke, es ist an der Zeit, dass du mir alles erzählst, was du über die Granados weißt. Wenn ich mich um Ambres Fall kümmern soll, brauche ich Fakten. Woher kennst du sie und ihre Eltern?«

»Du willst wissen, warum mir die Kleine so am Herzen liegt, ist es das?«

»Auch.«

»Das kann ich dir erklären.« Sie holte tief Luft. »Es ist lange her. Wir haben vor vielen Jahren mit ein paar Leuten eine Sitzblockade organisiert, um gegen die Schließung eines alternativen Jugendzentrums in Perpignan zu demonstrieren, vielleicht erinnerst du dich?«

Perez tat, als dämmerte ihm da etwas. In Wirklichkeit hatte er keine Ahnung, wovon sie sprach. Als Aktivist, selbst als passiver, war er ein Vollversager. Marianne lachte, sie kannte ihn.

»Die Bullen haben uns damals einzeln weggetragen, später fanden wir uns dann alle zusammen in derselben Zelle auf der Wache wieder. Ambre war eine von uns und bei Weitem die Jüngste. So kamen wir ins Gespräch. Während wir warteten, hat sie mir ein wenig von sich erzählt. Ein bemerkenswertes Mädchen ...«

»Alors?«

»Sie wurde in Kalifornien geboren und zog danach mit ihren Eltern durch die halbe Welt. Ihr Vater, Serge Granado, hat ein ziemliches Vermögen geerbt, arbeiten muss er jedenfalls Zeit seines Lebens nicht mehr. Musste er wohl noch nie, genau genommen.«

»Wie alt war sie, als du sie kennengelernt hast?«

»Die Kleine? Dreizehn! Irre, oder? Und sie war echt verdammt klug und engagiert. Nicht bloß so larifari. Sehr links, sehr geschichtsbewusst, sehr stark in der Argumentation. Sie ging auf Demos wie andere an den Strand, das war ihr Hobby, könnte man sagen. Ich weiß noch, sie trug so eine beige Umhängetasche, auf die sie Hammer und Sichel aufgesprüht hatte, wie wir früher das Peace-Zeichen. Überhaupt hat sie mich sehr an mich erinnert, als ich im gleichen Alter war.«

»Das gefällt dir, was? Meine kleine Revolutionsführerin.«

»Auch wenn du es niemals verstehen wirst: Ich mag Menschen mit klaren Meinungen. Auch wenn sie damals noch etwas naiv war. Es ist doch nichts dabei, wenn Kinder erst mal übers Ziel hinausschießen. Ja, man kann schon sagen, ich hatte Sympathie für dieses Mädchen. Sie erschien mir extrem gebildet und belesen für ihr Alter.«

»Woher kam das?«

»Ich hab sie tatsächlich danach gefragt. Anscheinend hat ihr Vater sie unterrichtet. Erst hier in Banyuls kam sie auf eine Schule, und da ging sie ja auch nicht so regelmäßig hin, wie wir jetzt wissen. Wirklich erstaunlich.«

»Ist das erlaubt – Heimunterricht? Oder ist der Typ Lehrer?«

»Ich glaube nicht. Sie sprach von ihm in einer eigenartigen Mischung aus Stolz und Abneigung. Mal bezeichnete sie ihn als dämlichen Hippie, dann wieder als genialen Musiker, der überall auf der Welt nach neuen Klängen suche. Er mache Musik nicht mit dem Kopf, sondern mit der Seele, sagte sie. Den Satz habe ich mir gemerkt.«

»Hast du ihre Eltern kennengelernt?«

»Wir blieben lange in Polizeigewahrsam. Bis in die Nacht hinein. Als sie uns endlich entließen, nahmen wir Ambre mit zurück nach Banyuls und setzten sie zu Hause ab. Da habe ich sie zum ersten Mal gesehen. Reingebeten haben sie mich allerdings nicht … Wieso auch, wir kannten uns nicht, es war spät. Ihrem Vater bin ich nicht noch mal begegnet. Marie-Ange, Ambres Mutter, habe ich später ab und zu im Supermarkt getroffen und einmal auf der Straße, daran erinnere ich mich genau, es war nach Ambres Verschwinden.«

Perez schüttelte den Kopf. »Was würden wir tun, wenn Stéphanie plötzlich weg wäre?«

»Oder Marie … Hör bloß auf, ich darf nicht einmal daran denken.«

»Das würde ich nicht überleben. Stimmt denn, was man sich erzählt, dass es nicht die Granados selbst waren, die die Polizei verständigt haben?«

»Soweit mir bekannt ist, wurde sie tatsächlich zuerst in der Schule vermisst. Man munkelt, der Lehrer habe bei den Granados angerufen. Er geriet an Monsieur Granado. Der schien nicht allzu beunruhigt über das Verschwinden seiner Tochter zu sein. Sie sei sehr erwachsen und absolut fähig, eigene Entscheidungen zu treffen. Wenn sie beschlossen habe, dem Unterricht fernzubleiben, sei das für ihn völlig in Ordnung, soll er gesagt haben.«

»Blödsinn! Was ist denn das für ein Arschloch?«

»Na ja … Das war der Grund, warum sich die Banyulencs so aufregten, sie warfen ihnen vor, sich nicht für ihr Kind zu interessieren.«

»Das kann ich total nachvollziehen. Da verschwindet die eigene Tochter …«

»Das war doch zu dem Zeitpunkt noch nicht klar. Ich habe Marie-Ange bei diesem letzten Treffen auf das Verhalten ihres Mannes angesprochen. Erklären konnte oder wollte sie es mir nicht. Immerhin hat sie erzählt, dass Ambre häufiger über Nacht weggeblieben sei, ohne dass je etwas passiert wäre. Ihre Erziehungsmethode sah offenbar vor, dem Mädchen maximale Freiheit zu lassen. Als sie allerdings nach ein paar Tagen noch immer nicht wiederaufgetaucht war und sie sie nicht erreichen konnten, ging Marie-Ange doch noch zur Gendarmerie und meldete ihre Tochter als vermisst.«

»Du meinst, die Granados sind bloß etwas anders, ja? Was hat sie dir denn über ihre Tochter erzählt? Man kann ja nicht sagen, dass das Mädchen eine Freundin von dir gewesen wäre. Wenn ich es richtig verstanden habe, habt ihr euch nur einmal bei den Flics getroffen.«

»Ambre war wohl nicht bloß mit den Demos früh dran ...«

»Du meinst ...«

»Laut Marie-Ange hat sie früh mit Jungs angefangen.«

»So was erzählt sie dir, einer quasi Fremden, einfach mal so auf der Straße? Etwas befremdlich.«

»Ja. Na ja. Ach, ich weiß auch nicht, ich glaube, sie hatte keine großen Probleme mit derlei Geschichten. Jedenfalls hatte Ambre mit fünfzehn ihren ersten festen Freund. Ein Amerikaner, den sie auf einer Strandparty kennengelernt hatte. Er war Straßenmusiker in Sainte-Marie-Plage. Eine Art verspäteter Hippie. Lange Haare, freie Liebe, Drogen, du weißt schon. Sie hatten damit kein Problem, wie es schien.«

Perez sah sie an, als zweifelte er an ihrem Verstand. Er dachte daran, dass Marianne selbst als Hippiemädchen nach Banyuls gekommen war, allerdings war das lange her.

»Ambre ist vor sechs Jahren verschwunden«, sagte er. »Also im Jahr 2012. Sie war damals sechzehn Jahre alt, demnach ist sie 2011 mit diesem Mann zusammengekommen. Einem Hippie, wie du sagst. ... Nein, du bist nicht gemeint, Hippy, leg dich wieder hin.« Er streichelte dem Hund den Kopf, der bei der Nennung seines Namens aufgesprungen war und seine Vorderpfoten auf Perez' Knie gelegt hatte.

»War die große Zeit der Hippies nicht in den späten Sechzigerjahren, und Mitte der Siebziger schon wieder vorbei?«

»Es gibt auch heute noch junge Leute, die so leben wollen. Das war nicht das Problem, sondern sein Alter.«

»Ach ja?«

»Er war fünfzehn Jahre älter. Der Typ muss also damals schon über dreißig gewesen sein.«

»Merde, Marianne! Das ist verboten«, stieß Perez empört aus. »Unzucht mit Minderjährigen. Darauf steht Gefängnis, und zwar völlig zu Recht.«

»Genau meine Meinung!«

»Et alors?«

»Kurz darauf ist Ambre verschwunden und der Typ offensichtlich auch.«

»Was soll der Mist?«, rief Perez so laut, dass sich die Passanten nach ihnen umsahen. Er warf Marianne einen zornigen Blick zu. Für einen Moment schien es, als machte er sie für die Ereignisse verantwortlich.

»Was meinst du?«, ihr Tonfall war betont ruhig.

»Dass der Typ etwas mit ihrem Verschwinden zu tun haben muss, das ist doch wohl sonnenklar. Was haben die Bullen denn unternommen? Das ist doch lächerlich!«

»Sie haben nach ihm gesucht, nach ihm und nach ihr. Offenbar ohne Erfolg.«

»Wie heißt dieser Päderast?«

»Speedy.«

»Häh?«

»Sie nannte ihn Speedy, Speedy aus Nordkalifornien.«

»Was ist das für ein Scheißname?« Perez war jetzt so richtig in Fahrt. »Was soll das bedeuten? Speedy, lächerlich!«, spuckte er aus.

»*Speed* heißt übersetzt Geschwindigkeit, Schnelligkeit.« Marianne blieb gelassen. Perez würde sich schon wieder einkriegen.

»Komm schon, Marianne, Schnelligkeit ... der Typ war ein beschissener Hippie! Die hängen doch nur rum ...«

Sie schüttelte den Kopf. »Ich vermute eher, er hat sich nach der Droge benannt. Speed ist ein Aufputschmittel.«

»Ach, hör doch auf!«, winkte er ab. »Ich rufe jetzt sofort Boucher an ... Nein, noch besser: Ich fahre sofort rüber zu ihm und zwinge ihn, diesen Freak ausfindig zu machen. In dem Fall kann ich zwar selbst nichts tun, aber da lasse ich nicht locker. Ein Päderast! Marianne, nicht mit mir, das schwöre ich.«

KAPITEL 11

Boucher hielt im Besprechungszimmer der Gendarmerie Nationale eine Standpauke. Um seinen Worten Nachdruck zu verleihen, stellte er sich bei jedem zweiten Satz auf die Zehenspitzen. Dabei wankte sein langer Körper besorgniserregend, ganz so, als würde er von peitschenden Tramontaneböen getroffen. Außerdem fuchtelte er mit den Armen in der Luft herum. Ein Stück komischen Theaters.

Vor Boucher, auf einer Reihe von Stühlen, zählte Perez elf Gendarmen. Jedem von ihnen stand das Bemühen ins Gesicht geschrieben, nicht allzu gelangweilt zu wirken. Selten war es das, *was* der Kommissar, sondern vielmehr die Art, *wie* er es sagte, was einen zur Raserei brachte.

Ohne dass ihn jemand aufzuhalten versuchte, schlenderte Perez durch die Räume der neu gebauten Gendarmerie und mitten hinein in das Allerheiligste, das Chefbüro von Commissaire Jean-Claude Boucher.

Hätte er sich aufs Kaffeekochen verstanden, hätte er sich beim Warten schon mal einen kleinen Schwarzen aufgebrüht. Obwohl er das Hightech-Teil in Bouchers

Büro wohl selbst nach einem intensiven Studium der Anleitung nicht hätte bedienen können. Er fand es sowieso eine Unsitte, sich mit so etwas zu Hause herumzuschlagen. Wozu gab es Cafés?

Während seine Gedanken noch bei diesen Nebensächlichkeiten verweilten, hörte er draußen im Gang eine Tür zuschlagen. In den Knall hinein ertönte Bouchers Bariton. »Diese Crétins«, hallte es durch den Flur. So laut, dass es die im Konferenzraum verbliebenen Gendarmen bestimmt ebenso deutlich hörten wie Perez. Ein feinfühliger Mann? Nein, dachte er, das ist unser Boucher nicht.

»Perez? Wer hat Sie denn reingelassen?« Boucher stand im Gegenlicht, er sah nur seine Silhouette.

Der Elsässer behielt die aggressive Tonlage ebenso bei wie die übertriebene Lautstärke. Er warf die Tür ins Schloss und ließ sich in seinen Stuhl fallen, der daraufhin einen Klagelaut von sich gab, der irreparable Schäden vermuten ließ.

»War nicht nötig«, antwortete Perez ruhig. »Ich kannte den Weg, und Sie waren damit beschäftigt, Ihre Angestellten zusammenzufalten. Ist das der nordische Stil?«

»Beamte, Perez! Es sind Beamte, keine Angestellten. Wir verkaufen hier doch keine Bananen.«

»Was ist mit Kaffee? Verkaufen Sie den? Wenn nicht, dann spendieren Sie mir eben einen. Aus Ihrer neuen Monstermaschine. Un petit noir à la Boucher, s'il vous plait.«

Boucher atmete tief ein, starrte Perez entgeistert an, bevor er einen Schwall Luft ausstieß und dabei den Kopf schüttelte. So zackig, wie er hereingeplatzt war, erhob er sich wieder, strich sich das Hemd glatt und machte sich ans Werk.

»Und was verschafft mir nun die Ehre?«, sagte Boucher schließlich, nachdem er Perez den Kaffee gereicht hatte. Er selbst nahm mit seiner Tasse hinter dem Schreibtisch Platz. »Hat sich der Zustand von Mademoiselle Granado verändert?«

»Nicht, dass ich wüsste. Aber Ambre Granado ist das richtige Stichwort. Was genau wissen Sie über den damaligen Fall, Monsieur le Commissaire?«

»Bof! Hatte noch nicht wirklich Zeit, mich damit zu befassen. Den Besuch in Perpignan heute Morgen habe ich nur für Sie eingeschoben. In meinem Terminplan war dafür eigentlich kein Platz. Und der verlorenen Zeit, das kann ich Ihnen sagen, laufe ich schon den ganzen Tag hinterher. Ich bin noch immer dabei, die Abläufe dieser Dienststelle an das 20. Jahrhundert anzupassen.«

»Einundzwanzigste«, flüsterte Perez vor sich hin.

»Wie bitte?«

»Nichts. Hab nur laut gedacht.«

»Das ist vielleicht ein Scheißhaufen hier, kann ich Ihnen sagen. Null Struktur, zéro. Wo soll man da anfangen, frage ich Sie?« Er sah Perez an, als erwartete er tatsächlich eine Antwort. Der sah sich genötigt, die Schultern zu zucken. »Genau!«, stieß Boucher aus. »Ich auch nicht ... Egal jetzt, ich möchte Sie nicht mit meinen Sorgen behelligen. Sie haben doch etwas herausgefunden, sonst wären Sie nicht hier.«

»Ich habe mit meiner Frau ...«

»Freundin.«

»Das geht Sie gar nichts an!«, empörte sich Perez. »Ich habe mich bei Marianne nach Ambres Vergangenheit erkundigt. Das werden die Gendarmen, die damals ermittelt haben, ja hoffentlich auch getan haben.«

»Bei Madame Finken?«

»Bei der Familie natürlich, mon dieu. Mich interessiert, was Ihre Leute damals herausgefunden haben.«

»Haben Sie die Eltern erreicht?«

»Was? ... Nein, habe ich nicht.«

»Ich auch nicht. Das Handy ist ausgeschaltet. Ist das nicht unglaublich?«

»Keine Ahnung. Von Ambres plötzlichem Auftauchen wissen sie ja nichts. Warum in Gottes Namen sollten sie das Handy nicht ausschalten dürfen, wir leben in einem freien Land. Vielleicht haben sie auch bloß keinen Empfang. Im Urwald gibt es keine Funkmasten.«

»Ach ja, Sie kennen sich im Urwald aus? Woher wissen Sie, dass die Granados dort sind?«

»Weiß ich nicht! Das habe ich nur so gesagt. Sie reisen viel in entlegene Gegenden, Monsieur sucht nach Tönen.«

»Töne? Sie meinen Musik, ja? Sachen gibt's.«

»Genau, alles sonderbar. Können Sie mir vielleicht mal sagen, was Ihr Gequatsche soll? Warum beantworten Sie nicht einfach meine Frage?«

»Ich würde zu gerne mit den Eltern sprechen ...«

»Ja, Monsieur le Commissaire, das habe ich verstanden. Ich hingegen würde gerne die alten Unterlagen einsehen. Mich interessiert, um jetzt mal konkret zu werden, was sich darin über einen gewissen Mann namens Speedy finden lässt. Und ob dieser Typ nach Ambres Verschwinden von Ihren Kollegen verhört wurde. Außerdem möchte ich wissen, wie Monsieur Speedy wirklich heißt.«

»Sagen Sie mal, mein Guter«, antwortete Boucher mit staatsmännischem Gesichtsausdruck. »Wer von uns beiden ist hier eigentlich der Polizeibeamte? Was geht Sie das alles verdammt noch mal an?«

Perez sah ihn herausfordernd an. So, als wollte er sagen: *Nun komm, mein Bester, wir beide wissen doch, wer hier die Fälle löst.*

Boucher reagierte entsprechend verschnupft – er schwieg.

»Boucher, nun haben Sie sich mal nicht so. Befinden sich die Unterlagen auf Ihrem Computer oder stecken sie in Kartons verpackt im Keller?«

»Der Fall wurde an die Kollegen in Perpignan abgegeben«, pampte er. »Wenn es Akten gibt, dann dürften Sie sie im feuchten Keller der Avenue Grande Bretagne finden. Ich kann im System nachsehen, aber das dauert.«

»Kein Problem, ich trinke derweil gerne noch einen Kaffee. Wenn man schon mal ein solch exquisites Gebräu bekommt …«

»Bevor ich auch nur einen Finger krümme, möchte ich wissen, weshalb Sie dieser Speedy interessiert! Was ist das überhaupt für ein seltsamer Spitzname?«

»Ist eine Droge«, sagte Perez so beiläufig wie möglich. »*Speed* heißt übersetzt Geschwindigkeit, ist eine Art Aufputschmittel.« Während er wiederholte, was er von Marianne gelernt hatte, dachte er nach. Er sah ein, dass er Boucher einbeziehen musste. »Ich habe erfahren, dass Ambre bereits mehrfache Mutter ist.«

»Was? Und das sagen Sie erst jetzt? Wieso weiß ich nichts davon?«

»Weil Sie offensichtlich im Krankenhaus nicht mit den Ärzten gesprochen haben.« Wieder machte Perez dieses überlegene Gesicht.

»Und?«, bellte Boucher, in alte Erregungsmuster zurückfallend.

»Ruhig, Kommissar, ich bin keiner von denen.« Perez deutete durch die Glasscheibe in Richtung der übrigen Büros, in denen die Gendarmen inzwischen wieder ihrer Arbeit nachgingen. »Speedy war der Freund von Ambre, als sie verschwand. Vielleicht ist er ja der Vater der Kinder. Wenn wir seinen richtigen Namen wissen, können wir ihn ausfindig machen und befragen, am besten hier auf dem Revier. Macht man das nicht so? Ambre war damals nämlich noch minderjährig, er war doppelt so alt wie sie. Also?«

Das war das Gute an Boucher: Hatte er erst einmal akzeptiert, dass man auf der richtigen Fährte war, grummelte er zwar noch eine Weile, machte sich dann aber an die Arbeit.

Es dauerte eine halbe Ewigkeit, bis der Kommissar endlich im Computer auf den richtigen Ordner stieß. Er klickte sich durch die Dateien. Manchmal las er halblaut etwas vor, sodass Perez aufhorchte, um nur ja nichts Entscheidendes zu verpassen. Das ging schnell bei Boucher, der die Angewohnheit hatte, die wichtigen Informationen eher beiläufig zu erwähnen.

Vor lauter Nervosität steckte Perez sich eine Zigarette zwischen die Lippen und nuckelte daran herum. Der Versuchung, die Kippe auch tatsächlich anzuzünden, um damit eine Reaktion des Kommissars zu provozieren, widerstand er heldenhaft.

Boucher stieß einen Fluch aus, Perez dachte, er gelte der Zigarette und wollte schon demonstrieren, dass sie nicht brannte, doch dann begriff er, dass die Akten der Grund für den Ausbruch waren.

Als er schon nicht mehr damit rechnete, dass Boucher je wieder den Kopf heben würde, schob der seinen Stuhl mit einem Ruck vom Schreibtisch weg, streckte die langen Beine aus, wodurch er aussah wie ein Teenager vor dem Fernseher – allerdings wie einer, dem sie die Chips geklaut hatten.

»Kein Name!«, stellte er fest und rümpfte die Nase. Perez wäre ihm fast an die Gurgel gegangen. »Die Mutter hat unseren Beamten seinerzeit von dem Mann erzählt, ihn aber auch nur *Speedy* genannt. Hier steht übrigens, dass die Eltern sich nicht sehr kooperativ verhalten haben, besonders der Vater nicht. Aufgefallen ist das Verschwinden auch nicht den Granados, sondern ...«

»Den Klassenkameradinnen. Die haben die Lehrer darauf aufmerksam gemacht. Ist allgemein bekannt. Der Vater fand es nicht so schlimm, dass seine Tochter nicht nach Hause kam. Er vertraue ihr, sie sei für ihr Alter schon sehr reif, hat er gesagt. Weiß auch nicht, woher der sein Gottvertrauen nahm. Das Mädchen war damals, wie gesagt, noch minderjährig.«

»Es gibt schon seltsame Eltern, was? Na ja, das werden wir beide nicht ändern.« Wieder so ein Boucher-Satz, dachte Perez. »Daraufhin«, fuhr der Kommissar fort,

»haben sich die Kollegen in Sainte-Marie, wo sich dieser Speedy damals wohl hauptsächlich aufgehalten hatte, nach ihm umgesehen. Drei Zeugen sind hier in den Akten genannt, die Mister Speedy gekannt haben sollen.« Er las die Namen laut vor. »Unabhängig voneinander gaben sie zu Protokoll, Speedy mit häufig wechselnder weiblicher Begleitung gesehen zu haben, das wird ausdrücklich betont. Und außerdem, das finde ich interessant ...«

»Was denn?« Perez rutschte auf der Stuhlkante hin und her.

»Er scheint sich sowohl mit sehr jungen als auch mit sehr viel älteren Damen getroffen zu haben.«

»Und das bedeutet Ihrer Meinung nach was?«

»Hört sich für mich an, als wäre er eine Art Gigolo gewesen. Hat für eine Weile als Strandmusiker Geld verdient und dabei Frauen abgeschleppt. Ist aus dem Nichts aufgetaucht und spurlos wieder verschwunden. Äußerst nachlässig recherchiert ... Aber das wundert mich nicht.« Er stöhnte theatralisch. »Vielleicht bitte ich die Kollegen in Sainte-Marie um Amtshilfe, jetzt, da die Akte Granado wieder geöffnet werden muss, habe ich gute Argumente. Man kann die Zeugen durchaus auch ein zweites Mal verhören, das ist gar nicht so ungewöhnlich.«

»Gute Idee. Tun Sie das bitte. Schön, dann mache ich mich mal wieder auf den Weg, habe noch Kommissionen zuzustellen.«

»Ah, Ihr fabulöser *Creus!*«

Perez war fast schon aus der Tür, als er sich noch einmal umdrehte. »Haben Sie eigentlich Neuigkeiten von dieser anderen Toten? Ich habe, entgegen Ihrer Ankündigung, nichts darüber in der Zeitung gelesen.«

»Montpellier«, nuschelte Boucher. »Ja, ja. Jeanne Fillion, nun ja. Die Kollegen haben eine Nachrichtensperre verhängt, das konnte ich nicht wissen. Ist jetzt geheim.«

»D'accord! Dann interessieren wir uns halt nur für Speedy ... Selbstmord, sagten Sie?«

»Wie bitte, Speedy auch?«

»Quatsch! Die Frau in Montpellier, diese Jeanne Fillion. Sie hat Selbstmord begangen. Jedenfalls sagten Sie das gestern.«

»Schrecklich, nicht wahr?«

»Was muss in einem vorgehen, dass man sich dazu entschließt, sich selbst zu töten? Diese arme Frau. Wie hat sie es getan? Strick? Tabletten?«

»Pistole!«

Perez riss die Augen auf. »Merde!«, rief er. »Sie hat sich erschossen? Das ist ja übel!«

»Kann man wohl sagen, ich habe die Tatortfotos gesehen ... Verdammte Sauerei. An die Schläfe gehalten und dann ...« Er ahmte den Knall einer Pistole nach. Perez stöhnte auf. »Alles voller Blut, also die Kleidung, nicht der Tatort.«

»Kein Blut am Tatort? Das kann dann aber nur heißen, dass sie nach ihrem Tod bewegt worden ist?«

»Ja, ja ... Das Merkwürdige ist, dass die Kollegen von der Spurensicherung auch Blut entdeckt haben, das nicht von ihr stammt. Ist das nicht verrückt? Das musst du erst mal herausfinden. Sensationelle Arbeit! Hätte ich nur halb so fähige Leute hier ...«

»Wie jetzt, fremdes Blut?«

»Nuschle ich etwa?«

»Aber das kann doch dann nur bedeuten, dass sie umgebracht wurde, das war doch niemals Selbstmord.«

»Was meinen Sie wohl, weshalb eine Nachrichtensperre verhängt wurde?«

KAPITEL 12

Marianne, Stéphanie und Perez standen neben dem Kangoo auf dem Parkplatz des Krankenhauses von Perpignan. Es kostete sie einige Mühe, den kleinen Hippy daran zu hindern, ebenfalls aus dem Wagen zu springen. Der Beagle schien nicht einsehen zu wollen, dass er zurückbleiben sollte. Und schon wieder vor diesem verdammten Krankenhaus. Was verbirgt sich hinter diesen Mauern?, schien er sich zu fragen. Es war offensichtlich, dass er sich ein Zusammenleben auf Augenhöhe anders vorstellte.

Perez dachte tatsächlich kurz darüber nach, beim Wagen zu bleiben, um dem armen Hund Gesellschaft zu leisten, begleitete die Frauen dann aber doch, nachdem sie ihn für verrückt erklärt hatten.

»Ihr wartet so lange draußen auf dem Gang, bis ich euch ins Zimmer rufe, einverstanden? Ich halte es für besser, erst mal alleine reinzugehen. Hoffentlich erinnert sie sich an mich«, sagte Marianne, während sie auf den Eingang zuliefen.

Am späten Freitagabend hatte sich Docteur Brossard telefonisch bei Perez gemeldet. Er hatte den Termin bestätigt und ihn ausdrücklich ermahnt, die unterzeichneten Papiere mitzubringen.

Perez und Stéphanie blieben auf dem Flur zurück. Das Mädchen machte sich unmittelbar an die Arbeit und recherchierte im Internet. Das edle Macbook, das sie dafür benutzte, war ein Geschenk von Perez zu ihrem siebzehnten Geburtstag gewesen. Zusätzlich hatte er die Datenleitung im Hause Finken durch Jean-Martin aufrüsten lassen und Stéphanie eine mobile Datenkarte spendiert. Nicht nur, weil er sie liebte, weil sie sich den Computer so sehr gewünscht hatte, sondern auch, damit sie ihm bei Bedarf behilflich sein konnte.

So auch an diesem Morgen. Er hatte sie gebeten, alles über Ambre Granado und Jeanne Fillion, die Tote aus Montpellier, herauszufinden. Anscheinend war die Aufgabe schwieriger, als Stéphanie zunächst angenommen hatte. Jedenfalls legten das die Flüche nahe, die sie in unregelmäßigen Abständen ausstieß.

Während sie eine Beschäftigung gefunden hatte, mit der sich die Wartezeit überbrücken ließ, beobachtete Perez das Treiben auf dem Gang. Krankenschwestern mit Patientenakten und Blutdruckmessgeräten verschwanden hinter Zimmertüren, Kinder wurden unruhiger, je länger die Eltern sich hinter verschlossener Tür mit einem Arzt besprachen, Pfleger schoben Rollstühle in die Aufzüge.

»Ich kann das nicht«, sagte er und stand auf. Stéphanie blickte verständnislos zu ihm hoch. »Ich gehe mal ein paar Schritte. Kümmere dich nicht um mich, such du weiter.«

Einige Meter den Gang hinunter fand er das Raucherzimmer. Darin standen Männer in zerschlissenen Bademänteln, unrasiert und mit grauer Gesichtsfarbe, die das Qualmen als das einzige Mittel ansahen, die Zeit, die ihnen noch blieb, totzuschlagen.

»Wirklich nicht!«, nuschelte Perez und ging weiter.

Hinter einer Scheibe saß eine der Krankenschwestern vor dem Computer. Sie hatte markante Wangenknochen und blondierte, zu einem Dutt gedrehte Haare und sah zu ihm auf, als er den Glaskasten passierte.

»Guten Morgen.« Perez lächelte ihr freundlich zu.

»Wie geht's?«, fragte sie.

Perez kratzte sich am Kopf. »Geht so«, sagte er ehrlich. Die Frage hatte ihn überrascht.

»Zum ersten Mal im Krankenhaus?« Er schüttelte den Kopf. »Setzt Ihnen aber zu, das merkt man. Ist vermutlich weniger das, was Sie sehen als das, was die Bilder in Ihnen auslösen. Das geht nicht nur Ihnen so.«

»Ihnen etwa auch?«

Sie lachte. »Nein, überhaupt nicht. Ich arbeite gerne hier, unsere Arbeit wird gebraucht. Das gibt mir ein gutes Gefühl. Besuchen Sie einen Angehörigen?«

»Wir holen eine Patientin ab, Ambre Granado. Ich habe sie gefunden ...«

Und schon hatte er ihre volle Aufmerksamkeit. Die Schwester war sehr daran interessiert, die abenteuerliche Geschichte aus erster Hand zu hören. Hier gab es Unfallopfer und Menschen, die an Krankheiten litten, Opfer mysteriöser Verbrechen waren sehr selten. Menschen, die halb tot in der Wildnis aufgefunden wurden, waren der

Schwester, die schon über zwanzig Jahre hier ihren Dienst tat, noch nicht untergekommen.

Als er begann, die Ereignisse, die zur Einlieferung Ambres geführt hatten, zu schildern, stand sie auf und trat aus ihrem Glashaus heraus. Sie baute sich mit zur Seite geneigtem Kopf direkt vor Perez auf. Er stellte fest, dass die Frau nicht nur unglaublich dünn, sondern dazu auch noch unglaublich groß war.

Er trat einen Schritt zurück, ohne dabei seine Erzählung zu unterbrechen. Sie folgte ihm. Erneut wich er zurück. Das seltsame Schauspiel setzte sich so lange fort, bis Perez die kalte Wand im Rücken spürte.

»Und, hat sie irgendwas erzählt?«, fragte er den menschlichen Gipfel.

»Sie spricht immer noch nicht«, flüsterte die Schwester. »Wenn Sie mich fragen, erinnert sie sich an überhaupt nichts. Oder sie tut nur so – aber warum sollte sie?«

»Was sagt denn die Polizei?«

»Seit dem Besuch des Kommissars gestern ist hier kein Polizist mehr aufgetaucht. Jedenfalls habe ich keinen gesehen. Ist natürlich nicht meine Aufgabe, mit den Flics zu sprechen, das macht der Professor persönlich.«

»Könnte die Polizei bei ihm gewesen sein?«

»Unwahrscheinlich. Er ist auf einem medizinischen Kongress in Marseille. Kommt frühestens am Montag zurück, wahrscheinlicher erst am Dienstag. Junggeselle«, fügte sie als Erklärung an.

»Besser für Ambre«, murmelte Perez.

»Oh ja, das sehe ich wie Sie. Das Kind braucht Ruhe. Und die am besten in einer netteren Umgebung.«

»Wenn ich Sie das noch fragen dürfte: Kommt Ihnen Ambre Granado verängstigt vor? Ich meine, nach allem, was sie vermutlich erlebt hat, wäre das doch nur allzu verständlich. Ich frage deshalb, weil ich nicht so recht weiß, wie wir uns ihr gegenüber verhalten sollen. Ich und meine Familie. Sollen wir sie normal behandeln und so tun, als wäre nichts passiert? Oder würden Sie mir raten, sie auf das Geschehene anzusprechen? Sie sind erfahren und wir bloß ein paar Laien, die sich um sie kümmern wollen, bis die Eltern wiederkommen.«

»Monsieur!«, sagte sie bedeutungsvoll.

»Perez genügt«, unterbrach er sie. »Sparen Sie sich den Monsieur für andere Kunden.« Er klang wenig freundlich, entsprechend schnippisch fiel die Antwort der Schwester aus.

»Wir nennen sie Patienten, Angehörige oder Familie, nicht Kunden. Also ... Tut mir leid, das kann ich nicht. Nur den Nachnamen ... das gehört sich nicht. Was Ihre Frage betrifft, Sie werden schon spüren, was richtig ist. Sie wiederum wird hoffentlich spüren, dass sie bei Ihnen in Sicherheit ist.«

Sie sah auf ihn herunter. Perez, aus der Hippy-Perspektive, mit leicht verrutschtem Grinsen zu ihr hinauf.

»Überfordern Sie sie nicht gleich«, sagte die Schwester. »Geben Sie ihr Zeit. Ich glaube wirklich, sie ist bei Ihnen besser aufgehoben als hier bei uns. Ich bin froh, dass sie nicht in die psychiatrische Abteilung verlegt wurde. Das wäre nämlich eigentlich das Naheliegende. Warum hier anders entschieden wurde, weiß ich nicht, aber ich befürworte es ausdrücklich. Um auf Ihre Eingangsfrage zurückzukommen: Mir erscheint Madame Granado nicht ängstlich. Wissen Sie, was sie ist?« Perez schüttelte den Kopf. »Passiv ist sie. Wenn man sie zum Beispiel bittet aufzustehen«, fuhr die Schwester fort, »dann leistet sie sofort Folge. Ohne Fragen zu stellen. Sie steht auf und bleibt so lange bewegungslos stehen, bis man sie auffordert, sich wieder hinzulegen. Sehr auffällig! Apathie! Ja, genau, das trifft es viel besser. Vielleicht ausgelöst durch ein traumatisches Ereignis. Das ist doch stets die erste Vermutung.«

»Nicht Ihre?«, hakte Perez nach.

Sie schien zu überlegen. »Nein«, sagte sie dann bestimmt. »Mir scheint, dass das bei ihr eher ein Charakterzug als eine Reaktion auf die Ereignisse ist. Sie scheint mir auf eine mehr als altmodische Art unterwürfig zu sein. Das hat natürlich auch irgendeine Ursache ... Ich bin keine Psychiaterin, sollen sich die darum kümmern, die das studiert haben. Ich bin eine einfache Krankenschwester ...«

»Mit einer, wenn Sie mir gestatten, das zu sagen, herausragenden Beobachtungsgabe. So viel Zeit werden Sie nicht mit ihr verbracht haben. Respekt, Madame.«

»Schwester Hedwig, bitte.«

»Das gehört sich doch nicht, beim Vornamen.«

Er schielte nach oben, sie lächelte.

»Ich kann mich auch täuschen«, sagte Schwester Hedwig. »Aber vielleicht achten Sie mal darauf. Vor allem aber rate ich Ihnen, sie nicht anzufassen. Sonst wird aus Apathie blitzschnell Aggression.«

»Ach, kommen Sie ...«

»Ich schwör's Ihnen: Sie brüllt das ganze Krankenhaus zusammen. Versuchen Sie es besser nicht.«

»Verrückt! … Et bien. Vielen Dank für Ihre Einschätzung. Ach, eins noch: Hatte sie irgendwelche Gegenstände in den Taschen, etwas, was wichtig sein könnte?«

»Rein gar nichts! Die Klamotten haben wir übrigens entsorgt, ich hoffe, Sie haben frische Sachen mitgebracht?« Perez nickte. Stéphanie hatte am Morgen widerwillig ihren Kleiderschrank durchwühlt. Allerdings erst, nachdem Marianne ihr eine gemeinsame Shoppingtour in Figueras in Aussicht gestellt hatte.

»Gut, ihre eigenen konnte man beim besten Willen nicht mehr gebrauchen. Die schmuddelige und zerrissene Hose, eine Unterhose, die selbst meiner Schwiegermutter zu bieder gewesen wäre, und das ebenso zerrissene und völlig verdreckte Shirt, mehr hatte sie ja nicht.«

»Seltsam, nicht wahr. Auch keine Uhr oder Schmuck? Eine Geldbörse?«

»Sie trägt dieses Kettchen um den Hals, aber das haben Sie sicher schon gesehen.«

Perez musste sich eingestehen, dass er so geschockt gewesen war, eine leblose Frau in den Bergen gefunden zu haben, dass er auf dieses Detail nicht geachtet hatte.

»Kettchen? Was ist das für ein Kettchen?«, fragte er deshalb.

»Ein sehr einfaches Goldkettchen mit einem herzförmigen Anhänger, kaum größer als eine Zwei-Cent-Münze.«

Marianne trat aus Ambres Zimmer hinaus auf den Gang. Perez und Stéphanie standen von der Bank auf.

»Sie zieht sich jetzt an«, sagte sie. »Ich glaube, deine Sachen passen ihr.«

»Wie ist sie so?«, fragte Stéphanie. Perez stupste das Mädchen in die Seite. Sie warf ihm einen fragenden Blick zu. Er schüttelte kaum merklich den Kopf.

»Frische Luft?«, fragte er stattdessen.

»Mir wäre eher nach einer Zigarette«, knurrte Marianne.

»Maman!«

Sie hatte das Rauchen vor langer Zeit aufgegeben.

»Keine Sorge ... Mein Gott, was für eine seltsame Situation, so merkwürdig, das könnt ihr euch nicht vorstellen. Die Frau da drin hat nichts, aber auch gar nichts mit dem Mädchen gemein, das ich damals kennengelernt habe. Nichts mehr von der Energie, von dieser ... inneren Stärke. Ihre Augen sind ohne Glanz und sie wirkt, als hätte sie keinen eigenen Willen. So sehr kann man sich doch nicht verändern.«

»Aber sie hat dich erkannt?«, wollte Stéphanie wissen.

Marianne sah ihre Tochter an. »Bin mir nicht sicher. Wohl eher nicht.« Sie stockte. »Ich hatte das Gefühl, sie sieht durch mich hindurch. Keine Ahnung, ob auch nur eine meiner Fragen zu ihr durchgedrungen ist. Geantwortet hat sie jedenfalls nicht.«

»Sie spricht nicht, das wussten wir ja schon«, sagte Perez. »Sie folgt nur den Anweisungen, sonst zeigt sie keinerlei Reaktion. Die hat Schreckliches erlebt, für mich steht das fest.«

»Dann versteht sie einen also, wenn man mit ihr redet«, sagte Stéphanie.

»Taub ist sie nicht ... Ach, ich weiß es doch auch nicht ... Es ist einfach nur furchtbar traurig, sie nach all der Zeit so zu sehen. Wie schlimm das erst für die Eltern wird. Da wünschte man sich fast ...«

»Tut man nicht«, sagte Perez sanft und nahm Marianne in den Arm. Eine solche Geste ließ sie sich nicht immer anstandslos gefallen, nun lehnte sie sich aber dankbar an ihn.

»Ich bin nicht mehr sicher, ob das so eine gute Idee war, sie mit zu uns zu nehmen«, hörte Perez sie flüstern.

Einige weitestgehend sprachlos verstrichene Minuten später räusperte er sich.

»Möchtest du mal nach ihr sehen?«, fragte er und hatte dabei Mühe, die richtige Lautstärke zu wählen. »Inzwischen müsste sie angezogen sein. Oder soll ich ...?«

Marianne wandte sich wortlos um und betrat erneut Ambres Zimmer. Perez folgte, verharrte aber im Türrahmen. Ihm bot sich ein friedliches Bild. Eine junge Frau mit schlecht geschnittenem kurzen Haar, feinen Gesichtszügen und zusammengewachsenen Augenbrauen, in Stéphanies Jeans, die ihr etwas zu lang und auch zu weit waren und einem T-Shirt mit der Aufschrift *The Killers,* stand frisch geduscht mitten im Raum und starrte in seine Richtung. Obwohl sie reisefertig war, machte sie keinerlei Anstalten zu gehen. Perez kam Schwester Hedwigs Aussage in den Sinn: Apathisch sei sie. War es das, was er da vor sich sah, Apathie?

»Bist du so weit? Wollen wir gehen?«, hörte er seine Freundin in diesem Augenblick fragen.

Ambre wandte sich ihr zu, ihre Arme hingen schlaff herunter.

»Na schön, dann komm«, sagte Marianne und sah sich hilfesuchend zu Perez um.

Der ging auf die junge Frau zu. »Hallo, Ambre«, sagte er so gut gelaunt, wie es die Situation erlaubte. »Ich bin Perez. Darf ich bitte deinen Rucksack nehmen?«

Ambre drehte den Kopf in seine Richtung.

Er griff nach dem Rucksack, um ihn ihr sanft zu entwenden. Ihr Griff wurde fester. Perez zog. Sie hielt dagegen.

»Schon gut«, ging Marianne dazwischen.

Er wäre fast nach hinten gestolpert, weil Ambre den Rucksack von einem Moment auf den nächsten losließ.

Marianne und Perez sahen sich an.

Was bedeutet das?, schien sein Blick zu fragen.

Ich habe nicht die leiseste Ahnung, war Mariannes wortlose Antwort.

KAPITEL 13

Am Ende hatten ganz einfache Anweisungen zum Erfolg geführt. Offene Fragen wie »Können wir dann jetzt gehen?« funktionierten bei Ambre nicht. »Bitte folge mir« oder »Steig hinten zu Stéphanie!«, das war die Art von Sätzen, mit denen man bei ihr Ergebnisse erzielte. Allerdings taten sich alle schwer damit, sie so herumzukommandieren.

Nachdem sie endlich im Auto saßen und Hippy dem Neuankömmling gleich auf den Schoß gesprungen war – Ambre schien nichts dagegen zu haben –, versuchte Marianne sich als Fremdenführerin. Sie pries die vor dem Fenster vorbeiziehende Landschaft, das herrliche Badewetter, wies auf besonders schöne Strandabschnitte hin oder versuchte Ambre mit Lobeshymnen auf Haziems außergewöhnliche Kochkunst aus der Reserve zu locken.

Nichts davon zeigte Wirkung, weshalb sie alsbald verstummte. Niemand von ihnen konnte sich an eine auch nur annähernd so schweigsam verlaufende gemeinsame Autofahrt erinnern. Eigentlich hatte sich Perez' kleine Familie immer etwas zu erzählen, oder sie stritten leidenschaftlich. Aber Stille, nein, die kannten sie nicht.

Alle paar Kilometer warf Perez einen Blick in den Rückspiegel. Verstohlen beobachtete er die junge Frau im Fond. Wie gerne hätte er Ambre ihren Dämonen entrissen, er wollte ihr helfen, zurück ins normale Leben zu finden. Er war sich sicher, Marianne und Stéphanie erging es nicht anders.

Eine Stunde später saßen sie im *Conill.* Haziem hatte keine Reservierungen angenommen und blieb auch jetzt, wo alle naselang jemand in den Eingang trat, um sich nach einem Tisch zu erkundigen, strikt bei seiner ablehnenden Haltung.

»Geschlossene Gesellschaft«, rief er. Der Laden wäre brechend voll gewesen.

Die Familie hatte sich vollständig eingefunden, um die Neue willkommen zu heißen, alle brannten darauf, Ambre Granado kennenzulernen. Leicht machte die es ihnen nicht. Die junge Frau blieb so lange regungslos im Raum stehen, bis Perez sie anpflaumte.

»Setz dich da hin!« Er deutete auf den Stuhl zwischen Marie-Hélène und Stéphanie.

»Papa!«, zischte Marie-Hélène in seine Richtung. »Wie benimmst du dich denn?«

»Anders geht es bei ihr nicht«, sagte Stéphanie so laut, dass jeder im Raum sie hören konnte. Dabei lachte sie gut gelaunt. »Ambre macht nur, was man ihr sagt.«

Marianne funkelte ihre Tochter böse an. *Das würde ich mir von dir auch wünschen,* war in ihrem Blick zu lesen.

»Stimmt doch«, beharrte Stéphanie.

»Schafft mal ein bisschen Platz auf dem Tisch«, rief

Haziem in diesem Augenblick und begann, große Teller mit Jabugo-Jabugo auf den Tisch zu stellen. Dazu eine Platte Rindertatar mit frischen Sardinen und eine weitere mit einer fetten Burrata auf einem Bett aus halbierten Feigen. Zusammen mit dem knusprigen Brot, das sie aus Elne bezogen, war das eine herrliche Vorspeisenfolge.

Kaum stand das Essen auf dem Tisch, ging mit Ambre eine Veränderung vor sich, die niemand erwartet hatte. Als hätte eine geheime Kraft einen Schalter umgelegt, wurde aus der apathisch dasitzenden, scheinbar antriebslosen Person ein überaus aktiver Teilnehmer der Mittagsrunde. Ambre schaufelte sich den Teller voll und machte sich über das Essen her, als hätte sie seit Tagen von nichts anderem geträumt.

Angesichts dieser unerwarteten Wendung vergaßen die Übrigen ihren Hunger, selbst Perez hielt mitten in der Bewegung inne und starrte Ambre verblüfft an.

Sie warfen sich fragende Blicke zu. Der Appetit der jungen Frau schien unstillbar zu sein. Auch bei den Hauptgängen und dem Käse schlug sie derart zu, dass Haziem ständig weitere, größere Portionen bringen musste, um auch den Rest der Familie satt zu bekommen.

»Die isst mehr als Perez«, sagte Stéphanie mittendrin.

Perez schwankte zwischen Freude – er mochte Menschen, die beim Essen kräftig zulangten – und Furcht, selbst nicht satt zu werden. Ein unsinniger Gedanke bei Haziems enormen Vorräten.

Den Wein rührte Ambre nicht an. Dafür schüttete sie Wasser in sich hinein wie ein Kamel am Wasserloch.

Ganz anders Perez, der aus Nervosität so viel Alkohol

trank, dass er gegen Ende des vorzüglichen Mahls leichte Artikulationsschwierigkeiten hatte, obwohl es gerade einmal früher Nachmittag war.

Die Runde schöpfte Hoffnung. Der Frau schmeckte es, das konnte doch wohl nur bedeuten, dass sie sich in ihrem Kreis wohlfühlte. Der erste Schritt Richtung Normalität?

»Ambre«, sagte Perez zu der Frau, die wieder reglos auf ihrem Stuhl saß, nachdem Haziem abgeräumt hatte. »Kannst du dich erinnern, jemals so gut gegessen zu haben?« Ambre Granado sah nicht einmal auf. Dafür schüttelten alle anderen tadelnd den Kopf. »Und wo?«, legte er nach. »Das *Conill* ist nämlich ein besonderes Lokal und mein Freund Haziem hier ist der beste Koch weit und breit. Vielleicht warst du schon mal mit deinen Eltern hier? ... Was denn?«, stieß er aus, als eine Fußspitze ihn am Schienbein traf.

Marianne runzelte die Stirn. Es war offensichtlich, dass Perez überhaupt nicht mit Ambres Schweigen umgehen konnte. Man konnte mit ihm über Traumapatienten sprechen, saß er jedoch einem gegenüber, war er überfordert. Was das betraf, war Perez ein sehr einfaches Gemüt. Ihm war aus tiefstem Herzen unverständlich, dass eine gute Mahlzeit nicht alle Wunden zu heilen vermochte. Der einzige Mensch, bei dem er angemessen reagierte, wenn dieser von erlittenen Demütigungen erzählte, war sein Freund Haziem. Warum, das hätte Perez nicht einmal selbst erklären können.

Stéphanie löste die angespannte Stimmung schließlich auf.

»Ambre«, rief sie, »komm, wir gehen runter zum Strand und lassen die alten Leute ihre Alte-Leute-Dinge besprechen. Hast du Lust? Na los!«

Sie sprang entschlossen auf, ohne auf die bösen Blicke zu achten, die ihr die despektierlichen Äußerungen eintrugen. Einzig Haziem hatte seinen Spaß. Als Stéphanie zu ihm rübersah, nickte er ihr wohlwollend zu.

Die größte Überraschung war Ambre. Stéphanie packte sie wie selbstverständlich am Arm und zog sie vom Stuhl. Man konnte förmlich spüren, wie der Rest der Truppe die Luft anhielt. Sie erwarteten das große Gebrüll, das ihnen im Fall körperlichen Kontakts mit der sprachlosen Frau angekündigt worden war.

Stattdessen stand Ambre anstandslos auf, sah Stéphanie sogar für einen kurzen Moment in die Augen, bevor sie auf die Toilette verschwand.

Stéphanie spielte ihren Sieg aus, indem sie tat, als wäre nichts Besonderes vorgefallen. Während der etwas zu langen Abwesenheit Ambres sagte keiner auch nur ein Wort.

»Du bist so weit? Super, lass uns abhauen«, sagte Stéphanie, als die junge Frau endlich wieder neben ihr stand. Sie machten sich auf den Weg nach draußen.

Es war Perez, der als Erster das Wort ergriff.

»Da leck mich doch am Arsch!«

»Papa!«, zischte Marie-Hélène.

»Perez!«, sagte Marianne zeitgleich.

»Ja, ja. Ich weiß, ich habe mich nicht richtig verhalten. Tut mir leid. Ich habe das unterschätzt. Ein Mensch neben mir, der nicht spricht und auch durch keine Geste zu verstehen gibt, dass er mit mir kommunizieren möchte – das macht macht mich fertig.«

»Sie ist gerade einmal drei Stunden in unserer Obhut«, sagte Marie-Hélène, »und schon wird sie dir zu viel. Das kann ja heiter werden.«

»Ich sagte doch, dass es mir leidtut. Und die Frau tut mir natürlich auch leid ... Verdammt! Ich konnte doch nicht ahnen, dass mir das so zusetzt. Wie ist das denn für euch? Und wieso geht sie jetzt anstandslos mit Steph zum Strand? Was stimmt denn mit uns anderen nicht?«

»Freu dich doch, anstatt dich so aufzuführen«, fiel ihm Marianne ins Wort. »Vielleicht haben die beiden Mädchen ja einen Draht zueinander. Das würde uns allen die Sache deutlich erleichtern. Ich bin mal gespannt, was Steph uns später erzählen wird. Vielleicht spricht Ambre einfach nicht mit jedem – im Augenblick jedenfalls noch nicht. Vielleicht fühlt sie sich Steph näher als uns anderen, wäre doch möglich. Ich meine, welcher junge Mensch will sich schon einem Sechzigjährigen anvertrauen?«

»Vielen Dank für die Blumen. Scheint so, als würde ich hier nicht mehr gebraucht.«

»Vielleicht solltest du mittags etwas weniger trinken!«, sagte Marianne. Sie ließ es freundlicher klingen, als es gemeint war.

Perez verschränkte die Arme vor der Brust und presste die Lippen aufeinander. Haziem kam um den Tresen herum und legte seinem Freund die Arme um den Hals.

»Ich brauche dich, Perez, jetzt beruhige dich mal wieder. Willst du nicht ein Mittagsschläfchen halten?«

»Nun werd du nicht auch noch drollig«, antwortete er, entspannte sich aber etwas.

»Können wir mal über den Betreuungsplan sprechen?«, sagte Marie-Hélène. »Ich brauche genaue Termine, damit ich das mit den Dienstplänen im *Catalan* in Einklang bringen kann.«

»Seit wann habt ihr denn Dienstpläne?«, fragte Perez, sah aber nicht seine Tochter, sondern seinen Schwiegersohn Jean-Martin an, der bislang sehr schweigsam gewesen war.

»Das hat meine Frau eingeführt, ich finde das gut«, sagte die Bohnenstange leise. Marie warf ihm daraufhin einen Handkuss zu.

In diesem Augenblick rief Boucher an. Perez hörte schweigend zu, was der Elsässer zu sagen hatte. Das Telefonat kam ihm ungelegen. Er war betrunken und wusste selbst, dass er sich kindisch verhalten hatte. Entsprechend übel gelaunt war er.

»Wer war das?«, wollte Marianne wissen, nachdem er das Gespräch beendet hatte.

»Boucher.«

»Und? Lass dir bitte nicht alles aus der Nase ziehen.«

»Die in Sainte-Marie-Plage haben derzeit keine Leute für eine erneute Zeugenbefragung. Jetzt ist Saison, und da haben sie andere Probleme. Außerdem sind sie chronisch unterbesetzt. Lauter kleine Diebstähle auf den Campingplätzen, was weiß ich, hab nicht genau zugehört. Der Fall Speedy hat jedenfalls keine Priorität.«

»Mist. Und was nun?«

»Ich fahre morgen rüber und mach's selbst.«

»Wie soll das denn gehen?«

»Boucher hat mir die Namen der Zeugen genannt, sind nur zwei Personen. Der Dritte ist verstorben. Die finde ich schon. Mithilfe von … Egal, ist nicht dein Problem.«

KAPITEL 14

Perez fuhr auf der Vierspurigen bis Perpignan, bog dann ab in Richtung Cabestany und Canet-en-Roussillon. Von dort waren es nur mehr wenige Kilometer die Küste hoch nach Sainte-Marie-Plage.

»Mon dieu, ist das hässlich hier«, sagte er nicht bloß einmal während der einstündigen Fahrt. »Schau dir das doch mal an, Hippy!« Aber jedes Mal sah der Hund nur schwanzwedelnd zu seinem Herrchen rüber. Er machte noch nicht ganz das, was Perez von ihm erwartete.

Seit sie die Küste erreicht hatten, war an ein zügiges Vorankommen nicht mehr zu denken. Ein zunehmend genervter Perez zuckelte im Schritttempo hinter einer Karawane von Wohnwagen und Wohnmobilen her.

»In welcher Lotterie haben die wohl ihren Führerschein gewonnen? Guck dir mal an, wie der fährt, Hippy. Schon am frühen Morgen besoffen ... Unfassbar! ... Nun gib doch mal Gas, du Tourist!«, brüllte er aus dem offenen Fenster und ließ unterstützend den Handballen auf der Hupe liegen.

Verändern ließ sich dadurch nichts. Im Gegenteil: Jetzt stoppte der Verkehr vollends, weil eines der weiter vorne fahrenden Wohnmobile den Blinker gesetzt hatte, sich aber nicht auf den Campingplatz abzubiegen getraute, so lange am Horizont ein Auto auf der Gegenspur auszumachen war.

Der Sommer war keine gute Zeit für die Einheimischen. Perez' spanischer Freund und Geschäftspartner Alain Pereira pflegte in Gesprächen über die Fahrkünste der Touristen immer auf die kurze Eisenbahnunterführung bei Paulilles hinzuweisen. Zehn Monate im Jahr, sagte er, passten zwei entgegenkommende Fahrzeuge wunderbar aneinander vorbei. In den beiden Touristenmonaten Juli und August würden die Fahrzeuge offenbar breiter. Das müsse an der Sonne liegen, ergänzte er stets resignierend.

Perez hätte diesem Beispiel saisonaler Irrationalität etliche weitere hinzufügen können, doch jeder Einheimische wusste ohnehin, wovon die Rede war und verdrehte nurmehr die Augen. An der Côte Vermeille brauchte man eben eiserne Nerven, bis die Touristen wieder abrauschten und Normalität einkehrte.

In den unzähligen Retortenstädten mit ihren kilometerlangen Nudistenstränden, die sich entlang des Golfe du Lion aufreihten, von Argelès-Plage bis hoch zum Cap d'Agde, ja sogar noch weiter bis La Grande-Motte, war es noch schlimmer. In den Monaten ohne Touristen war dort dafür so viel Leben wie auf dem Friedhof von Banyuls. Tristesse im Paradies.

So auch am Strand von Sainte-Marie. Im eigentlichen Ortskern im Hinterland wohnten immerhin noch fast fünftausend Menschen, während in dem künstlich angelegten Strandort zwischen Ende September und Anfang

Mai wahrscheinlich nur einige Wachleute mit ihren scharfen Hunden herumschlichen.

Perez parkte den Wagen und ließ Hippy auf dem staubigen Gelände erst einmal in Ruhe sein Geschäft verrichten. Er dachte gar nicht daran, die Fäkalien seines Hundes mit einem der überall aushängenden Kotsäckchen einzusammeln.

»Sollen die blöden Touristen doch reintreten«, murmelte er. Die kleine Rache des Einheimischen.

Prompt rannte er in einen Mann hinein. Der Fluch auf seinen Lippen erstarb, als er die Uniform bemerkte, in der der füllige Körper steckte.

»Ist was?«, fragte er stattdessen.

Der Mann deutete über Perez' Schulter hinweg. Er drehte sich in die angezeigte Richtung, konnte aber außer Hippy kein Lebewesen ausmachen. Auf das hinter dem Parkplatz beginnende öde Flachland zeigte der Gendarm sicher nicht.

»Ich verstehe nicht«, sagte er wahrheitsgemäß und zuckte übertrieben die Schultern.

»Ihr Hund, Monsieur!«, sagte der Uniformierte streng. »Wir hier in Sainte-Marie achten auf Sauberkeit. Im Sinne unserer Besucher. Was glauben Sie, warum hier überall diese Spender aufgestellt wurden?« Er zeigte auf die Kotsäckchen.

»Habe ich mich auch schon gefragt.«

»Hier mache ich die Witze, Monsieur. Aufsammeln oder zum Hundeklo, kapiert?«

»Hundeklo?«, stammelte Perez ratlos.

»Richtig. Am Ende der Piste ist ein abgetrenntes Rechteck mit Sand gefüllt. Ist sogar ausgeschildert.«

»Sie meinen ... eine Düne für Hunde?«

»Freundchen, Sie wollen es wohl nicht verstehen. Ich muss Sie verwarnen ...«

»Was soll denn das?«

»Vierzig Euro, Monsieur. Und zwar auf der Stelle. Sollten Sie die Zahlung verweigern, ergeht ein um zwanzig Euro höherer Bußgeldbescheid. In diesem Fall darf ich um Ihre Papiere bitten.«

Unter allerlei Flüchen holte Perez sein Portemonnaie hervor und zählte dem Polizisten die Summe in die Hand. Dabei achtete er darauf, so viel wie möglich in Münzen zu blechen. Befriedigung zog er daraus allerdings nicht. Die ausgestellte Quittung zerknüllte er vor den Augen des Ordnungshüters und warf sie achtlos in den Staub.

Der Polizist rief ihm noch hinterher, er erwarte, dass Perez den Zettel aufhebe und ebenso den Haufen seines Hundes ordnungsgemäß entsorge. Andernfalls könne das teuer für ihn werden.

Perez tippte sich bloß an die Stirn und schritt entschlossen auf den Ausgang des Parkplatzes zu.

»Wo sind wir denn hier reingeraten?«, fragte er Hippy, der inzwischen wieder an seiner Seite trabte. »Sind jetzt alle verrückt geworden?«

Sauberkeitsfanatiker mit Hundeklos ... Kein Wunder, dass die Flics von Sainte-Marie keine Zeit hatten, sich um die Wiederaufnahme des Falls zu kümmern. Was kommt als Nächstes: Sicherheitsverwahrung wegen Wildpinkelns? Hoffentlich erreichte dieser überdrehte Irrsinn nicht eines Tages auch noch Banyuls und die Côte Vermeille.

Bei den Zeugen handelte es sich um einen Mann und eine Frau, die in Sainte-Marie gemeldet waren und im ganzen Kanton als Marktbeschicker arbeiteten. Victor Berasategui verkaufte Klamotten. Valérie Dupres handelte mit Olivenprodukten. Glücklicherweise bespielten beide auch den Wochenmarkt von Sainte-Marie, der an diesem Dienstag abgehalten wurde. Sie sollten also nicht allzu schwer zu finden sein.

Perez beschloss, sich mit seiner Befragung zu beeilen. Dieser Ort schien in einer weit entfernten Galaxie zu liegen und er wollte so schnell wie möglich zurück auf seinen Heimatplaneten.

Die Suche nach dem Wochenmarkt war leicht. Er brauchte nur dem stetig anschwellenden Strom aus rotgesichtigen Nordländern zu folgen.

Eingeklemmt zwischen einem künstlich angelegten Fichtenhain und dem ebenso künstlich aufgeschütteten Deich zogen sich die Reihen der Stände mindestens zwei Kilometer die Küste hoch. Bei den Verkaufsbuden handelte es sich im Wesentlichen um Tapeziertische, die von aufgespannten Plastikplanen vor Sonne und Regen geschützt wurden.

Angeboten wurde so ziemlich alles, was man nicht brauchte. Gemüse, Obst, Säfte und Ziegenkäse aus den Albères suchte man vergebens. Geflügel, Fleisch oder gar Fisch? Fehlanzeige!

Perez versuchte, die Standnummern zu finden. Berasategui solle, seinem Gewährsmann vom Ordnungsamt zufolge, die Nummer dreihunderteinundsiebzig haben, während Madame Dupres am Stand dreiundachtzig zu finden sei. Aber so sehr er auch den Kopf verrenkte, Nummern sah er in dem Getümmel keine. Eigentlich sah er nicht einmal die Stände richtig, dafür war er einfach zu klein. Er stierte auf verschwitzte Nacken und tätowierte Oberarme. Tapfer kämpfte er sich nach links durch, wo er schließlich an die Gestade eines Messerverkaufsstands gespült wurde. Er befragte den Händler, ob er die beiden Zeugen kenne. Zunächst erntete er bloß einen gelangweilten Blick. Dann erkundigte sich der Schnauzbartträger nach den Produkten, die diese verkauften. Beim Klamottenhändler reagierte er nicht, aber bei den Oliven huschte ein Lächeln über sein Gesicht.

»Valérie«, sagte er. »Na, klar. Die habe ich heute schon gesehen, ganz früh am Morgen beim Aufbauen, als die Terroristen noch nicht da waren.«

»Terroristen, ja. Ha, ha!«, ging Perez pflichtschuldig auf den schlechten Witz ein.

»Gibt nur einen Stand mit Olivenprodukten. Klamotten gibt es Hunderte, werden wöchentlich mehr, hat man den Eindruck. Laufen Sie einfach so lange weiter, bis Sie ihn sehen. Hundert Meter vielleicht. Müsste so Standnummer neunzig sein, plus, minus ...«

»Dreiundachtzig.«

»Dann wissen Sie doch Bescheid.«

»Was haben Sie für eine Nummer?«

»Vierundvierzig. Leicht zu merken.«

So leicht wie jede andere verkackte Zahl, dachte Perez, dem es hier allmählich zu blöd wurde. »Wo sind die Standnummern denn angeschlagen?«

Der Mann hob das Samttuch, das den Tapeziertisch bedeckte, sodass Perez ein mit Kreide beschriebenes Schiefertäfelchen sehen konnte. »Die Flics verteilen die Nummern in der Nacht«, erklärte der Händler.

Mit den Worten »Schiefer! Wenigstens etwas Authentisches von hier!«, ließ Perez den Mann ratlos zurück. Die Messer, die er verkaufte, stammten aus Laguiole, einem Nest im Département Aveyron.

Hippy auf den Armen – niemals hätte er den kleinen Kerl zwischen all den kalkweißen Beinen hilflos herumirren lassen – schob er sich weiter voran. Es dauerte tatsächlich zwanzig Minuten, bis er auf die Idee kam, seinen Weg auf dem Deich fortzusetzen.

Von dort aus war die Suche um einiges leichter, er fand den Olivenstand sofort. Wieder hob er Hippy hoch, der herzerweichend wimmerte. Der Beagle schien von Sainte-Marie nicht minder enttäuscht. Entschuldigungen ausstoßend drückte sich Perez durch die Menge und stand schließlich abgekämpft vor einer etwa gleichaltrigen Frau, die allerdings im Gegensatz zu ihm freundlich, frisch und fröhlich wirkte.

»Guten Morgen!« Sie lächelte Perez an, bevor sie sich zu Hippy hinunterbeugte und ihn unter dem Kinn kraulte. »Ziemlich voll heute, nicht wahr?«, sagte sie, ohne ihn anzusehen. »Nicht gut fürs Geschäft. Darf ich Ihnen eine Erfrischung anbieten?« Sie hielt ihm einen Becher hin.

»Selbst gemachte Zitronenlimonade. Genau das Richtige bei dieser Hitze.« Sie trank selbst auch einen Schluck und strich sich die grauen Haare aus dem Gesicht.

»Woher wissen Sie ...?«, fragte Perez.

»Sehen Sie sich an. Heute sind alle genervt. Ein kühles Erfrischungsgetränk schadet niemandem.«

»Danke«, sagte Perez. »Das ist wirklich sehr aufmerksam. Sie haben ganz recht, es ist keine Freude, sich hier zu bewegen. Ich habe nach Ihnen gesucht.«

»Das ist ja reizend. Was darf ich Ihnen denn zeigen? Suchen Sie eher etwas Essbares oder ...«

»Nein, nein. Verzeihen Sie, ich komme nicht als Kunde. Aber«, bemühte er sich hinzuzufügen, »ich bin auch nicht von der Polizei. Nicht, dass Sie das denken. Ganz im Gegenteil.«

»Was ist man denn, wenn man das Gegenteil von der Polizei ist, doch wohl kein Verbrecher? Dafür sehen Sie zu nett aus – und das Hündchen erst.«

Wieder kraulte sie Hippy, der das sichtlich genoss, zumal ihm die freundliche Madame Dupres auch ein Schälchen mit Wasser hingestellt hatte. Die hinter dem Stand versteckte Kühlbox schien gut gefüllt zu sein.

»Ich will ehrlich zu Ihnen sein«, log Perez. »Meine Nichte ist vor sechs Jahren spurlos verschwunden. Die Polizei hat die Suche nach ihr aufgegeben. Ihre Eltern hat das fast umgebracht. Sie sind seit dieser Zeit wie gelähmt. Meinen Schwager hat es den Job gekostet. Ich kann dem nicht länger tatenlos zusehen. Ich möchte meine geliebte Schwester nicht so leiden sehen. Vor Kurzem haben wir herausgefunden, dass Ambre, so heißt meine Nichte, zuletzt mit einem Mann zusammen gewesen ist, der hier in Sainte-Marie Musik gemacht hat.«

»Ich erinnere mich«, sagte die Frau, deren Miene ernst geworden war. »Damals hat die Polizei nach Personen gesucht, die den Mann gekannt haben. Wie hieß er noch gleich?«

»Speedy.«

»Speedy, na klar. So hieß er. Speedy! Das war ein ganz schön schräger Vogel. Hat sich etwa ein halbes Jahr lang hier herumgetrieben. Viel weiß ich nicht über ihn. Hierher kommen eine Menge seltsamer Typen, vor allem im Sommer. Gaukler, Straßenmusiker, aber auch Taschendiebe – die Kehrseite der Medaille. Ich weiß noch, dass er damals auf dem Campingplatz übernachtet hat. Die haben da Hütten, die man für einen längeren Zeitraum mieten kann. Er muss also mit seiner Musik Geld verdient haben. Auf jeden Fall spielte er ziemlich gut. Hier gibt es manche, die wissen nicht mal, wie sie die Gitarre halten sollen. Die gehen einem mit ihrem Gedudel auf die Nerven. Nein, dieser Speedy war da anders. Die Cabañas sind nicht eben billig, vor allem nicht in der Saison. Die Hütten haben warmes Wasser, eine eigene Dusche, eine kleine Küche und so. Wirklich nicht schlecht. Aber all das habe ich damals auch der Polizei erzählt.«

»Et alors?«

»Keine Ahnung. Ich nehme doch mal an, die haben sich dann drüben nach ihm erkundigt. Ich habe jedenfalls nichts mehr von der Sache gehört. Bis heute. Das ist wirklich schrecklich, Monsieur. Wenn ich mir vorstelle, meine Tochter würde ...«

Perez kaufte der Frau doch noch etwas ab: ein Schneidebrett aus Olivenholz, das er Haziem schenken würde. Dazu gehörte ein Laguiole-Messer, mit einem Griff aus poliertem Olivenholz. Bestimmt freute sein Freund sich darüber und er tat der liebenswürdigen Madame Dupres einen Gefallen.

*

Eine Stunde später hatte er endlich den Campingplatzwärter gefunden. Und erneut stand ihm das Glück zur Seite. Der grauhaarige Mann mit den Schlupflidern und den wild wachsenden Augenbrauen verrichtete bereits seit dreiundzwanzig Jahren auf dem baumbestandenen Areal seinen Dienst und die Grüße, die Perez ihm zusammen mit einem Glas Olivenkonfitüre von Madame Dupres überbrachte, wirkten Wunder.

Oscar, so lautete sein Name, bot Perez einen Stuhl im Schatten einer Pinie und ein Glas gut gekühlten Rosé an. Auch wenn es nicht der beste Tropfen war, war Perez doch froh, an diesem Ort des Grauens nun schon dem zweiten netten Menschen zu begegnen. Er tischte ihm dieselbe Lügengeschichte auf, die er zuvor schon Madame Dupres erzählt hatte.

Hippy lag währenddessen zufrieden unter Perez' Stuhl, hatte eine große Schale mit frischem Wasser bekommen sowie einen Teller mit Keksen.

Schnell waren die Männer beim Du angelangt. Perez hatte erfahren, dass Oscar aus Toulouse stammte und seine Eltern eine Vorliebe für alles hatten, was aus Argentinien, dem Land ihrer Vorfahren, kam. Deshalb hatten sie ihre Söhne auch Lionel und Oscar getauft.

Als Perez sich mit einigen autobiografischen Fakten für seine Offenheit bedankte, fiel sein Lügengebilde vom besorgten Onkel wie ein Kartenhaus in sich zusammen. Der Mann hatte schon eine Menge über den Hobbyermittler aus Banyuls gehört und wollte ihn unbedingt bei seinen aktuellen Ermittlungen unterstützen.

»Speedy, sagst du?«, fragte er, nachdem Perez geendet hatte. »Na klar erinnere ich mich an den. Auch an die Flics, die damals seinetwegen herkamen. Mich haben sie allerdings nicht befragt. Wollten nur mit dem Boss reden.« Er stieß ein schadenfrohes Lachen aus. »Dabei hat der doch keine Ahnung, was hier vor sich geht. Aber du musst auch nicht denken, dass der Alte mich in so einem Fall dazuruft ... Vergiss es! Dafür ist Monsieur zu stolz. Pariser!«, stieß er aus. In ähnlicher Diktion, als würde er »Pest« oder »Cholera« rufen. »Das sagt doch wohl alles, was, Perez?«

Perez nickte zustimmend. »Das habe ich mir schon gedacht«, sagte er. »Die Flics haben in diesem Fall schlampig ermittelt. Würdest du mir sagen, was du über Speedy weißt?«

Oscar berichtete daraufhin mit einem gewissen Neid in der Stimme von all den schönen Frauen, die Speedy während seiner Zeit auf dem Campingplatz angeschleppt hatte: »Nahezu jeden Abend eine andere.« Perez bedauerte in diesem Moment sehr, kein Foto von Ambre zu besitzen.

»Weißt du, wovon er gelebt hat?«, fragte er.

»Musik! Er kam selten vor Mittag aus seiner Hütte gekrochen. Aber sehr freundlich, das war er wirklich. Und immer einen flotten Spruch auf den Lippen. Meistens hatte er seine Gitarre unter dem Arm und machte sich umgehend auf den Weg runter zum Strand. Ob man mit Straßenmusik viel Geld machen kann …?« Er hob die Hände gen Himmel. »Keine Ahnung. Jedenfalls war er immer gut gelaunt. Und glaube mir, das allein hat mich für ihn eingenommen. In meinem Job ist das alles andere als selbstverständlich. Normalerweise ist der Campingplatzwärter für die Camper der Arsch, der an allem schuld ist. An den verstopften Toiletten, den dreckigen Waschräumen, dem nicht gemähten Rasen, den kaputten Steckdosen. Aber auch am überlaufenen Strand, am Wetter, dem Verkehr, den schlechten Einkaufsmöglichkeiten, den viel zu teuren Restaurants. Nee, da war der Typ anders drauf. Wenn er bloß nicht so fürchterlich ausgesehen hätte.«

»Wie denn?«

»Jesus! Original wie Jesus von Nazareth. Ist das zu glauben?«

»Breites Kreuz?«, fragte Perez und grinste.

Oscar bekreuzigte sich. »Elendig langes, glattes Haar und einen Rauschebart bis zu den Brustwarzen – fürchterlich, echt fürchterlich. Und erst die Klamotten … Immer in Weiß, aber komplett, verstehst du? Weiße Schuhe, weiße Hose, weißes Hemd, alles tipptopp sauber und gebügelt, aber das ist doch völlig affig, so rennt man hier doch nicht rum.«

»Vielleicht war das sein Bühnenanzug. Vielleicht trugen aber auch einige Hippies so was, müsste ich mal meine Frau fragen.«

»Mag sein …«, Oscar machte ein nachdenkliches Gesicht.

»Was ist?«, fragte Perez.

»Irgendwas stimmte mit dem nicht. Ich meine, wie passt das zusammen: Jeden Tag eine andere Braut anschleppen und gleichzeitig total fromm sein?«

»Woraus schließt du, dass er fromm war?«

»Du wirst es nicht glauben, aber das haben mir die Frauen erzählt. Ich habe mich mit einigen von denen unterhalten. Sie sagten, dass Speedy sie bekehren wollte. Er habe sie immer nur *Schwester* genannt. Und dass der Typ nicht ganz richtig im Kopf wäre, haben sie auch gesagt – unisono. Also: Weiber abschleppen und trotzdem Kirchbänke abwetzen, das passt nicht zusammen. Nicht in meiner Welt.«

»In meiner auch nicht. Bank abwetzen … Dann war er also auch viel in der Kirche?«

»Habe ich nicht gesagt.«

»Wäre aber nicht ausgeschlossen. Wenn er tatsächlich so fromm war, wie die Damen behauptet haben, könnte dann nicht vielleicht der örtliche Pfarrer etwas mehr über ihn wissen?«

»Möglich. Hah! Die würden sogar gut zusammen passen, der Pfaffe ist auch so ein schräger Vogel. War er zumindest, als ich ihn das letzte Mal sah.« Perez zog die

Augenbrauen hoch. »Ich bin nicht gläubig«, fügte der Mann hinzu.

»Du hast dich aber vorhin bekreuzigt.« Perez schmunzelte.

»Mehr so eine Geste, hat nichts zu bedeuten, wirklich nicht. Wenn ich mich recht erinnere, war ich zum letzten Mal bei der Taufe meiner Enkeltochter in der Kirche, und die ist inzwischen eine junge Frau.«

»Und woher kennst du dann den Pfarrer?«

»Damals hat er einen Sommer lang – und das war exakt in dem Jahr, als Speedy bei uns auf dem Platz gelebt hat – jede Woche einen Gottesdienst hier abgehalten. Mein Pariser hat es ausdrücklich erlaubt. Ist selbst auch einer von den Bankabwetzern.«

»Hier auf dem Gelände? Zusammen mit Speedy?«

»Ganz genau. Ich vermute zumindest, dass Speedy bei diesen Messen auch mitgemacht hat. Messdiener oder so was. Ich bin da nie hin. Die haben das ganz hinten am Zaun gemacht, so weit komme ich höchstens im Winter.«

»Sie haben hier auf dem Gelände die Messe abgehalten ... Und sie kamen dir nicht ganz normal vor. Habe ich das richtig verstanden? Was war komisch an dem Priester?«

»Der hatte auch so lange Haare und diesen Bart.«

»Könnte ein Zufall gewesen sein. Jesus war doch auch so ein ausgemergelter, spaßfreier Typ. Langes Haar, Bart, Dornenkrone. Hatte dein Priester vielleicht auch so eine Krone auf, oder vielleicht Speedy? Man munkelt doch, Jesus wäre wiedergeboren worden ...«

Die Männer lachten herzhaft.

»Kann schon sein«, prustete Oscar. »Jedenfalls sahen alle Pfarrer, die ich davor kennengelernt habe, anders aus als diese beiden Clowns. Und die hielten auch keine Gottesdienste im Freien ab, am Lagerfeuer und so. Schließlich haben wir eine Kirche im Ort, eine ganz schöne sogar.«

»Verrückt! Sonst noch was?«

Oscar zuckte die Schultern, als wollte er sagen: Reicht das nicht an Absonderlichkeiten?

»Der Typ ist damals einfach so abgehauen. Hat den Schlüssel für die Cabaña auf den Tresen im Büro gelegt, als niemand da war, und ward nie mehr gesehen.«

»Der Pfarrer?«

»Quatsch! Speedy.«

»Sag mal, du hast doch sicher seinen richtigen Namen – oder müssen die Mieter bei euch keine Ausweise hinterlegen und Meldeformulare ausfüllen wie in den Hotels?«

Oscar druckste herum.

»Was?«, fragte Perez.

»Na jaaa ... Er hat die ersten sechs Monate im Voraus bezahlt und gemeint, er hätte seinen Pass verloren.«

»Und weiter?«

»Mensch, Perez, ich kann doch nichts dafür, ich mache nur meinen Job und würde ihn gerne behalten. In drei Jahren werde ich pensioniert ... Mein Pariser macht schon mal das ein oder andere Geschäftchen nebenbei. Wir haben hier so eine Art Sonderkasse ... Komm schon, Perez, ist doch nichts weiter dabei.«

»Ich bin kein Richter«, sagte Perez und wagte einen kurzen Gedanken an seine eigenen finanziellen Transaktionen. »Trotzdem schade! Sein richtiger Name hätte mir weitergeholfen. Sollte dir noch etwas einfallen, würdest du mich anrufen?«

»Versprochen!«

KAPITEL 15

Perez stieg in die Eisen. Um ein Haar wäre er an der schmalen Zufahrt vorbeigerauscht. Etwas Weißes, in der Sonne Strahlendes hatte ihn im letzten Augenblick den Kopf wenden lassen.

Auf der untersten Stufe der Kirchentreppe stand eine glücklich lachende Braut, neben einem schlaksigen und nicht minder erregt dreinschauenden Bräutigam sowie einem guten Dutzend herausgeputzter Menschen jeden Alters.

Perez interessierte sich jedoch weniger für die Hochzeitsgemeinde als für den Mann, der hinter der fröhlichen Schar im offenen Portal der Kirche stand.

Ein Geistlicher, dessen weiße Soutane in punkto Strahlkraft dem Kleid der frisch Vermählten in nichts nachstand. Von Perez' Standort aus gesehen wirkte der Priester wie ein winziges Männlein, was allerdings auch an dem mächtigen Gemäuer liegen konnte, das über ihm ins makellose Blau des Himmels ragte. Zu seinem Leidwesen trug der vielleicht Sechzigjährige allerdings weder langes Haar noch einen Bart, aber, so dachte er sich, vielleicht war er irgendwann zur Vernunft gekommen und hatte zur Schere gegriffen.

Perez hielt nach einem Parkplatz Ausschau. Die Toreinfahrt zu seiner Linken schien seit langer Zeit nicht mehr benutzt worden zu sein. Jedenfalls wirkte das mehrfach gesplitterte Holztor, als würde es gleich aus den Angeln brechen.

Entschlossen parkte er den Kangoo davor. Rechtswidrig, na klar, aber er würde schon nicht gleich abgeschleppt werden. Zu Hause in Banyuls hatte er seinen Wagen schon an ganz anderen Stellen abgestellt, ohne dass er je dafür belangt worden wäre. Aber hier, in dieser Touristenhölle ... Er machte eine wegwerfende Handbewegung.

Als er vor einer knappen halben Stunde mit Hippy zurück zum Parkplatz gekommen war, hatte doch tatsächlich ein weiteres Strafticket unter seiner Windschutzscheibe geklemmt. Zwei an einem Tag! So viele hatte er in den letzten zwanzig Jahren nicht aufgebrummt bekommen. Wegen Parkens ohne Parkschein. Das musste man sich mal vorstellen. Pah! Lächerlich. Er war sich sicher, dass er diese Schikane ebenfalls diesem Hundeklo-Nazi verdankte, der die Missachtung seiner Autorität mit diesem Ticket abstrafte.

Jetzt, da er erneut daran dachte, huschte ein Lächeln über sein Gesicht. Das Bild des verwirrten Ordnungshüters, den er wie einen dummen Schuljungen hatte stehen lassen, war einfach zu schön. Perez hatte Spaß daran, auch wenn sein Verhalten, wie man zugeben musste, für einen erwachsenen Mann ziemlich albern war. Aber warum nicht mal albern sein?

Er blickte hinüber zur Kirche. Der Bräutigam saß inzwischen hinter dem Steuer eines lindblauen Citroën 2CV. Auf der Beifahrerseite hatte man Mühe, das wallende Brautkleid in dem Oldtimer unterzubringen. Die Stimmung war ausgelassen, als die frisch Vermählten unter dem lauten Geschepper anhängender Blechdosen davonfuhren. Die Männer lachten, die Damen tupften sich vereinzelt Tränen aus den Augen. Alle winkten dem Paar hinterher. Eine Zigarettenlänge später trollte sich die Hochzeitsgesellschaft in ein Restaurant gleich neben der Kirche. Zurück blieb der Pfarrer, der unschlüssig über den leeren Platz blickte und dann im Dunkeln verschwand.

Perez stieg aus. Das Hemd klebte ihm am Rücken, unter der Brust waren tellergroße Schweißflecken zu bestaunen. »Allez, Hippy. Wir versuchen mal unser Glück. In der Kirche ist es zumindest schön kühl.«

Sie überquerten den Place Ferié, stiegen die wenigen Stufen zum Eingang der Kirche hoch und betraten den Raum.

Perez nahm einen tiefen Atemzug. Kühl, feucht, von Weihrauch gesättigte Luft. Wie lange war er schon nicht mehr in einer Kirche gewesen? Ihm blieb keine Zeit, darüber nachzudenken, wollte er den Pfarrer noch abfangen, der in diesem Moment auf die Tür der Sakristei zustrebte. Perez' Augen hatten sich erstaunlich schnell an die Dunkelheit gewöhnt.

»Monsieur«, rief er laut. Seine Stimme hallte vom Deckengewölbe wider. Kurz blinzelte er in die Höhe. Der Raum war schmucklos. Ein romanischer Sakralbau, dafür errichtet, die Menschen einzuschüchtern. Aber auch, um ihnen Schutz vor Unwettern oder feindlichen Angriffen zu bieten. Kunstwerke an den Wänden suchte man vergebens, kein kostbarer Leuchter, keine großartigen Verzierungen, Fresken, Heiligenfiguren, teure Tapisserien. Das Gebäude würde es wohl nicht in die Reiseführer der Region schaffen. Eigentlich war die Kirche gerade deshalb ganz schön.

Der Pfarrer hielt inne und drehte sich Perez zu, machte allerdings vorerst keine Anstalten, näher zu kommen.

»Darf der Kleine hier rein?«, fragte Perez. Er deutete auf Hippy, der nicht von seiner Seite wich. Dem Hund war der Kirchenraum ganz offensichtlich nicht geheuer.

»Bien sûr«, entgegnete der Pfarrer und strahlte wie eben noch Braut und Bräutigam. Er kam Perez über den Mittelgang entgegen.

»Er wird doch wohl stubenrein sein. Was kann ich für Sie tun?«

»Wieder zwei glücklich, was?«, sagte Perez. Sein Daumen deutete in Richtung Eingangsportal.

Der Priester, der ihm jetzt direkt gegenüberstand, blickte ihn aus fröhlichen Augen abwartend an. Er hatte einen perfekten runden Kopf mit stark abstehenden Ohren. Seine Glatze, von einem spärlichen Rest Haaren umkränzt, reflektierte das durchs Fenster einfallende Licht.

Perez fühlte sich nicht wohl in dieser Umgebung. Seine Abneigung gegen die Institution Kirche war weder durch eine schöne Architektur noch durch einen netten Pfarrer zu lindern, dafür saß sie zu tief. Ganz anders Hippy, dem offensichtlich der warme Tonfall des Geistlichen die

Angst vor dem Ort genommen hatte. Der alte Opportunist wuselte zwischen den Beinen des Priesters herum. Der ließ sich nicht lange bitten und hielt dem Hund den Handrücken hin. Hippy leckte derart wollüstig daran, als handelte es sich um einen Ochsenziemer.

Untreue Tomate, dachte Perez und verspürte durchaus eine leise Eifersucht. Ein Grund mehr, die Sache hier schnell hinter sich zu bringen.

»Monsieur, man sagte mir, dass Sie mit einem Mann befreundet sind, oder es zumindest waren, der hier in Sainte-Marie vor sechs Jahren einen Sommer verbracht hat. Vielleicht lebt er auch heute noch hier, wer weiß?« Der nach wie vor freundlich abwartende Blick des Pfarrers ließ nicht erkennen, was er von diesem Fremden mit Hund hielt. »Leider kenne ich den Namen des Mannes nicht, aber man soll ihn ›Speedy‹ gerufen haben. Ich habe die Hoffnung, dass Sie mir vielleicht seinen richtigen Namen verraten können.«

Perez kniff die Augen zusammen. Wenn dieser Kerl Speedy kannte, wusste er seine Emotionen gut zu verstecken. Er zuckte nicht mal mit der Wimper.

»Tut mir leid, Monsieur, ich kenne niemanden mit diesem Namen. Er war wohl nicht von hier?«

»Eher nicht.«

»Und wer, sagten Sie, behauptet, dass ich diesen Herrn kenne?«

»Oscar. Vom Campingplatz.«

»Oscar … Oscar … Monsieur, ich würde Ihnen sehr gerne behilflich sein, weshalb auch immer Sie mich all das fragen, aber ich fürchte, ich kenne auch diesen Herrn

Oscar nicht. Welchen Campingplatz meinen Sie denn? Wir haben hier …«

»Ungefähr einhundert«, unterbrach Perez ihn. »Ja, ich weiß. Sagen Sie, Sie hatten doch früher mal lange Haare und einen prächtigen Bart, richtig?«

Zuerst war nur ein Glucksen zu hören, wie ein Abfluss, dem zu viel Wasser auf einmal zugemutet wurde. Dann konnte sich der Priester nicht mehr halten. Er brach in schallendes Gelächter aus, kriegte sich kaum wieder ein.

Perez stand unangenehm berührt daneben und versuchte sich an einem Grinsen. Was in Teufels Namen war daran so lustig?

Nachdem der Mann sich wieder gefangen hatte, blickte er zu seinem Chef hoch, der über dem Altar an wurmstichigen Holzlatten hing, und bekreuzigte sich.

»Das ist sehr, sehr lustig«, sagte er. »Ich hatte tatsächlich mal längeres Haar. Zu Zeiten, als ich überhaupt noch Haare hatte.« Erneut gluckste er. »Volles langes Haar, eine Nickelbrille und einen Bart, allerdings keinen prächtigen, dafür reichte es bei mir nicht. Mein Gott, das ist sehr lange her, Monsieur.« Seine Augen glänzten. »Ich bin gerade siebzig geworden. Langes Haar hatte ich in den Sechzigern. Damals, als die Befreiungstheologie aus Lateinamerika zu uns rüberschwappte und selbst wir Priester, jedenfalls die Jüngeren unter uns, aussehen wollten wie Che Guevara. Aber, so leid es mir tut, diese Frisur habe ich schon lange nicht mehr. Ich bin übrigens auch erst vor fünf Jahren hierhergekommen.«

»Merde, dann ist es Ihr Vorgänger, mit dem ich sprechen wollte«, stellte Perez mit Enttäuschung in der

Stimme fest. »Wissen Sie vielleicht, wo ich ihn finden kann? Lebt er hier in Sainte-Marie?«

»Soweit ich weiß, nicht. Er war bereits weg, als ich hier eintraf, ich bin ihm niemals persönlich begegnet. Eigentlich sollte ich hier nur kurz aushelfen. Ich sagte ja, ich bin siebzig Jahre alt, also schon im Ruhestand. Man hat mich zurückgeholt, es war eine Notlage – die leider noch immer besteht.«

»Gab es ein Problem mit Ihrem Vorgänger?«

»Man sagt, er habe hier so seine Schwierigkeiten gehabt, ja. Aber ob es deshalb gleich ein Problem mit ihm gab ... Also, das weiß ich nicht. Und das hat mich auch nicht zu interessieren. Wenn man glaubt, was die älteren Gemeindemitglieder über ihn sagen, war er ... wie soll ich sagen ...?«

»Sonderbar?«

Der Priester sah Perez direkt in die Augen. »Sonderbar, ja, das behaupten sie«, sagte er und schüttelte kaum merklich den Kopf.

»Was bedeutet das?«

»Hören Sie, Monsieur. Ich gebe grundsätzlich nichts auf das, was mir über andere Menschen erzählt wird. Ich mache mir gerne selbst ein Bild. Wie schnell werden Vorurteile geschürt und wie oft erweisen sie sich als völlig unbegründet. Von mir werden Sie zu diesem Thema nichts hören. Diese Art schlechter Nachrede vergiftet die Menschen.«

»Also können Sie mir nicht weiterhelfen.«

»Ich fürchte nicht, nein. Was ich Ihnen anbieten kann: Ich könnte mich bei der Diözese für Sie nach meinem

Vorgänger erkundigen. Dort weiß man vielleicht, wo er jetzt ist. Das würde ich tun, wenn Sie mir im Gegenzug erklären, warum er so wichtig für Sie ist. Sie sind nicht von der Polizei.«

Perez, der allmählich Gefallen fand am Erfinden von Geschichten, tischte dem Priester eine seiner schönsten auf. Stark ausgeschmückt und mit viel Pathos aufgeladen, erzählte er von einer verlassenen Frau, die ihm sehr am Herzen liege, und einem bösen Mann – Speedy – der seinen Verpflichtungen nicht nachgekommen sei, dem ehemaligen Pfarrer von Sainte-Marie allerdings sehr verbunden gewesen sei.

Zum Abschied ließ sich der Geistliche Perez' Handynummer geben und versprach, sich bei ihm zu melden, sollte er den Aufenthaltsort seines Vorgängers in Erfahrung bringen können.

»Wie heißt Ihr Vorgänger eigentlich, erinnern Sie sich daran?«, fragte Perez im Weggehen.

»Pater Johannes«, antwortete der Priester mit unermüdlicher Freundlichkeit.

Noch einmal ließ er sich von Hippy den Handrücken abschlecken, bevor er sich umwandte und mit wehender Soutane durch den Mittelgang in Richtung Sakristei davoneilte.

Draußen hatten es weder Perez noch sein Hund sonderlich eilig. Während Hippy sich an einer der Platanen erleichterte, rauchte Perez, unter einer Markise Schutz vor der sengenden Sonne suchend, eine Zigarette. Kurz überlegte er, in der dazugehörigen Bar einen Kaffee zu trinken, entschied sich aber dagegen, weil er fand, mehr als genug Zeit in Sainte-Marie verbracht zu haben. Es zog ihn zurück nach Banyuls.

Er wollte eben starten, als er den Pfarrer auf sich zulaufen sah. Die Soutane hatte er abgelegt. Übrig geblieben war ein unscheinbares Männlein, eines, das für sein Alter noch gut zu Fuß war. Unter dem Arm trug er einen länglichen Karton.

»Monsieur«, sagte der Priester ein wenig außer Atem, als er sich zum offenen Seitenfenster herunterbeugte. »Ich habe mich gerade noch rechtzeitig an das hier erinnert.« Er schob den Karton ins Innere des Wagens. Perez betrachtete die Box, wunderte sich, was das nun bedeuten mochte.

»Pater Johannes hat einen Umzugskarton mit allerlei Zeug im Keller des Pfarrhauses vergessen«, gab der andere die Erklärung. »Irgendwann im vergangenen Jahr bin ich darauf gestoßen und habe nachgesehen, was alles drin ist. Das hatte ich völlig vergessen, bis Sie eben aufgetaucht sind.« Nun hatte er Perez' volle Aufmerksamkeit. »Nichts, was Ihnen weiterhelfen könnte. Keine Adresse von Pater Johannes oder so, nein. Aber ich dachte, vielleicht interessiert Sie ja das hier.« Er tippte auf den Karton. »CDs, ein ganzer Karton voll. Weil sie doch von Speedy, dem Straßenmusiker, gesprochen haben.« Er entnahm eine der Hüllen und hielt sie Perez hin. »Ich denke, die können Sie behalten. Wenn mein Kollege bis jetzt nicht danach gesucht hat, wird er sie wohl auch nicht vermissen.«

Perez drehte die CD in den Händen. Auf dem Cover

war eine Art Patriarch zu sehen, der auf einem antiken, aus dunklem Holz geschnitzten Lehnstuhl thronte. Der Mann trug einen Bart und mittellanges Haar und war ganz in Weiß gekleidet. Ebenso wie die beiden Frauen, die neben ihm standen, und die vier Kinder, die vor den Erwachsenen im Gras spielten. Im Hintergrund machte er ein massives Steinhaus aus. Ein Bild wie aus einer Bibel. Allerdings einer Kinderbibel, sehr naiv. Obwohl es ein Foto war, erinnerte der Stil an einen Comic.

»Und Sie denken, der Mann hier auf dem Stuhl ist Pater Johannes?«

»Ich weiß es nicht. Sieht doch so aus wie der Mann, nach dem Sie suchen. Der Bart ...«

»Kann schon sein.« Perez kratzte sich am Bauch. Ihm war anzumerken, dass er nicht so recht wusste, was er damit anfangen sollte. »Können Sie mir sagen, was die Titel bedeuten?« Er klopfte mit dem Zeigefinger auf die Liste auf der Rückseite der CD.

»Ich bin, wie bereits erwähnt, siebzig Jahre alt«, sagte der Pfarrer und zwinkerte ihm zu. »Damals hat man uns kein Englisch beigebracht. Ich bereue sehr, keine weiteren Sprachen gelernt zu haben. Nicht einmal Katalanisch kann ich, was hier unten ja fast schon ein Vergehen ist. Nein, ich kann Ihnen bei der Übersetzung nicht behilflich sein. Bedaure. Aber da findet sich sicher jemand. Die jungen Leute sprechen doch heute alle mindestens drei Sprachen. Der Sohn meiner Schwester ist gerade einmal fünfzehn Jahre alt und lernt in der Schule Chinesisch, stellen Sie sich das mal vor. Wahrscheinlich sind es christliche Lieder. Sehen Sie hier. *Jesus* ist ja international und *Love* bedeutet Liebe, das immerhin kennen wir doch alle, nicht wahr?« Der Pfarrer gluckste wieder.

Bevor er seinen nächsten Ausbruch bekommt, verschwinde ich lieber, dachte Perez und bedankte sich. Er wartete noch, bis der Priester die gegenüberliegende Straßenseite erreicht hatte, bevor er die CD achtlos in die Seitenablage des Kangoo fallen ließ.

»Was sollen wir damit?«, fragte er Hippy, der nun wieder auf dem Beifahrersitz hockte. »Ich habe weder hier im Auto noch zu Hause ein Abspielgerät und ich höre nicht gerne Musik.« Perez lächelte zu dem Hund rüber.

»Das kostet Sie mindestens vierzig Euro, Monsieur Hippy. Das Fahren ohne Anschnallgurt ist in Sainte-Marie strengstens verboten. Lass uns hier abhauen, mein Kleiner.«

Er startete den Wagen und fädelte sich in den Verkehr ein.

KAPITEL 16

Perez war gerade erst auf die Vierspurige in Richtung Banyuls abgebogen, als sein Telefon klingelte. Am anderen Ende der Leitung war ein hörbar selbstzufriedener Campingplatzwärter. Blumig erklärte Oscar, doch noch auf etwas gestoßen zu sein, was Perez bei der Suche nach Speedy helfen könnte. Perez fuhr rechts ran, zog sein Notizbuch aus der Hemdtasche und notierte sich eine Telefonnummer.

»Hab mich erst gerade eben wieder daran erinnert. Ich habe mir damals zwar seinen Ausweis nicht zeigen lassen, habe ihn aber nach seiner Handynummer gefragt. Und die ist korrekt. Habe gleich angerufen.«

»Du hast mit ihm gesprochen, gerade erst?«

»Quatsch. Damals. Nachdem er sie mir sozusagen als Identitätsnachweis dagelassen hatte. Man weiß ja nie. Ich bin stolz sagen zu können, dass ich in all den Jahren hier auf dem Platz nur ein einziges Mal um die Miete betrogen worden bin. Und das war …«

»Nicht wichtig«, unterbrach Perez.

»Habe auch gleich wieder aufgelegt, als er sich gemeldet hat. War ja nur zur Kontrolle. So was muss man draufhaben, sonst ist man in meinem Job falsch.«

»Très bien, vielen Dank. Ich habe mir die Nummer notiert und werde es gleich mal bei ihm versuchen.«

»Gern geschehen. Es geht doch nichts über ein gepflegtes Telefonverzeichnis. Wenn mir noch was einfällt, melde ich mich wieder – versprochen.«

»Sag mal, was mir gerade noch durch den Kopf geht: Von einer CD, die Speedy damals aufgenommen hat, weißt du nicht zufällig etwas? Vielleicht zusammen mit dem langhaarigen Pfarrer?«

»Ich höre keine Musik, hier ist das ganze Jahr über genug Krach.«

Guter Mann, dachte Perez und beendete das Gespräch.

Er gab die Nummer in sein Handy ein und wartete, während er mit den Fingern der linken Hand nervös auf dem Lenkrad herumtrommelte. Doch weder bekam er ein Freizeichen, noch meldete sich der Anrufbeantworter. Lediglich der Hinweis des Mobilfunkanbieters erklang: *»Dieser Anschluss ist vorübergehend nicht erreichbar.«*

Immerhin existierte die Nummer, und schon das wertete er als Erfolg.

»Es war zwar ein Besuch in der Hölle, zwei Knöllchen an einem Tag, aber dafür haben wir jetzt eine Telefonnummer«, sagte er in Hippys Richtung. »Weiß nicht, was du willst? So schlecht ist das doch gar nicht. Ach ja, und wir haben eine CD mit christlicher Musik geschenkt bekommen. Außerdem haben wir noch ein schönes Mitbringsel für unseren Haziem erstanden. Wenn du mich fragst, mon pauvre, der Ausflug hat sich voll gelohnt.«

Vierzig Minuten später parkte er seinen Wagen vor dem *Conill,* winkte dem in die Vorbereitungen auf das Abendgeschäft steckenden Haziem allerdings nur kurz zu, bevor er rüber ins *Catalan* lief, wo er Jean-Martin in stummer Eintracht neben Stéphanie sitzend antraf. Beide waren über ihre Laptops gebeugt.

»Achtung, der Chef kommt!«, rief Jean-Martin, der ihn als Erster bemerkte. Hippy sprang sofort auf den roten Kunstlederbezug der Bank und schaute aufgeregt zwischen den Computerspezialisten hin und her. Zuwendung bekam er von beiden Seiten. Perez ließ sich auf den Stuhl gegenüber sinken.

»Steph, du sollst den Hund doch nicht küssen. Das ist wirklich eklig«, sagte er und schüttelte streng den Kopf. Neulich hatte er die Kleine dabei überrascht, wie sie ein Stückchen Schinken im Mund gehalten hatte, dass Hippy ihr dann wegschnappen musste. Beide hatten an dieser Zirkusnummer ihren Spaß gehabt. Auch wenn er insgeheim schmunzeln musste, gab er doch nach außen hin gern den gestrengen Erzieher.

»Wenn ihr wüsstet, was ich heute alles erlebt habe ... Ich war in einer Stadt, so furchtbar, das könnt ihr euch nicht vorstellen.«

»Ich dachte, du wolltest nach Sainte-Marie fahren«, sagte Jean-Martin, den Blick weiterhin auf Hippy gerichtet. Stéphanie fütterte den Hund mit Keksen.

»Marie«, rief Perez seiner Tochter zu, die hinter dem Tresen ihrer Arbeit nachging. »Bringst du mir bitte einen Pernod?«

Marie-Hélène warf ihm eine Kusshand zu. Dabei wurde

ihm bewusst, dass er sie bei seinem Eintreten nicht angemessen begrüßt hatte. Also stand er auf, ging zu ihr und küsste sie auf beide Wangen.

»Alles klar, mein Schatz?«

»Oui, Papa. Und bei dir? Wo bist du gewesen?«

Er atmete hörbar aus. »Frag nicht. Sainte-Marie. L'enfer! Einfach nur die Hölle.«

»Der Pernod kommt sofort, Papa, setz dich zu deinen IT-Leuten. Ich bin übrigens nicht sicher, ob es eine gute Idee war, Stéphanie einen Laptop zu schenken. Jetzt hängen JeMa und sie ständig zusammen und es gibt nur noch dieses eine Thema.«

Perez nickte verständnisvoll, auch wenn er gerne gesagt hätte, dass ihr Mann sich nur so leidenschaftlich diesem Hobby widmete, weil Marie ihn nicht mehr in seiner eigenen Bar arbeiten ließ. Deshalb hockte er tagein, tagaus an Perez' angestammtem Platz und ging ihm manchmal ziemlich auf die Nerven.

»Wo ist Ambre?«, fragte er, nachdem er zum Tisch zurückgekehrt war.

»Jetzt ist sie mit Maman im Hotel«, sagte Stéphanie.

»Gibt's irgendwas, das ich wissen sollte, irgendeine Veränderung seit gestern Abend?«

Sie schüttelte den Kopf. »Ich weiß es nicht. Vorhin waren sie bei einer Therapeutin, einer Freundin von Maman.«

»Bei einer Therapeutin?«, sagte Perez überrascht. »Was tut man da, wenn die Patientin nicht spricht?«

»Musst du Maman fragen.«

»Apropos, wie war eigentlich euer Gespräch am Strand?«

»Boff.«

»Zu genau, junges Fräulein. Vergiss nicht, du bist meine Assistentin. Nur dafür ...«

»Habe ich den Computer bekommen. Ich weiß, Perez. Ich habe nichts aus ihr herausbekommen, überhaupt nichts. Sie spricht noch immer nicht, was traurig ist.«

»Und?« Er sah ihr an, dass sie noch etwas sagen wollte.

»Aber auch ein bisschen nervig. Das darf man nicht sagen, richtig?«

Perez wackelte nur mit dem Kopf. »Nicht mal irgendwelches Mädchengerede?«

»Keine Ahnung, was du mit ›Mädchengerede‹ meinst, aber nein, kein Wort. Null. Zéro.« Sie formte aus Daumen und Zeigefinger eine Null und streckte sie Perez entgegen.

»Hast du sie denn überhaupt etwas gefragt? Zum Beispiel, weshalb sie nichts dabeihatte, nicht einmal ein Handy oder eine Geldbörse?«

»Nein, habe ich nicht gefragt. Du nervst auch.«

»Warum nicht?«

»Weil sie nicht spricht, was ist daran so kompliziert? Also frage ich sie auch nichts. Ich bin doch nicht bescheuert.«

»Aber ziemlich schlecht gelaunt.«

Bevor Stéphanie etwas erwidern konnte, ging Jean-Martin dazwischen.

»Was fandest du an deinen Ausflug nach Sainte-Marie denn so schlimm?«, fragte er.

Perez ließ den Blick noch zwei Sekunden auf Stéphanie ruhen, bevor er sich Jean-Martin zuwandte. Der Dürre war ein Meister der Deeskalation.

Perez erzählte von dem Verkehr, von seiner Begegnung mit dem Ordnungshüter, von einer Erfindung namens Hundeklo, von Oscar und seinem Besuch in der Kirche.

»Brauchst du noch mehr Details? So oder so ähnlich stellen Hippy und ich uns die Hölle vor ... Und ihr, wobei habe ich euch gestört?«

Stéphanie lümmelte sich in die Polster und machte eine Blase mit ihrem Kaugummi.

»Ich habe gestern Nacht noch lange nach den beiden Frauen im Internet gesucht, wie du es mir aufgetragen hast«, sagte sie, nachdem die Blase zerplatzt war. Perez knurrte bloß.

»Nichts!«, sagte das Mädchen, bevor er nachfragen konnte. »Deshalb sitze ich hier mit Jean-Martin zusammen, weil es nämlich eigentlich nicht sein kann, dass man nichts findet. Nicht einmal über den Selbstmord.«

»Und was bedeutet das eurer Meinung nach?«, erkundigte sich Perez.

»Nun ja«, schaltete sich Jean-Martin wieder in das Gespräch ein. »Sollten wir wirklich keine Spuren im Netz finden, gäbe es dafür meines Erachtens nur zwei mögliche Erklärungen. Allerdings sind wir noch nicht durch mit unserer Recherche. Wir brauchen noch etwas Zeit.«

»Welche Erklärungen?«

»Nummer eins: Die beiden waren im Internet nicht aktiv. Sie haben keine Handys, posten keine Fotos, sind auch nicht bei facebook, twittern nicht, sind einfach tot.«

»Auf eine von ihnen trifft das definitiv zu.«

»Du weißt, was ich meine. *Digitally dead*. Aber davon habe ich noch nie gehört.«

»Quatsch!«, sagte Perez heftig. »Über mich findet ihr auch nichts im Internet, also bin ich auch so di… Ach, scheiß drauf.«

»Digitally dead!«, sagte Stéphanie. »Der Unterschied zwischen dir und den beiden ist riesengroß.« Er sah sie fragend an. »Du bist fast vierzig Jahre älter. Damals gab es noch kein Internet.«

Jean-Martin tippte derweil etwas in seinen Computer ein. Eine Minute später drehte er ihn so, dass Perez die aufgerufene Seite sehen konnte. Was er dort las, trieb ihm die Röte ins Gesicht.

»Das darf doch wohl nicht wahr sein«, war alles, was er zunächst sagte.

Es gab doch tatsächlich Einträge zu seinem Namen, und nicht eben wenige. Manche handelten von den Kriminalfällen, in denen er ermittelt hatte, es gab ein Video, das zeigte, wie er im Conseil Municipal auf den ehemaligen Bürgermeister losging. Jetzt wusste er endlich, was der Typ, der dort ständig herumlungerte und filmte, mit seinem Material machte. Und dann war da noch ein Foto von Haziem und ihm vor dem *Conill.* Beim besten Willen konnte er sich nicht erinnern, wer das Bild aufgenommen hatte. Außerdem gab es unzählige Einträge zu dem Restaurant, was er noch irgendwie nachvollziehen konnte.

»Noch Fragen?«, sagte Jean-Martin in diesem Augenblick.

»Was muss man dafür eingeben?«

»Ich habe *Perez, Syracuse* eingegeben und die Stichwörter *Côte Vermeille* und *Banyuls.*«

»Wenn du noch einmal meinen Vornamen erwähnst, bringe ich dich um, JeMa. Merk dir das!«

»Aber du verstehst jetzt, wie merkwürdig es ist, dass wir nichts über die zwei Frauen finden können?«, sagte Stéphanie.

Perez nickte bloß. Seine Gedanken waren nicht länger bei Ambre und der Selbstmörderin. Er dachte darüber nach, wie sich solche Einträge über ihn in Zukunft vermeiden ließen. Man stelle sich nur mal vor, die Sache mit dem *Creus* ... Nein, das wollte er sich lieber gar nicht erst ausmalen.

»Es könnte allerdings auch das Gegenteil bedeuten.«

Stéphanie und der aus seinen albtraumhaften Überlegungen gerissene Perez sahen den Dürren fragend an.

»Sie könnten sich so gut auskennen, dass es ihnen gelingt, keine Spuren zu hinterlassen. Was bedeuten würde, dass sie hauptsächlich, nein, ausschließlich im *Darknet* unterwegs sind. Oder im *Deep Web,* was ich aber nicht glaube, weil das hauptsächlich für wissenschaftliche Zwecke genutzt wird. Ist keineswegs unmöglich, sie dort aufzuspüren, aber dafür brauche ich entschieden mehr Zeit.«

Perez starrte Jean-Martin an wie einen Außerirdischen, auch Stéphanie gab zu erkennen, dass sie da noch eine kleine Wissenslücke hatte.

»Das *Darknet* ist ein nicht öffentlich zugängliches Netzwerk. Man benötigt eine Einladung, um mitmischen zu können und man muss von allen anderen Teilnehmern akzeptiert werden. Um sich ohne Einladung einzuhacken, braucht man Zeit und Erfahrung. Das *Darknet* wird übrigens zu über fünfzig Prozent von Kriminellen genutzt. Islamisten verabreden sich, die Mafia benutzt es, man kann Waffen kaufen, Bauanleitungen für Bomben herunterladen und noch vieles mehr. Es gibt aber auch Menschen, die halten das *Darknet* für die einzig sichere Methode, sensible Daten auszutauschen. Und sie weisen darauf hin, dass das *Darknet* vor allem in Ländern verurteilt wird, die ähnlich demokratisch strukturiert sind wie wir hier in Frankreich. Die Oppositionellen in Ländern wie China, Syrien oder dem Irak könnten sich ohne die Sicherheit im *Darknet* nicht organisieren.«

»Da würde man mich also nicht finden?«, sagte Perez, dem diese Möglichkeit gefiel.

»Schwieriger, in jedem Fall schwieriger.«

»Okay, Leute, das ist alles nichts mehr für einen Mann meines Alters«, sagte Perez. »Ich muss über das Ganze mal in Ruhe nachdenken. Jetzt brauche ich euch aber für eine völlig andere Sache. Gebt doch bitte mal *Speedy* und *Sainte-Marie* ein.«

Jean-Martin tat, wie ihm geheißen, zuckte aber schon wenige Augenblicke später die Schultern.

»Der versteckt sich also auch im *Darknet*«, stellte Perez fest. »Merde! Dann habe ich hier noch eine Telefonnummer. Kannst du herausfinden, zu wem sie gehört?«

»Das ist leicht«, sagte Jean-Martin. »Darf ich mal?«

Er griff nach Perez' Notizbuch und gab die Zahlenfolge in seinen Rechner ein.

»Mist! Das scheint nicht unser Tag zu sein«, sagte er kurz darauf. »Kein Eintrag zu finden. Ich fürchte, du musst deine Kontakte bei der Polizei bemühen.«

Perez verstand schon wieder nichts. So langsam wurde ihm das hier zu blöd.

»Rede oder stirb!«, sagte er missmutig.

Jean-Martin kicherte. »Für Boucher ist das kein Problem, und er kann sogar noch mehr tun ...«

»Nun lass dich bloß nicht bitten ...«

»Er könnte das Handy orten lassen. Dazu braucht es einen richterlichen Beschluss, zumindest aber muss Gefahr im Verzug sein. Auf die Art könntet ihr diesen Speedy schnappen.«

»Und warum sagst du das nicht gleich?«, fragte Perez. »Ich habe übrigens noch ein Geschenk für euch.« Er warf die CD auf den Tisch. »Schöne christliche Musik, ich habe dafür, im Gegensatz zu euch, keine Verwendung. Außerdem verstehe ich kein Englisch.«

Er grinste in die Runde, stand auf und wählte Bouchers Nummer.

KAPITEL 17

Jean-Martin versicherte sich, dass seine Frau Marie-Hélène nicht in der Nähe war, bevor er Perez zurück an den Tisch winkte. Der hatte das *Catalan* gerade erst wieder betreten.

»Übrigens«, sagte der Dürre, während er die Handfläche mehrfach hintereinander auf das Polster der Bank neben sich klatschen ließ, als ob Perez einer Einladung bedurfte, um sich auf *seinen* Platz zu setzen, »ich habe mit meiner Mutter gesprochen ...«

»Das freut mich«, sagte Perez mit unbeweglicher Miene. »Und darum flüsterst du jetzt?«

»Ja.«

»Kapier ich nicht.«

»Perez!« Stéphanie ließ die CD, deren Rückseite sie gerade studiert hatte, sinken und setzte einen dieser halb anklagenden, halb geringschätzigen Finken-Blicke auf.

»Entschuldige«, sagte Perez nun seinerseits sehr leise. »Aber ich weiß wirklich nicht, warum du jetzt mit deiner Mutter anfängst. Boucher, dieser Crétin, geht nicht ans Telefon. Habe ihm auf den Anrufbeantworter gesprochen. Er muss sofort diese Ortung veranlassen.«

Er nippte an seinem Pernod und fuhr sich mit beiden Händen durch die schwarzen Locken.

»Du hast doch neulich Abend nach dem Pfarrer gefragt«, sagte Jean-Martin verunsichert.

Jetzt verstand Perez, weshalb sein Schwiegersohn im Flüsterton mit ihm sprach. Seine harsche Reaktion tat ihm augenblicklich leid. Der Tag in Sainte-Marie hatte ihn mehr gestresst, als er sich eingestanden hatte. Entschuldigend legte er Jean-Martin die Hand auf den Arm.

»Schon gut«, sagte die Bohnenstange. »Also, die Sache mit dem Pfarrer von Banyuls ist tatsächlich gar nicht so einfach. Wir haben nämlich nicht bloß einen.«

»Sondern?«

»Seit die Kirche sparen muss, teilen sich vier Priester die Dienste der gesamten Côte Vermeille und bis rüber nach Le Boulou. Kannst du dir vorstellen, wie das gehen soll?«

Perez schüttelte den Kopf.

»Es gibt einen Dienstplan. Darin wird genau festgelegt, wer von ihnen wo und wann die Messe liest. Wird einer krank, fällt die Messe aus.«

»Finde ich nicht schlimm. Warum muss man auch jede Woche in die Kirche rennen?«

»Fragt der Atheist! Natürlich ist das schlimm. In Banyuls werden heute deutlich weniger Gottesdienste abgehalten als früher, als ich noch klein war.«

»Warst du das jemals?«

»Wie bitte?«

»Klein, meine ich.« Perez grinste frech.

»Du meinst wegen *le grand échalas?*«

Perez räusperte sich.

»Denkst du etwa, ich wüsste nicht, wie sie mich hinter

meinem Rücken nennen?« Jean-Martins Zeigefinger wies auf die anderen Cafébesucher.

»Bohnenstange ... Na komm, sie meinen es liebevoll. Trotzdem weise ich die Leute immer zurecht, wenn sie in meinem Beisein so über dich reden, kannst du mir glauben.«

»Lass es gut sein. Heucheln steht dir nicht.«

»Écoute! Je m'en tape. Was schert uns, was die Leute sagen! Weiter im Text: Was ist mit den Gottesdiensten? Beeilen wir uns, bevor uns Marie-Hélène beim Gespräch über die Kirche erwischt.«

»In Banyuls«, fuhr Jean-Martin fort, »findet heutzutage nur noch ein Gottesdienst pro Woche statt. Meine Mutter und ihre Freundinnen sind darüber dermaßen empört, dass sie schon entsprechende Eingaben bei der Diözese in Perpignan gemacht haben. Dort zeigt man sich wohl auch betroffen, eine Lösung für das Problem haben sie jedoch nicht. Das liebe Geld ...« Er hob die Hände gen Himmel. »Die Rezession macht auch vor der Religion nicht halt.«

»Und ich dachte immer, wenn eine Institution Geld hat, dann ist es die katholische Kirche.«

»Hier unten bei uns kommt jedenfalls nichts davon an.«

»Vier Pfarrer, sagst du?«

»Sagt Maman. Das viel größere Problem für sie ist allerdings, dass man nie weiß, welcher Pfarrer wann Dienst hat. Die haben zwar ihre Pläne, die werden aber nicht veröffentlicht. Es ist immer eine Überraschung für Maman und ihre Freundinnen, wer aus der Sakristei kommt und die Messe liest.«

Perez kratzte sich den Bauch. Sein Problem bestand gerade darin, dass er die Probleme von Jean-Martins Mutter nicht wirklich nachvollziehen konnte. Er schaute durchs Fenster auf die Touristen, die sich auf der Terrasse um die freien Stühle balgten. Dabei bemerkte er, wie interessiert Stéphanie dem Gespräch folgte. Jetzt nickte sie auch noch, als ob sie im Gegensatz zu ihm das Problem genau verstünde.

»Et alors?«, fragte Perez, ohne den Blick von Stéphanie abzuwenden.

»Es wäre wichtig zu wissen, weil die Frauen nicht jedem der vier Pfarrer gleichermaßen vertrauen und der Glaube eben etwas sehr Persönliches ist.«

»Reicht es nicht, dass Gott, nach der reinen Lehre, immer im Raum ist? *Wo zwei in meinem Namen sich versammeln* ... Irgendwie so ging das doch. Ist sogar bei mir hängen geblieben.«

»*Denn wo zwei oder drei in meinem Namen versammelt sind, dort bin ich mitten unter ihnen.* Matthäus Kapitel 18, Vers 20. Du erstaunst mich immer wieder, Schwiegerpapa. Aber ganz ehrlich, ich glaube nicht, dass es den Gemeindemitgliedern ums Beten geht, jedenfalls nicht in erster Linie. Es geht um die Seelsorge. Die Frauen möchten hinterher noch mit dem Pfarrer ihre Nöte besprechen. Glaubensfragen ebenso wie andere. Unter den Priestern gibt es aber welche, die sitzen schon wieder in ihrem Wagen, noch bevor die Frauen von den Bänken aufgestanden sind, so einen Termindruck haben die. Stell es dir einfach wie beim Arzt vor. Die älteren Leute rennen jeden Tag hin, obwohl ihr Gesundheitszustand das nicht zwingend erfordert. Sie brauchen die Ansprache, jemanden, der ihnen zuhört.«

»JeMa, mein Sohn, auch du würdest einen wunderbaren Seelsorger abgeben.« Perez schlug mit erhobenem Mittel- und Zeigefinger das Kreuz über dem Dürren.

»Dann wäre ich allerdings nicht dein Schwiegersohn geworden, und das hätte dich doch bestimmt traurig gemacht. Du magst doch *le grand échalas*.«

»Sprich nicht so gemein über Jean-Martin«, sagte Perez, um einen ernsten Tonfall bemüht.

Stéphanie schüttelte den Kopf. »Ihr seid so was von bescheuert. Wohnt denn wenigstens einer von den Priestern in Banyuls?«

»Weiß ich nicht«, sagte Jean-Martin.

»Mist! Und die Namen? Kennt deine Mutter ihre Namen?«, fragte Perez.

Der Dürre kramte umständlich in seiner Umhängetasche. Schließlich zog er die Hand wieder hervor und mit ihr einen völlig zerknüllten Zettel. Sorgsam strich er ihn auf der Tischplatte glatt, bevor er ihn zu Perez herüberschob. Der überflog die darauf notierten Namen.

»Super«, sagte Stéphanie und erntete dafür einen dankbaren Blick ihres IT-Partners.

Perez hob den Kopf, pochte mit dem Finger auf den dritten Namen von oben.

»Manchmal«, sagte er, »ist der Zufall doch ein freundlicher Gesell.«

»Zeig mal her«, sagte Stéphanie. »Wenn du dich so geschwollen ausdrückst, will ich auch wissen, weshalb.« Sie las. »Bruder Johannes? War das nicht der aus ...?«

»Gut aufgepasst, meine kleine Assistentin. Der ehemalige Pfarrer von Sainte-Marie.«

»Muss sich nicht zwangsläufig um ein und dieselbe Person handeln. So heißen vermutlich Millionen Geistliche weltweit«, warf Jean-Martin ein. »Und die meisten von denen haben sich wie unzählige Priester, Bischöfe und sogar Päpste nach Johannes dem Täufer benannt.«

»Was du alles weißt, JeMa. Ich finde es trotzdem interessant.«

»Ja, das ist es, aber aus einem ganz anderen Grund als ihr glaubt. Dieser Priester, Bruder Johannes, der übrigens von den vieren am seltensten die Messe in Banyuls liest, ist bei den meisten der Damen sehr beliebt. Meine Mutter mag ihn allerdings nicht besonders.«

»Ach ja?«, sagte Perez.

»Erzähl schon«, sagte Stéphanie.

»Er sorgt für Gesprächsstoff, wenn ich es mal so ausdrücken darf. Meine Mutter rückt nicht so richtig mit der Sprache heraus. Sie ist noch aus dieser Generation ... Wenn ich sie richtig verstanden habe, nimmt sich dieser Bruder Johannes bei seinen wenigen Diensten in Banyuls ungewöhnlich viel Zeit für die Frauen. Oder vielmehr, wie meine Mutter sich ausgedrückt hat: für manche Frauen.«

»Aua«, sagte Perez. »Wie alt ist deine Mutter? Siebzig, sogar leicht darüber, nicht wahr? Und immer noch eifersüchtig?«

»Kann schon sein, aber nicht alle Frauen, die in der Gemeinde aktiv sind, sind in ihrem Alter. Es gibt auch bedeutend Jüngere. Auch wenn du es nicht glauben magst,

Schwiegerpapa, Religion kann auf Menschen jeden Alters eine starke Anziehungskraft haben.«

»Das stimmt«, sagte Stéphanie.

»Was ist denn mit dir los?«, polterte Perez. »Du warst eben schon ...«

»Ich habe meine eigene Meinung zu Religion und Spiritualität. Und ich finde es ziemlich dumm und arrogant, wie du und Maman darüber sprecht. Nicht alles, was ihr der Kirche vorwerft, ist gerechtfertigt. Die kümmert sich nämlich um viele Dinge, um die der Staat sich eigentlich kümmern müsste. Sie unterstützt die Alten und Armen, die Kranken und auch die Kinder und Eltern, indem sie Kindergärten unterhält. Und sie tut noch vieles mehr.«

Perez ließ den Blick von Stéphanie zu Jean-Martin gleiten. Dann sah er zur Bar hinüber. Wo war seine leibliche Tochter, wenn er einmal ihre Unterstützung brauchte?

Wie in Zeitlupe rutschte er tief in das Polster der Bank. Ihm ging ein nächtliches Gespräch mit Marianne durch den Kopf. Sie hatten es geführt, bevor Stéphanie zu Beginn des Jahres mit einer kirchlichen Organisation aus dem nahe gelegenen Elne verreist war, was Marianne gar nicht gefallen hatte. Er hatte versucht zu vermitteln. Dabei war ihm ein Satz rausgerutscht, der recht untypisch für ihn war: Religion, so hatte er gesagt, sei ja nichts Ansteckendes. Damit hatte er Marianne bloß noch mehr aufgebracht, sodass er es schließlich vorgezogen hatte, sich aus der Angelegenheit rauszuhalten. Schließlich war er, so sehr er Stéphanie auch liebte, nicht erziehungsberechtigt.

Marianne machte sich Sorgen um ihre Tochter, die durch Klassenkameradinnen in fundamentalistische katholische Kreise hineingeraten sei, wie sie sich ausdrückte. Und dann lernte Stéphanie ausgerechnet auf dieser Reise ihren ersten Freund kennen – Jérôme.

Natürlich hatte sie als Alt-Hippie nichts dagegen, dass ihre Tochter einen Freund hatte, wohl aber war sie verärgert darüber, dass ihre Kleine sich nicht mit ihr über die ersten sexuellen Erfahrungen austauschen wollte. Trotzdem – oder gerade deshalb – wollte sie das sechs Jahre zurückliegende Aufklärungsgespräch erneut führen. Stéphanie verweigerte sich dem, was Marianne als Kritik an ihren freien Erziehungsmethoden begriff. Die Situation eskalierte endgültig, als Stéphanie Marianne den Satz an den Kopf schmiss: »Spar dir deine Ausführungen, ich bin nämlich nicht wie du.«

All das schoss Perez in diesem Moment durch den Kopf und hatte doch hier nichts verloren.

»Also ist dieser Bruder Johannes auch so ein seltsamer Vogel«, hörte er sich sagen und wusste gar nicht genau, wie er auf diesen Ausdruck gekommen war. Er sah seinen beiden IT-Spezialisten in die Augen. »Das deckt sich mit der Aussage von Oscar, dem Campingplatzwärter, und der des Pfarrers von Sainte-Marie.«

»Was hat das alles eigentlich mit Ambre zu tun?«

Perez war sich nicht sicher, ob Stéphanie erraten hatte, was ihm während des kurzen Moments des Schweigens durch den Kopf gegangen war.

»Das weißt du doch«, sagte er. »Ich wollte Speedy finden. Und dann habe ich von dem Pfarrer erfahren, der nun, wie sich herausgestellt hat, vermutlich in Banyuls arbeitet.«

Wie auf ein Stichwort hin klingelte Perez' Telefon.

»Kommissar Boucher, wo stecken Sie denn, wenn man Sie mal braucht?«

Für die Umsitzenden wurde schnell klar, dass seine forsche Art beim Elsässer nicht besonders gut ankam. Perez' Gesichtsfarbe wandelte sich vom Ockergelb einer verrunzelten Kartoffel in Sekundenschnelle zum Rot einer Freilandtomate.

»Aber ...«, setzte Perez mehrmals an, kam aber nicht dazu, einen Satz zu bilden. »Aber ... nein, nein ... nun hören Sie mir doch mal zu.«

Er tippte sich mit dem Finger an den Kopf, um seinen beiden Mitstreitern klarzumachen, wer hier verrückt war.

»Das sind im schlimmsten Fall noch fünf Tage«, sagte er. »Das ist viel zu lange ... Ich kann nicht, Monsieur le Commissaire. Ich habe meiner Tochter versprochen, mit ihr auf den Canigou zu steigen.«

Stéphanie setzte sich kerzengerade auf.

»Was? ... Schon nächste Woche, am 22. Juni. *Les feux de la Saint-Jean,* die Johannisfeuer, das sollte Ihnen doch was sagen? ... Wie bitte, irgendein dummer Brauch? Nein, Commissaire, das ist nicht irgendein Brauch, das ist *der* Brauch der Katalanen. Und wenn ich das sagen darf, jetzt, da Sie hier wohnen, sollten Sie auch mal mit Ihren ... Was? ... Nun hören Sie mal, Boucher, das ist schließlich mein Fall ... Nein! ... Mon dieu, jetzt seien Sie doch nicht gleich eingeschnappt, ich habe mich nur versprochen ... Na gut, wenn Sie darauf bestehen, entschuldige ich mich halt ... Natürlich nicht ... Nein, Monsieur Boucher, Sie sind der Polizist ... Klar und deutlich. Ist mir so rausgerutscht. Okay? ... Sind wir wieder Freunde? ... Prima. Aber jetzt mal ehrlich: Sie können unmöglich übersehen, dass ich gerade mit jedem Scheiß zu Ihnen gerannt komme. Keine Geheimnisse, keine Alleingänge. Da könnten Sie sich doch wenigstens mal etwas erkenntlich zeigen ... Was? ... Nein, ist ja schon gut ... Der Name von Speedy ... Ja, was denken Sie denn, warum ich das alles mache? Natürlich interessiert mich sein richtiger Name. ... Wie? ... Fernandel? Bloß ohne ›el‹ dafür mit einem ›o‹ am Ende? Also ... Fernan ... do! C'est ça? ... Ja, habe ich: Fernando. Vorname? John. Also unser Speedy heißt in Wirklichkeit John Fernando. Geboren in ... Natürlich kenne ich Kalifornien. ... Ist ja schon gut, ich verreise halt nicht so oft. Ist doch auch piepegal, wie der Ort heißt ... Wohnhaft in Orlu, sagen Sie? Orlu, Orlu, irgendwas klingelt da ... Aber natürlich, das Vallée d'Orlu. Was war denn da noch mal?«

Perez sah hilfesuchend zu Stéphanie, die ebenso wie Jean-Martin versuchte, von den Halbsätzen, die sie aufschnappten, auf den Inhalt des Gesprächs zu schließen.

»Maison des Loups«, sagte Stéphanie. »Da war ich mal mit der Schule. Liegt irgendwo weit hinter dem Canigou.«

»Ach ja, Boucher, jetzt weiß ich es wieder. Dahinten gibt es das berühmte Maison des Loups, ein fantastischer Park mit Wölfen. Lohnt sich ... Wieso eine Sekte, der Wolfspark ist eine Sekte? Glaube ich nicht ... Ach, da gibt es auch noch eine Sekte? ... So religiöse Spinner? ... *Les Disciples de Dieu* ... Abkürzung *DdD*. Mon dieu, was ist das denn nun schon wieder? ... Dafür fehlt Ihnen die Zeit? ... Hätte ich mir denken können. Na schön. Dann versprechen Sie mir aber, dass Sie mich sofort anrufen, wenn der Richter die Ortung des Handys genehmigt hat, in Ordnung? Ich will unbedingt dabei sein, wenn Sie ... Nein! Nein, ich bin nicht von der Polizei. Jetzt hören Sie doch mal mit dem Unsinn auf. Ich will gar nicht zu dem Verein gehören, sonst müsste ich mich auch von Ihnen zusammenscheißen lassen. Sagen Sie mir lieber, was Sie jetzt im Fall von Speedy, also John Fernando, zu tun gedenken. Sie könnten doch die örtliche Polizei anweisen, in Orlu nach ihm zu suchen ... Schwierig, was ist daran schwierig? ... Nicht Ihre Zuständigkeit, na klar, das habe ich nun verstanden. Aber was ist mit Amtshilfe, haben Sie in Sainte-Marie doch auch versucht ... *Die* hatten keine Zeit, aber das heißt doch nichts für die Kollegen in Orlu ... Ach, was soll's! Wenn Sie sich doch noch aufraffen können, lassen Sie es mich bitte wissen. Schließlich mache ich hier auch ein bisschen *Ihre* Arbeit. Danke!«

Er beendete das Telefonat, ohne sich zu verabschieden.

»Was für ein Crétin«, sagte er und starrte für einen Moment über die Köpfe von Stéphanie und Jean-Martin hinweg aus dem Fenster. Was für ein Tag. So viele sonderbare Erlebnisse, so viel Arbeit. So wenig war dabei herausgekommen.

»Hast du dir die CD mal angesehen?«, fragte Stéphanie in die Stille hinein.

»Ich habe kein Abspielgerät.«

»Das weiß ich. Deshalb habe ich ja gefragt, ob du sie dir *angesehen* hast? Und jetzt hör mal auf, so genervt zu sein. Wir können nichts dafür, dass dein Tag anders verlaufen ist, als du es dir vorgestellt hast.«

»Anders? Ach, verdammt ... Nein, Stéphanie Finken, ich habe mir die CD nicht angesehen. Bloß das Foto vorne. Diese Vögel in den weißen Klamotten. Abraham im Paradies.«

»Damit liegst du nicht so falsch. Es ist eine Sammlung christlicher Lieder. Und als Copyright-Vermerk steht hier: *Les Disciples de Dieu, Orlu, Vallée d'Orlu.*«

»Gibt es doch nicht! Zeig mal her. Habt ihr schon mal von denen gehört?« Perez griff nach der CD, während die beiden die Köpfe schüttelten. »Was sind das für Lieder? Warum muss denn heutzutage immer alles auf Englisch sein?«

»Gib mal her, ich lese dir die Titel vor: *I know them; Why don't you give him a try; You've got to have crazy faith; Amor; Melody; Rolled gold; Are you thinking about yourself; Ahora; Are you willing to be a fighter for Jesus; I've got a reason; I want to share my love with you; He's already cried for you; To the victory; My little baby boy; I'm on your side; Time goes on; I think I know what things are true; If I only had; The rose; Since I met you*. Das sind alle!«

»Mon dieu, jetzt bin ich viel schlauer. Danke, meine Liebe.«

»Wie ich schon sagte, christliche Lieder. Und der Name

der CD lautet übersetzt: *Pès neue Lieder.* Dieser Pè hat sie wohl geschrieben, man müsste recherchieren, wer der Typ ist.«

»Leute«, sagte Perez. »Dann wisst ihr ja, was zu tun ist. Es gibt weitere Arbeit für meine IT-Spezialisten.«

KAPITEL 18

Er versuchte aufzustehen, doch die dünnen Beinchen versagten ihm den Dienst. Blut lief von den Knien die Unterschenkel hinab, beschmierte die weißen Strümpfe ebenso wie die blank gewienerten Sonntagsschuhe. Als er endlich sicher stand, blickte er hinauf zu dem Mann am Kreuz. Obwohl ihm, der nur mit einem Lendenschurz bekleidet war, die Nägel in Händen und Füßen doch fürchterliche Schmerzen bereiten mussten, sah er freundlich auf den Knaben hinab. So ganz anders als der Mann hinter ihm, der ihn seit Stunden zwang, auf dem harten kalten Blaustein zu knien und ein Gebet nach dem anderen aufzusagen. Es war Antonio, sein Vater – unerbittlich und ungerührt vom Leid des Sohnes.

Ein Telefon hatte Antonio nie besessen, damals jedenfalls nicht.

Und doch klingelte es. Zuerst drang das Geräusch wie aus weiter Ferne an sein Ohr, dann wurde es lauter und schriller, bis Perez schließlich die Augen aufschlug.

Es dauerte eine Weile, bis er verstand, dass das Klingeln nicht Teil seines verstörenden Traums gewesen war. Sein Mund war trocken wie die Atacama-Wüste, sein Kopf ein

Bergwerk, in dem fleißige Arbeiter sich mit Hämmern und Hacken durch Kohlenflöze arbeiteten.

Den Abend hatte er im *Conill* ausklingen lassen. Seine schlechte Laune hatte sich durch Haziems Freude über die kleinen Mitbringsel und die Leckereien etwas verbessert. Müde, betrunken und mit einem beträchtlichen Völlegefühl war er spät zu Bett gegangen. Und dann hatte ihn dieser blöde Traum ereilt.

Schlaftrunken griff er nach seinem Handy, das kurz verstummt war, nach weniger als zehn Sekunden aber erneut anschlug. Er sah auf die Digitalanzeige seines Weckers: Drei Uhr einundzwanzig! Welcher Wahnsinnige rief um diese Uhrzeit an?

»Was?«, röchelte er.

Er hörte zu, eine knappe halbe Minute lang.

Dann, das Handy weiterhin am Ohr, sprang er aus dem Bett und zog im nächsten Augenblick auch schon seine Shorts an. Im Laufen streifte er das Hemd vom Vortag über. Er warf die Wohnungstür hinter sich ins Schloss und sprang die Treppenstufen hinab.

Draußen, in der kühlen Nachtluft, lief er auf seinen kurzen Beinen die Rue Napoléon runter zur Rue Saint-Pierre, wo sich immer noch einige junge Leute herumtrieben. Aus einem Hauseingang waberte ihm der süßliche Geruch von Marihuana in die Nase.

Doch für all das hatte Perez keine Zeit, er galoppierte weiter zur Place Paul Reig, wo ein Trupp Arbeiter mit nackten Oberkörpern die Bühne abbaute, auf der bis in die späte Nacht irgendeine Musikgruppe gespielt hatte.

Die Tourismusbehörde bestand auf diesem Kulturprogramm für die Urlauber, auch wenn es die Einheimischen Abend für Abend vor eine harte Geduldsprobe stellte. Alle Eingaben, diesen total überflüssigen Unsinn zu stoppen, waren samt und sonders abgelehnt worden.

Perez rannte weiter die Avenue du Puig del Mas hinauf, vorbei am *Conill,* um dann in die schmale Rue Mossen Rous zu biegen, von wo aus man durch einen Seiteneingang in die Kirche Saint-Jean-Baptiste gelangte.

»Hier bin ich!«

Perez sprang zur Seite, als wäre direkt neben ihm etwas explodiert. Hippy ließ ein kurzes Bellen hören.

»Mon dieu«, hauchte Perez. »Hast du mich vielleicht erschreckt.« Mit ausgestrecktem Arm stützte er sich gegen die Wand. Die Kühle des Steins tat ihm gut, er lehnte sich mit dem Rücken dagegen.

»Hippy?«, sagte Perez an seinen Hund gewandt. »Dich hatte ich glatt vergessen. Er muss hinter mir her sein, ohne dass ich es bemerkt habe«, erklärte er Jean-Martin, dem nächtlichen Anrufer. »Du hast geklungen, als stündest du im Fegefeuer. Ich habe mir echt Sorgen um dich gemacht. Aber wie ich sehe, geht es dir gut. Was ist los? Warum holst du mich um diese Zeit aus dem Bett?«

»Ich kann es dir nicht sagen«, flüsterte Jean-Martin. Seine Stimme klang auch jetzt noch sehr dünn.

Perez konnte das Gesicht des Dürren kaum erkennen. Der Mond war bloß eine fahle Sichel und die Straßenlaternen waren längst erloschen.

»Meine Mutter hat mich angerufen. Ich saß noch am Computer wegen unserer Sache«, fuhr Jean-Martin tonlos fort. Er schien wie in Trance, stand völlig neben sich. Irgendetwas Schreckliches wartete in der Kirche auf sie. Warum sonst dieser sonderbare Treffpunkt?

»Marie hat schon geschlafen, es geht ihr gut.«

»Jean-Martin, ich mache mir keine Sorgen um meine Tochter. Im Augenblick bist du es, der mir Angst einjagt. Was ist hier los? Warum sind wir hier, und was hat das alles mit deiner Mutter zu tun?«

Mitten im Satz hatte er seinen Schwiegersohn am Arm gepackt.

»Darüber kann ich nicht sprechen. Du musst es selbst sehen.«

»Was denn, um Himmels willen?« Perez schrie nun fast.

Eine Veränderung ging mit dem Dürren vor sich. Er richtete sich zu seiner vollen, stattlichen Größe auf, packte seinen Schwiegervater bei den Schultern und schob ihn vor sich her in Richtung Sakristeitür. Erst jetzt bemerkte Perez, dass sie offen stand.

»Was schubst du mich denn so?«

Er hätte es Jean-Martin niemals gesagt, aber ihm war mulmig zumute, irgendetwas sträubte sich in ihm, das Gotteshaus zu betreten. Der Dürre stieß ihn über die Schwelle und dirigierte ihn durch eine zweite Tür bis in den stockfinsteren Kirchenraum.

»Mach die Lampe deines Handys an«, bat Jean-Martin. »Und bitte erschreck dich nicht, es ist sehr, sehr schlimm.«

Seine Stimme hallte in dem großen Raum wider, das mulmige Gefühl in Perez' Magengegend verstärkte sich noch. Er fürchtete sich vor dem, was er sehen würde, wenn erst einmal das Licht die Dunkelheit durchdrang. Jean-Martin ließ sein Handy ebenfalls aufleuchten. Der Schein fiel auf die dunklen Fliesen zu ihren Füßen.

»Bereit?«, sagte der Dürre.

Er ergriff die freie Hand seines Schwiegervaters und zog ihn in Richtung Altar. Perez wusste, dass dieser, anders als üblich, nicht am Ende des Kirchenschiffs stand, sondern in der Mitte, genau gegenüber der Tür, durch die sie gerade getreten waren.

Hippy winselte und drückte sich an Perez' Beine. Er schnappte sich den Hund und sperrte ihn mit einem »Tut mir leid, mein Kleiner« in die Sakristei. Dann folgte er dem Dürren.

Nach wenigen Schritten sagte Jean-Martin: »Hier ist es.«

Im gespenstischen Licht der beiden Handys bot sich den Männern ein Bild biblischen Grauens. Mitten auf dem Altar hatte jemand der Gottheit ein Opfer gebracht. Nur, dass es nicht wie im christlichen Bild ein Lamm, sondern ein Mensch war.

Überall war Blut. Der Körper der männlichen Leiche lag auf dem Rücken, Kopf und Füße ragten über den Altartisch hinaus. In der Brust steckte ein Kreuz.

Perez ließ die Hand seines Schwiegersohnes los und ging die letzten Schritte tapfer allein. Jean-Martin blieb steif wie ein Brett zurück.

Nachdem er den Altar einmal umrundet hatte, hockte er sich in die erste Bankreihe. Seine Beine zitterten, einen klaren Gedanken brachte er nicht zustande. Dem ersten Impuls folgend suchte er im Telefonverzeichnis die Nummer von Kommissar Boucher, konnte sich aber nicht dazu durchringen, ihn anzurufen.

»Setz dich zu mir, JeMa«, flüsterte er. »Weißt du, wer das ist?«

Er kannte die Antwort, noch bevor Jean-Martin den Namen aussprach. Bruder Johannes. Ein Priester, geopfert auf dem Altar des Herrn. Das war eine Botschaft. Noch konnte Perez sie nicht entschlüsseln.

Im nächsten Augenblick sprang der Dürre wie vom Blitz getroffen auf, schaffte es gerade noch hinter eine Säule, wo er sich würgend übergab.

»Merde«, flüsterte Perez in die Dunkelheit. Gerade hatte sich ein vager Plan in seinem Kopf geformt. Wie auch immer das hier weiterging, ohne Jean-Martin wäre die Sache leichter zu kontrollieren. Nun hatte der jedoch seinen genetischen Fingerabdruck hinterlassen. Wieso dachte er eigentlich darüber nach, Jean-Martin aus den Ermittlungen herauszuhalten, er hatte doch nichts mit dem Mord zu tun? Aber was hatte er zu dieser nachtschlafenden Zeit hier gemacht?

Ein Ritualmord in Banyuls, ein hingerichteter Pfarrer – die Welt ging vor die Hunde. Er atmete tief durch, versuchte, Ordnung in seine rasenden Gedanken zu bekommen. Er musste Ruhe bewahren, stark sein.

»Geht es wieder, mein Junge?«, fragte er ins Dunkle des Raums.

»So schrecklich«, hörte er eine deutlich zeitverzögerte Antwort.

»Kannst du mir bitte erzählen, warum du überhaupt hier bist?«

Zögerlich, die Augen auf den Boden gerichtet, kam Jean-Martin zurück und setzte sich neben Perez.

»Bruder Johannes hat sich mit einer Frau getroffen.«

»Deiner Mutter?«

»Nein! ... Mit einer anderen Frau.«

»Das tat er öfter, wenn ich mich recht erinnere. Wer war die Frau?«

»Das darf ich dir nicht sagen. Bitte ... Ich musste es meiner Mutter versprechen.«

»Jean-Martin, ich muss dich das jetzt fragen: Du hast hiermit nichts zu tun, oder? Sag bitte, dass das so ist.«

»Nein«, sagte er schlicht. Nicht einmal zu Empörung war er noch fähig.

»Gut!«, flüsterte Perez, atmete erleichtert aus und wiederholte die Frage nach der Frau, mit der sich der Priester getroffen hatte.

»Ich hab es Maman versprechen müssen, bitte Perez, ich kann nicht ...«

»Schluss damit. Du hast mich in diese Scheiße reingezogen und sagst mir deshalb auf der Stelle ihren Namen, sonst sind wir hier fertig. Und dann kannst du der Polizei erklären, wieso du überhaupt hier bist.«

»Ich habe es versprochen.« Die Stimme war noch immer ein Flüstern.

»Du hast mich angerufen, nicht die Polizei. Die ist es aber, die hier ermitteln muss und das auch ganz bald tun wird, weil ich sie nämlich jetzt informieren werde. Das da drüben«, er deutete mit dem Zeigefinger auf die Leiche, »ist für einen wie mich viel zu groß. Ich weiß nicht, was du dir vorgestellt hast, schau dir die Sauerei doch bloß mal an. Weißt du, was dieser Mord für Wellen schlagen wird? Ein Geistlicher wird auf einem Altar geopfert, mein lieber Jean-Martin, so etwas ist hier noch nie geschehen. Ich will dir gerne helfen, schon allein wegen Marie, aber dafür musst du mir jetzt alles erzählen. Verstehst du das?«

Unter Stottern rückte der Dürre den Namen der Frau heraus.

»Nie gehört«, sagte Perez ein wenig enttäuscht. Aufgrund der Geheimniskrämerei hatte er vermutet, es handele sich um jemanden, der stadtbekannt war.

»Also, der Tote hat sich mit dieser mir völlig unbekannten Frau getroffen. Hier?«

»Ja«, seufzte Jean-Martin, Perez konnte ihn schlucken hören. »Das hat er öfter getan. Mitten in der Nacht, damit ...«

»Es niemand mitbekommt, schon klar. Und dann ist etwas passiert ... Die Sache ist irgendwie aus dem Ruder gelaufen und diese Dame hat unseren Pfarrer umgebracht. Und nun will deine Mutter, dass wir das vertuschen. Das kann sie vergessen.«

»Um Gottes willen ... Nein! So war das nicht.«

»Lassen wir Gott für den Moment mal aus dem Spiel. Was ist hier passiert? Jean-Martin, ich fürchte, uns bleibt nicht viel Zeit ...«

»Ich weiß. Nein, Madame ... hatte sich versteckt als ...«

»Oha.«

»Sie ist sofort aus der Kirche geflüchtet.«

»Anstatt die Polizei zu rufen, wie man das macht, wenn man einen Mord beobachtet?«

»Sie hat Panik bekommen, sie ist nicht mehr ganz jung.«

»Was soll das heißen? Immerhin ist sie jung genug, um ein Verhältnis mit einem katholischen Pfarrer zu haben. Um sich nachts mit einem Geistlichen in der Kirche zu verlustieren, muss man schon ganz schön liebestoll sein. Sie hatte Angst, dass die Sache auffliegt, das kann ich nachvollziehen. Aber angesichts eines Mordes sollten sich die Prioritäten verschieben. Wie ging es weiter?«

»Sie war so verzweifelt, dass sie meine Mutter aus dem Bett geklingelt hat. Maman ist ihre beste Freundin. Ihr hat sie alles erzählt.«

»Und deine arme Mutter wusste sich keinen anderen Rat, als dich anzurufen?«

»Sie wollte es meinem Vater nicht sagen.«

»Wegen ihrer Freundin«, sagte Perez. Er raufte sich die Haare. »Und du hast den ollen Perez angerufen. Wunderbar! …« Er überlegte einen Moment. Maries Schwiegereltern gehörten zur Familie, so wie Jean-Martin. Er konnte gar nicht anders, als zu helfen. Natürlich hatte niemand von ihnen etwas mit dem Mord zu tun, und wenn sie diese ihm fremde Frau aus der Sache heraushalten wollten, würde er sich etwas einfallen lassen müssen. So schwer war das nun auch wieder nicht. Wenn Jean-Martin bloß nicht in die Ecke gekotzt hätte.

»Also gut!«, sagte er. »Ich sage dir jetzt, wie wir es machen: Du gehst sofort zurück zu Marie. Sollte sie dich vermisst haben, sag ihr, dir wäre schlecht gewesen und du hättest frische Luft geschnappt. Du warst nie hier, verstehst du mich? Niemals! Ich kläre das weitere Vorgehen mit Boucher. Jetzt brauche ich einen Moment zum Nachdenken. Noch mal, Jean-Martin: Kein Wort zu Marie, kein Wort zu deiner Mutter darüber, dass du hier warst. Du hast mich unmittelbar nach ihrem Anruf verständigt, den Rest habe ich erledigt. Klar? Ich versuche euch und diese Madame rauszuhalten. Hoffentlich hat sie euch nicht angelogen, sonst stecken wir alle in der Scheiße.«

»Bestimmt nicht. Und was machst du?«

»Um mich mach dir mal keine Sorgen.«

Jean-Martin erhob sich, Perez' Blick verharrte auf dem Opfer. Doch statt des Quietschens der Sakristeitür hörte er nun ein blechernes Geschepper. Er wandte sich um. Sein Schwiegersohn stand im Türrahmen und hielt einen Eimer in der Hand.

»Ich nehme das wohl besser mit«, sagte er und hob den Eimer leicht an.

»Du hast gar nicht ...« Trotz der schrecklichen Situation musste Perez grinsen. Jean-Martin hatte nicht auf den Boden gekotzt, das machte einiges leichter.

»Aber stell ihn nicht draußen vor die Tür«, sagte Perez noch und nickte dem Dürren zu. »Lauf runter zum Meer, spül ihn dort aus und wirf ihn danach in einen Müllcontainer. Und dann mach, dass du nach Hause kommst. Ich melde mich.«

Nachdem Jean-Martin davongeschlichen war, hockte Perez noch eine Weile allein im Dunkeln. Dann sammelte er Hippy ein und verließ die Kirche.

Draußen nahm er ein paar tiefe Atemzüge. Es roch nach taufrischen Pflanzen und dem hundert Meter entfernten Meer, die Morgenluft war feucht. Er zündete sich eine Zigarette an. Am Himmel zeigten sich erste helle Streifen. Hippy pinkelte ohne jede Ehrfurcht gegen die Kirchenmauer und blickte anschließend fragend zu seinem Herrchen hoch.

Perez nickte ihm zu, schnippte den Rest der Zigarette auf die Straße und rief Boucher an.

Der Kommissar wohnte keine fünf Minuten entfernt und war kurz darauf am Tatort. Zusammen betraten die beiden Männer die Kirche.

Nachdem sich Bouchers erste Aufregung gelegt hatte, erzählte Perez ihm alles. Dabei hielt er sich im Wesentlichen an die Wahrheit. Ob der Kommissar ihm die Geschichte abnahm, war nicht mit letzter Sicherheit zu sagen, vielleicht war es auch nur so, dass sich der Elsässer schon mitten in einem Fall nationaler Tragweite wähnte. Wer wusste besser, was hier in wenigen Stunden los sein würde und welchen Presserummel dieser Mord auslösen würde, als der erfahrene Elsässer? Was machte es da für einen Unterschied, wie er auf den Mord aufmerksam geworden war?

Inzwischen sorgte die aufgehende Sonne für ein diffuses Licht im Innern der Kirche. Doch Boucher konnte nicht aufhören, den Strahl der Stabtaschenlampe immer wieder auf den Toten zu richten, was die Szenerie nochmals bizarrer erscheinen ließ. Zumindest konnte Perez dadurch das Kreuz in der Brust von Pater Johannes besser sehen. Es war aus Metall geschmiedet. Wahrscheinlich würde sich herausstellen, dass es an dem Ende, das in der Leiche steckte, angefeilt worden war, damit es sich als Waffe eignete.

»Schöne Scheiße«, sagte der Kommissar schließlich und ließ sich auf der Kirchenbank nieder, auf der auch Perez wieder Platz genommen hatte.

»Lassen Sie mich noch mal Ihre Geschichte hören.«

»Klar«, sagte Perez und bemühte sich um Konzentration. »Ich konnte nicht schlafen und bin gegen drei Uhr nachts aus dem Haus gegangen, um mit meinem Hund eine Runde Gassi zu gehen. Ich war in Gedanken und schlug intuitiv den Weg zu meinem Lokal ein, als Hippy plötzlich in der Rue Mossen Rous verschwand und auch auf mein Rufen hin nicht zurückkam. Ich bin ihm gefolgt und habe gesehen, dass die Tür zur Kirche offen stand. Deshalb bin ich rein, auch weil ich befürchtete, der verdammte Hund würde hier drinnen sein Geschäft unter den Augen des Herrn verrichten. Zuzutrauen wäre es der Bestie. Ich bin also nichts Böses ahnend hinterher und bin dann auf diese furchtbar zugerichtete Leiche gestoßen.«

»*Good story!*«

»Wie bitte?«

»Schöne Geschichte. Irgendetwas sagt mir, dass sie erstunken und erlogen ist.«

Perez machte ein beleidigtes Gesicht. Beim ersten Erzählen hatte Boucher lediglich genickt.

»Schwören Sie mir, dass *Sie* nichts damit zu tun haben?«

Das tat Perez, und er tat es mit reinem Gewissen. Die

Männer schwiegen. Es wurde Zeit zu handeln, bevor das Dorf erwachte.

»Lassen Sie mich bitte noch einmal in Ruhe nachdenken«, sagte Boucher. »Der Täter kann doch nur aus Richtung der Sakristei gekommen sein, während der Pfarrer schon hier im Raum war. Vielleicht hat er auf seinen Mörder gewartet.«

»Oder der Angreifer ist durch das Hauptportal gekommen«, sagte Perez und deutete über die Schulter.

»Haben Sie schon mal nachgesehen, ob es abgeschlossen ist?«

»Nein. Ich ermittle nicht, ich gehöre schließlich nicht zur Polizei und bin dafür außerdem viel zu geschockt gewesen. Bin schon froh, dass ich in der Aufregung Ihre Nummer gefunden habe.«

Boucher stand auf und lief den Mittelgang hinunter. Er drückte die Klinke, die Tür war abgeschlossen, ein Schlüssel steckte nicht. Er drehte sich um und lehnte sich mit dem Rücken gegen die Holztür. Gedankenverloren blickte er minutenlang auf den Tatort.

Perez ging es zunehmend schlechter. Was bestimmt auch an dem Gestank lag. Er meinte noch immer das Säuerliche von Erbrochenem neben der Süße des Blutgeruchs wahrzunehmen. Vorsichtshalber atmete er nur noch durch den Mund.

Gerade, als er den Kommissar bitten wollte, die Kirche verlassen zu dürfen, hörte er ihn einen spitzen Schrei ausstoßen. Das Geräusch hallte von der Decke und den Wänden wider. Perez erschauderte. Schnell drehte er sich zu ihm um.

Boucher stand breitbeinig vor dem Taufbecken und starrte zu Boden. Als Perez sich neben dem Kommissar aufbaute, entfuhr auch ihm ein Schrei.

Von Weitem drang Hippys Bellen durch die geschlossene Sakristeitür an sein Ohr. Für das Tier hatte er gerade keine Zeit. Wo sollte das noch alles hinführen?

Auf dem kalten Schieferboden lag der zusammengekrümmte Körper einer jungen Frau, sie war tot. Ihre Kleidung war blutbesudelt, um ihren rechten Oberarm war ein Gummischlauch gewickelt. Auf den Fliesen neben ihr lag eine Spritze.

Perez wandte sich um und stürzte aus der Kirche hinaus. Dieser Tatort war nichts für einen, der sich nur gelegentlich in anderer Leute Angelegenheiten einmischte. Nichts für einen Hobbyermittler. Aber auch für einen gestandenen Kommissar war das hier harter Tobak, wie der Blick in Bouchers aschgraues Gesicht zeigte, als dieser ihm kurz darauf folgte.

Perez schnippte die Zigarette auf den Boden, er hatte kaum daran gezogen, sich eher daran festgehalten.

»Haben Sie dafür eine Erklärung?«, fragte er Boucher.

»Nein«, sagte er. »Was kann ein niedergestochener Priester mit einer toten Fixerin zu tun haben? Zwei Tote in einem Raum, der kein handelsüblicher Tatort ist.«

»Handelsüblich?«

»Sie wissen schon.«

»Nein.«

»Hätten Sie den Priester am Strand gefunden, hätten wir einen normalen Mord und basta. Okay, ein wenig mehr Aufregung, weil das Opfer ein Geistlicher ist, aber mehr nicht. Wegen des Kreuzes würde man sich fragen, was das Ganze mit der Institution zu tun hat. Sollte man am selben Tag in den Weinbergen eine tote Fixerin finden, wäre es nur eine Koinzidenz. Beide zusammen, nachts in der Kirche, Perez, das ist was ganz Großes.«

»Die Todesfälle hängen zusammen, oder?«

»Ich denke schon. Mal sehen, was die Kollegen von der Spurensicherung herausfinden.«

»Mon dieu, ich habe so etwas noch nie gesehen – schrecklich. Hoffentlich wird man die Bilder wieder los.«

Fünfzehn Minuten später trafen die beiden Dorfpolizisten fast zeitgleich mit den Kollegen von der Wache in Port-Vendres am Tatort ein. Boucher erwartete sie an der Straße und positionierte die Beamten so, dass kein Unbefugter in die Nähe der Kirche gelangen konnte.

Die Polizisten der Mordkommission aus Perpignan erwartete Boucher innerhalb der nächsten halben Stunde. Als alles geregelt war, wandte er sich wieder seinem einzigen Zeugen zu.

»Sie verlassen Banyuls nicht«, sagte er so laut, dass alle Umstehenden es hören mussten, »und halten sich bitte zu unserer Verfügung. Im Laufe der Ermittlungen werden wir sicher weitere Fragen haben. Außerdem brauchen wir Ihre Aussage schriftlich. Meine Sekretärin wird sich diesbezüglich bei Ihnen melden. Vielleicht schon im Verlauf des Tages, kommt darauf an, wie das hier läuft.«

Perez verschwand in einer Seitenstraße. Er schlich durch die Gassen von Alt-Banyuls, kam beim Bäcker vorbei, der gerade die Türen öffnete, und kaufte eine Tüte warme Croissants. Unterwegs rief er Marianne und Haziem an und bat sie, zusammen mit Stéphanie so schnell wie möglich ins *Conill* zu kommen.

KAPITEL 19

Perez versammelte alle um den langen Tisch in der Raummitte. Allein schon der Umstand, dass er selbst Croissants anschleppte, bot ihnen Anlass zur Sorge. Und natürlich hatten sie auf dem Weg die Polizeifahrzeuge vor der Kirche nicht übersehen können.

Entsprechend gespannt nippten sie jetzt am heißen Kaffee, den Haziem aufgebrüht hatte. Der Maghrebiner selbst frühstückte nie und konnte sich nicht erinnern, Perez jemals um kurz nach sieben Uhr im *Conill* gegenübergesessen zu haben. Das machte ihn derart nervös, dass er sich ein ums andere Mal über die Glatze fuhr und ungeduldig mit dem Stuhl kippelte.

Auf Ambre hätte Perez gerne verzichtet. Eine Geschichte wie die, die er gleich erzählen würde, sollte man ihr in ihrem Zustand besser nicht zumuten. Aber Marianne hatte sie nicht alleine zu Hause lassen wollen.

Perez war es wichtig, dass seine kleine Familie alles von ihm erfuhr. Allerdings nicht die Wahrheit, sondern die mit Boucher abgesprochene Geschichte. Er hatte sein Wort gegeben und er würde sich daran halten, auch wenn es ihm nicht gefiel, seine eigenen Leute anzuschwindeln. Um dies ohne Gefahr tun zu können, hatte er den Dürren nicht zu dem Treffen hinzugebeten. Auf Marie-Hélène mussten sie ohnehin verzichten, sie stand bereits hinter der Theke des *Catalan*.

»Wenn du jetzt nicht langsam mit den Neuigkeiten rausrückst, werde ich verrückt«, brach Haziem das Schweigen. »Warum stehen die ganzen Polizeiautos drüben vor der Kirche, und warum rufst ausgerechnet du uns zu dieser unchristlichen Zeit zusammen und bringst auch noch Croissants mit? Du kannst dir denken, dass uns dein seltsames Verhalten Sorgen bereitet.«

Perez brauchte die anderen nicht anzusehen, um zu wissen, dass alle in diesem Moment nickten.

»Also gut.« Er holte tief Luft. »Gestern Nacht konnte ich nicht schlafen ...« Perez erzählte, was sich zugetragen hatte, ließ bloß den Dürren und dessen Mutter aus. Als er von den Leichen sprach, stöhnten alle entsetzt auf und erbleichten. Die schauerlichen Details, wie das Kreuz in der Brust und das Blut, mit dem die zweite Leiche besudelt war, erwähnte er nicht.

Unglaublich! Das war es, was alle dachten. Unglaublich, dass sich so etwas im beschaulichen Banyuls zugetragen hatte. Auch wenn sie es schon mit einigen Verbrechen zu tun gehabt hatten: Zwei Morde in ihrer Dorfkirche, das überstieg die Vorstellungskraft eines jeden im Raum.

Die lähmende Stille wurde von einem Klopfen an der Tür unterbrochen. Ausnahmsweise hatte Haziem von innen abgeschlossen. Auch das Fass stand nicht vor der Tür.

Keiner sah auf. Weil in der letzten halben Stunde immer wieder an die Scheibe geklopft worden war. Offenbar machten erste Gerüchte die Runde und die Banyulencs konnten zwei und zwei zusammenzählen. Licht im *Conill* am frühen Morgen und direkt gegenüber eine ständig wachsende Zahl Polizisten, dazu eine Vollsperrung des Platzes vor der Kirche. Jeder wusste von Perez' Leidenschaft für geheime Ermittlungen – da konnten sie auch gleich ihn fragen, schienen sie sich zu denken.

Die ersten Neugierigen hatten sie noch verscheucht, dann aber gar nicht mehr reagiert. Dieser Störenfried schien sich nicht abwimmeln lassen zu wollen.

»Es ist Jean-Martin«, rief Stéphanie in diesem Augenblick und sprang auf.

»Das gibt es doch nicht«, brummte Perez leise.

Der Dürre sah gar nicht einmal so schlecht aus, nur etwas übernächtigt. Aufgrund seines zeitraubenden Hobbys nahm daran allerdings niemand Anstoß.

»Da draußen ist die Hölle los. Ich habe eine Weile zugesehen«, sagte Jean-Martin und wirkte aufgekratzt. »Boucher hat die übrigen Pfarrer zum Verhör einbestellt. Stehen alle drüben neben der Kirche. Rein dürfen sie wahrscheinlich noch nicht. Die Spurensicherung ist vor wenigen Minuten eingetroffen. Ich konnte kurz mit Leblanc sprechen. Sie nehmen sich auch die Reinigungsdamen vor. Als ob eine von denen einen Pfarrer umbringen würde, das ist doch lächerlich!«

Perez hätte ihm am liebsten den Mund verboten, seine kleine Lüge war noch keine zehn Minuten alt und schon gefährdete dieser verrückte Jean-Martin alles. Sicher fragten sich die Übrigen gerade, woher er von dem Mord wusste, obwohl er doch gar nicht dabei gewesen war, als

Perez seine Geschichte erzählt hatte. Doch der Dürre war nicht zu stoppen.

»Moskowicz' Mutter steht schon in der Warteschlange«, berichtete er weiter. »Die Ärmste ist bleich wie eine Leiche. Danach kommen noch die Messdiener dran und alle ehrenamtlichen Helfer. Der Typ, der die Führungen für die Touristen veranstaltet ebenso wie der Organist. Zivilbullen aus Perpignan sind auch schon da. Sie gehen von Haus zu Haus und befragen die Nachbarn. Die kommen danach natürlich sofort angerannt und erzählen alles brühwarm den Leuten auf der Straße. Und alle wissen, dass Perez in die Sache verwickelt ist.«

Das wird ja immer besser, dachte Perez und versuchte seinen Schwiegersohn mit Blicken zu durchbohren.

»Haben wir schon gemerkt«, sagte Marianne. »Nun setz dich erst mal, Jean-Martin, du bist ja völlig aus dem Häuschen. Solltest du nicht Marie im Café helfen?«

»Ist völlig leer. Alle stehen draußen.«

»Ja, tut mir leid«, sagte Marianne im Aufstehen. »Trotz dieser schrecklichen Geschichte muss ich jetzt rüber ins Hotel. Mein Schwede hat sich überraschend angekündigt. Ekengren kommt mit versammelter Mannschaft für ein Meeting der Führungscrew. Sie landen morgen Mittag in Girona, übernachten dort und sind übermorgen hier. Ihr könnt euch sicher ausmalen, was das bedeutet. Steph kümmert sich um Ambre«, flüsterte sie Perez noch ins Ohr, bevor sie das Restaurant verließ.

Ambre hatte nach Perez' Bericht mitgenommener gewirkt als Stéphanie, sie hatte genau verstanden, was er erzählt hatte, so viel war sicher. Als er jetzt nach ihr sehen wollte, war sie mal wieder auf der Toilette.

»Und du rennst da draußen einfach so rum?«, sagte Perez, während er immer noch versuchte, Augenkontakt zu Jean-Martin herzustellen. Vielleicht erinnerte der Dürre sich ja doch noch an ihre Abmachung, Stillschweigen zu wahren, und ritt ihn nicht weiter in die Scheiße. »Ich dachte, du hättest keine Zeit? Hast du mir das nicht eben am Telefon erzählt? Dass du Marie im Café helfen müsstest, weil einer der Kellner erkrankt ist? War es nicht so?«

Er sprach lauter als zuvor.

»Diese Sekte, Perez, das ist der Wahnsinn!«, sagte er stattdessen. »Ich glaube, der tote Priester hat irgendwas damit zu tun.«

Jean-Martin setzte sich kerzengerade auf, seine Augen funkelten drohend. Stéphanie warf ihm vorwurfsvolle Blicke zu. Offensichtlich mochte sie es gar nicht, wenn die Rechercheergebnisse nicht zuerst abteilungsintern besprochen wurden.

»Ich habe noch mal mit meiner Mutter geredet. Sie wollte natürlich wissen, wie das vergangene Nacht weitergegangen ist, ist ja auch verständlich«, schnatterte der Dürre.

Perez sackte in sich zusammen. Der Junge war einfach zu nervenschwach oder ganz einfach zu dämlich.

»Ich musste ihr versichern«, fuhr Jean-Martin fort, »dass ich Madame ...«

»Stopp!«, rief Perez und packte ihn an der Schulter. »Du hältst jetzt sofort die Klappe, klar?« Er hob den Zeigefinger. »Kein Wort mehr! Wir hatten eine Abmachung ...

Ach, verdammt, Jean-Martin! Mit deiner Geschwätzigkeit bringst du uns noch in Teufels Küche.«

Die anderen im Raum folgten der Szene mit einiger Verwunderung. Perez fluchte leise. Alles für die Katz, dachte er. Jetzt gab es keinen Grund mehr, mit der Wahrheit hinter dem Berg zu halten. Das hier waren schließlich seine Leute. Er würde ihnen jetzt reinen Wein einschenken, um sie dann zu absolutem Stillschweigen zu verdonnern.

»Hört mir zu«, begann er und erzählte ihnen, was wirklich passiert war. Den Namen von Bruder Johannes Gespielin behielt er für sich. Er nannte sie nur *die Informantin.*

»So, nun, da wir das geklärt haben und ihr mir hoffentlich nicht böse seid, dass ich ein wenig geschwindelt habe, um Jean-Martins Mutter und diese Informantin aus der Sache herauszuhalten, würde ich gerne von meinem Schwiegersohn erfahren, weshalb er glaubt, dass Bruder Johannes etwas mit der Sekte zu tun hatte.«

Ihm war aufgefallen, dass Ambre während seiner Schilderung neben der Toilettentür stehen geblieben war und von dort aus gelauscht hatte.

»Wie hieß der Haufen noch? *DVD* oder so ähnlich, richtig?«

»*DdD* ist nur die Abkürzung«, sagte Jean-Martin, dem sein Ausrutscher entweder nicht bewusst oder nicht peinlich war. »Die Abkürzung für *Les Disciples de Dieu.*«

»*Die Jünger Gottes,* mon dieu, was für ein Unsinn. Sind denn plötzlich alle verrückt geworden? Oder waren sie das schon immer, und es ist nur an mir vorbeigegangen?

Na, egal. Also, erkläre uns bitte, was diese Jünger mit der katholischen Kirche zu tun haben.«

»Wie kommst du darauf?«, fragte Jean-Martin. Ein leichter Vorwurf lag in seiner Stimme, ebenso in Stéphanies Blick.

»Der Pater liegt drüben wie ein Lamm auf der Schlachtbank. Das ist doch irgendein religiöses Motiv, etwas anderes kann mir doch keiner erzählen.«

»*Les Disciples de Dieu* haben mit der katholischen Kirche aber auch gar nichts gemein, das hat nichts miteinander zu tun.« Er schnaufte empört. »Ganz im Gegenteil. Die Leute sind schreckliche Fundamentalisten, die die Legitimation für ihre kriminellen Taten im Urchristentum suchen. Sie legen die Bibel wortwörtlich aus und sind damit genauso schlimm wie die islamischen Fundamentalisten, die vorgeblich im Namen Allahs Anschläge verüben.«

Er wartete Perez' Reaktion ab. Der sah ihn einfach nur stumm an und dachte gar nicht daran, in eine Diskussion über Religion einzusteigen.

»Das sind ganz üble Typen«, fuhr Jean-Martin fort. »Warte nur, bis du alles über sie erfährst, da wird dir schlecht, diese ...«

Er war außer sich, so aufgeregt, dass Stéphanie ihn zu besänftigen versuchte, indem sie ihm die Hand auf den Arm legte. Es half nichts.

»Jesus ist Liebe. Sex ist Liebe. Also liebt Jesus Sex!«, brüllte er.

»Heute Nacht warst du ein einziges Nervenbündel, kaum mehr fähig zu sprechen, vielleicht erinnerst du dich? Und jetzt bist du aufgekratzt, als hättest du was genommen. Was ist in der Zwischenzeit passiert?«

Er erhielt keine Antwort. Jean-Martin wartete nervös wie ein Rennpferd in der Box darauf, weiterzuberichten.

»Na schön, JeMa, es wäre sehr wichtig, mehr über die Sekte zu erfahren. Allerdings müsstest du es uns etwas weniger hektisch erzählen. Meinst du, du schaffst das, mein Junge? Wir haben alle Zeit der Welt. Noch mal ganz von vorn.«

»Ja«, sagte Jean-Martin knapp. Er atmete tief ein – und sackte in sich zusammen. »Nein«, stammelte er. »Nein, das schaffe ich nicht.«

Er reichte Perez ein Dossier. Ausdrucke von Artikeln, die sich mit der Sekte beschäftigten.

»Da steht alles drin. Widerlich! Bitte lies es dir durch.«

»Danke, das mache ich später, wenn das okay für dich ist.« Er schob die Akte beiseite. »Wann hast du das zusammengestellt?«

»Ich saß daran, als Maman angerufen hat. Und habe sofort weitergemacht, als ich wieder zu Hause war. Ich wollte mich ablenken.«

»Das scheint dir gelungen zu sein. Unglaublich!«

Perez hatte den Eindruck, Jean-Martin momentan mit Samthandschuhen anfassen zu müssen.

»Es wäre trotzdem noch wichtig zu wissen, was dich veranlasst zu glauben, der getötete Priester habe mit der Sekte in Kontakt gestanden? Selbst wenn er von den Zeugen einhellig als seltsam bezeichnet wurde, ist er doch ganz offensichtlich ein Mitglied der katholischen Kirche.«

»Meine Mutter hat mir von seinen Versuchen erzählt, die Frauen, mit denen er sich getroffen hat, zu bekehren. Bei den *Disciples de Dieu* werde der Glaube noch hochgehalten und wahrhaft gelebt. Die katholische Kirche habe sich so weit von der Lehre Gottes entfernt, dass man ihr den Rücken zukehren müsse.«

»Das sagt ein katholischer Pfarrer?« Stéphanie war ebenso verwundert wie empört.

Sie blickte von einem zum anderen. Haziem zog die Mundwinkel nach unten. *Was versteht ein Muslim schon davon,* sollte das wohl ausdrücken. Ambre stand wie versteinert da, mit hochrotem Kopf. Das alles war zu viel für sie. Perez musste dafür sorgen, dass Stéphanie die junge Frau von hier wegbrachte.

Jean-Martin wirkte viel gefasster als noch vor wenigen Minuten. Doch Perez ahnte, dass er etwas verschwieg. Es musste noch weitaus Schlimmeres in dem Ordner stehen.

Der Dürre berichtete von der Vermutung seiner Mutter, dass es Pater Johannes ausschließlich auf reichere Frauen abgesehen hatte. »So wie Madame – die *Informantin*«, korrigierte er sich.

»Und das beweist die Verbindung?«, fragte Perez.

»Das und diese Papiere.« Er legte die Hand auf das Dossier. »Hier steht, wie sie bei der Rekrutierung vorgehen, genau so hat es meine Mutter beschrieben. Im Internet findet man sogar Verhaltensregeln und Anweisungen, die vom Sektenführer selbst stammen, als Order des Häuptlings an seine Indianer. Nicht einmal heimlich, sondern ganz öffentlich. Es ist zum Kotzen.«

Nicht schon wieder, dachte Perez. »Hat der Häuptling einen Namen?«

»Sie nennen ihn *Père,* Vater. Sein richtiger Name soll Richard Mullen sein. Die schriftlichen Glaubenssätze gehen in monatlichen Briefen an alle Sektenmitglieder weltweit. Die *Pè-Briefe* sind den Jüngern Bibelersatz. Darin werden sie auch aufgefordert, im Namen Gottes reiche Männer und Frauen in die Sekte zu locken. Und das ginge am besten mit Sex. Dieser Père nennt das Verfahren *Flirty-Fishing*. Ich würde es eher als Escortservice bezeichnen. Die Jünger werden zur Prostitution angestiftet.«

»Mon dieu! Dann sind die Jünger Gottes also in Wirklichkeit die Huren Gottes.« Keiner lachte. »Na schön, dann lese ich mir das jetzt mal durch. Scheint ja noch einige Überraschungen bereitzuhalten.« Er machte eine Pause. »Alles, was wir gerade besprochen haben, bleibt bitte unter uns. Nur die Familie ist eingeweiht – und das muss so bleiben.« Er sah kurz zu Ambre. »Das ist sehr wichtig, klar?«

Als Stéphanie das *Conill* verlassen wollte, fasste Perez sie am Arm.

»Hast du eigentlich getan, worum ich dich gebeten habe?« Vorsorglich hatte er sich versichert, dass Ambre bereits draußen auf dem Gehweg stand.

»War mir total peinlich«, sagte Stéphanie. »Ich hab nach dem Anhänger gegriffen, noch während ich sie gefragt habe, ob ich ihn mir mal ansehen dürfe. Drei Buchstaben, nichts weiter. *JTA*.«

»Was kann das bedeuten, die Initialen ihrer Kinder vielleicht?«

»Keine Ahnung. Ich habe sie gefragt, aber natürlich keine Antwort erhalten. Sie schien sogar verärgert zu sein. Vielleicht aber auch nur, weil ich sie angefasst habe.«

»Heute ist sie aber auch besonders seltsam, findest du nicht? Stand nur die ganze Zeit rum. Irgendwie macht mich diese Frau, auch wenn sie mir leidtut, nervös. Wenn ich bloß wüsste, weshalb?«

»Das ist nicht fair, Perez. Sie kommt als Außenstehende in eine Situation, mit der selbst wir nicht umgehen können. Sie ist bei Fremden, die sich im Morgengrauen versammeln, um über einen Ritualmord in der Kirche zu sprechen, über zwei Tote. Da wäre ich auch ratlos, wie ich mich dazu verhalte, also ehrlich.«

Ein Mann in schwarzer Hose und dunkelblauem Hemd unterbrach ihre Konversation.

»Monsieur Perez? Kommissar Miguel von der Mordkommission Perpignan. Wir hätten noch einige Fragen zu Ihrer Aussage.«

KAPITEL 20

Die Nacht war warm, viel zu warm für eine Nacht im Juni.

Perez war dem Kommissar auf die Wache der Police Municipale gefolgt, in Bouchers altes Büro am Strand, wo sich die Mordkommission von Perpignan provisorisch eingerichtet hatte. Auf dem Weg dorthin hatten sie über das Wetter, das Land und die Leute geplaudert, man hätte die beiden Männer für Freunde halten können. Doch zumindest einer der beiden, Perez, war angespannt und auf der Hut.

Auf der Wache angekommen, hatte er dem Kommissar seine Geschichte erzählt.

Mittlerweile ging ihm die Falschaussage flott über die Lippen. Auch die eingestreuten Nachfragen brachten ihn nicht aus dem Konzept. Als er in seiner Erzählung beim Fund der Leichen anlangte, ließ er sich seine Betroffenheit anmerken, er musste sie nicht spielen. Zu keinem Zeitpunkt des Verhörs gab er dem Kommissar Grund zu glauben, er sagte irgendetwas anderes als die Wahrheit.

»Vielen Dank, Monsieur Perez. Da hatten Sie ja eine fürchterliche Nacht, auch wenn Sie den Umgang mit Leichen ja gewissermaßen gewohnt sein dürften«, sagte der Kommissar. Dabei lächelte er freundlich. An seiner Mimik war nicht abzulesen, was er von Hobbydetektiven hielt.

Perez war überrascht, dass sein Gegenüber, immerhin ein Mann aus der großen Stadt, überhaupt von seiner kleinen Leidenschaft wusste, andererseits hatte er ja nun gesehen, was über ihn im Internet stand.

Der Polizist wollte weitere Details wissen. Ob er den Toten auf dem Altar angefasst habe oder die Tote am Boden? Ob er sich gut in der Kirche auskenne, und wie es seinem Hund nach alldem ginge? Ob Hippy eine der Leichen berührt habe, wie Perez sich einen Überblick verschafft habe, ob er das Kirchenlicht angemacht oder sich ganz auf sein Handy verlassen habe? Gefolgt von den Fragen, wie das Wetter draußen gewesen sei, ob ihm auf seinem Spaziergang mit dem Hund irgendwer begegnet sei, ob er die Leute gekannt habe oder ob es sich um Fremde gehandelt habe.

»Wissen Sie, was mich wundert?«, sagte der Kommissar gegen Ende der Unterhaltung. »Dass Ihnen bei dem grausigen Fund und dem ganzen Blut nicht übel geworden ist.«

Perez winkte ab, geriet aber doch etwas aus dem Gleichgewicht.

»Sie müssten sich nicht dafür schämen, wissen Sie? Mir wird auch immer noch flau, wenn ich einen Toten sehe. Und dann diese scheußlichen Gerüche! Da bin ich besonders empfindlich. Na ja, ich bin auch erst seit drei Jahren dabei. Trotzdem machen die alten Hasen schon ihre Scherze über mich. Erst heute Morgen wieder. Der

Gestank in der Kirche war doch entsetzlich. Das süße, schon stark angetrocknete Blut hätte schon für eine Rebellion meines Magens gereicht, aber da war noch etwas. Ich scheine der Einzige zu sein, der es gerochen hat, etwas leicht Säuerliches. Die Kollegen haben sich, wie gesagt, über mich lustig gemacht. Meine blühende Fantasie würde mir mal wieder einen Streich spielen, haben sie gemeint. Aber ich glaube, dass es auch noch nach Erbrochenem gerochen hat. Sie haben nicht zufällig auch so etwas wahrgenommen oder können es sich erklären?«

»Mir war schon sehr übel, da haben Sie recht. Aber übergeben habe ich mich nicht. Nicht in einem Gotteshaus, niemals im Leben würde ich das tun. Bis draußen schafft man es doch immer, nicht wahr?« Er blinzelte den Kommissar an. »Schon allein wegen meinem Vater«, schickte er noch hinterher. »Der alte Mann ist so was von katholisch, er würde es mir nie verzeihen, wenn ich in eine Kirche ko... Entschuldigung.«

»Ach wirklich, Ihr Vater ist also auch so religiös?« Kommissar Miguel lehnte sich in seinem Stuhl zurück und lachte laut auf. »Ja, die Altvorderen ... Vielen Dank, Monsieur Perez, dass Sie mir die Geschichte noch mal aus Ihrer Perspektive geschildert haben, obwohl Kommissar Boucher Sie ja schon dazu vernommen hat. Aber wissen Sie, es ist immer besser, selbst mit den Leuten zu sprechen.«

»Kein Problem, Monsieur le Commissaire. Sind wir hier dann fertig oder haben Sie noch weitere Fragen an mich?«

»Nein, Sie können gehen.«

»Wissen Sie eigentlich schon, um wen es sich bei den beiden Leichen handelt?«

Der Kommissar grinste schelmisch. »Der Detektiv in Ihnen, nicht wahr? Der Mann auf dem Altar war einer der Pfarrer der Kirche, Pater Johannes. Die Mutter Ihres Bekannten Moskowicz hat ihn identifiziert, sie arbeitet ehrenamtlich für die Kirche und kennt alle dort. Die tote Frau ist leider noch nicht identifiziert worden. Auch über den Tathergang wissen wir wenig. Wir haben unsere Vermutungen, wie Sie ja sicher auch, warten aber die Ergebnisse der Spurensicherung und der Autopsien ab.«

»Ist die Kirche wieder freigegeben?«

»Wo denken Sie hin. Das wird heute nichts mehr und auch morgen vermutlich nicht.«

Nach dem Verhör war Perez mit einigen von Haziem dringend benötigten Waren vom *Tresor,* einem alten Bunker, in dem seine Spezialitäten lagerten, zurück ins *Conill* gefahren. Das letzte Stück die Avenue du Puig del Mas hinauf hatte er die Sachen tragen müssen, die Straße war inzwischen vollständig gesperrt.

Eine Menschenmenge, wie man sie sonst nur am Nationalfeiertag zu sehen bekam, blockierte alles, was nicht bereits durch Polizeifahrzeuge und die Übertragungswagen der Presse zugestellt war. In Gruppen standen die Menschen zusammen und tratschten, spekulierten oder hielten sich bestürzt an den Händen. Dazwischen wuselten die Journalisten mit ihren Mikrofonen und Kameras.

Als sie auf Perez aufmerksam wurden, half nur noch ein kurzer Sprint. Dabei knurrte er, wie nur er knurren konnte, und bahnte sich mit Gewalt den Weg durch das Getümmel. Gott sei Dank hatte er Hippy im Auto gelassen, der Kleine wäre durchgedreht.

Auf dem Rückweg rannten die Journalisten bis zum Wagen hinter ihm her, zu gerne hätten sie ihn, als vermeintlichen Tatzeugen, live ihren Hörern und Zuschauern präsentiert.

Auch sein Handy klingelte in einer Tour. Und fast immer wurde er von unbekannten Nummern angerufen. Als es ihm zu blöd wurde, schaltete er es aus und tauchte ab. Den Rest des Tages verbrachte er hinter verschlossenen Türen in seinem *Tresor,* umgeben von wundervollem Schinken, sauteurem Safran aus La Mancha, Kirschen aus Céret und seinem Wein, dem *Creus*.

Verhungern konnte er ebenso wenig wie verdursten. Hier eingesperrt zu sein, stank ihm trotzdem so sehr, dass er keinen Appetit auf all die Leckereien verspürte. Um sich die Zeit zu vertreiben, rief er seinen langjährigen Freund und Partner Alain Pereira an und erzählte diesem haarklein, was er erlebt hatte.

Erst im Schutz der Dunkelheit hatte er sich wieder auf die Straße getraut.

In besonders warmen Nächten ließ sich ein Phänomen beobachten, das viel über die Bewohner von Banyuls aussagte. Normalerweise sah man sie höchst selten am Strand. Schon gar nicht gingen sie schwimmen. Das überließ ein wahrer Banyulenc den Kindern und den Touristen.

Einzig in Nächten wie dieser trafen sie sich am Wasser, wenn die meisten Touristen bereits im Bett lagen oder bei einem späten Abendessen in einem der Restaurants im Zentrum saßen.

Die Männer hockten mit freiem Oberkörper im Sand, daneben ihre Frauen in dünnen weiten Kleidern. Manche trauten sich sogar ins Meer. Dort standen sie zusammen und tauschten Geschichten aus. Besonders Wagemutigen reichte das Wasser gar bis zum Knie.

Auch Perez und Marianne hatten sich am Strand verabredet. Doch sie fanden keine Ruhe, seine unverkennbare Silhouette vor der Sichel des Mondes zog Neugierige an wie die Motten das Licht. Natürlich war das alles beherrschende Thema das Verbrechen in der Kirche. Kaum hatte sich herumgesprochen, dass Perez sich am Strand aufhielt, schwärmten sie aus, um ihn zu suchen. Auch ein paar Journalisten waren unter den Neugierigen.

Tauchte ein Team auf, wies er äußerst mürrisch auf seine Schweigepflicht hin. Den Einheimischen gegenüber betonte er lediglich, dass er schlecht gelaunt, müde und fertig sei und sie ihn in Ruhe lassen sollten. Neue Freunde gewann er in dieser wunderschönen Nacht nicht.

Sobald Marianne eintraf, packte er sie am Arm und ging mit ihr vor bis ans Wasser, wo die Wellen sanft gegen den Kies schlugen. Bald waren sie in ein intensives Gespräch vertieft. Hippy, dem die vielen Menschen ebenfalls auf den Geist zu gehen schienen, sorgte dafür, dass sich auch die hartnäckigsten Störenfriede fernhielten. Perez hatte den Kleinen selten so aggressiv erlebt.

»Braver Hund«, sagte er jedes Mal, wenn er eine sich nähernde Person ankläffte.

Natürlich hätten sie sich auch zu Hause treffen und damit den ganzen Zirkus vermeiden können, aber als wahrer Banyulenc ließ man sich doch nicht vorschreiben, wo man sich aufhielt und wo nicht. Marianne, Perez und Hippy verteidigten ihre Rechte als freie Bürger.

Zu Beginn musste Perez sich ein paar Vorwürfe für seine erste, nicht wahrheitsgetreue Nacherzählung der Ereignisse anhören. Marianne war natürlich längst ins Bild gesetzt worden, Mutter und Tochter stritten zwar oft, aber sie standen sich sehr nahe.

Er versuchte erst gar nicht, sich zu verteidigen, dafür fehlte ihm am Ende dieses langen Tages die Kraft. Sie hätte ohnehin nicht verstanden, was sein tatsächliches Motiv gewesen war. Es auf Jean-Martin und dessen Mutter zu schieben, war naheliegend. In Wirklichkeit aber hatte er seinen Ermittlungsvorsprung verteidigt.

Als Marianne ihn nach der Informantin fragte, entschied er sich, sie einzuweihen.

»Ich habe es den anderen nicht gesagt, wegen JeMas Mutter. Bei der Informantin handelt es sich um eine gewisse Madame Lasarte.«

»Sagt mir nichts.« Marianne wirkte enttäuscht.

»So ging es mir auch. Ich habe auch zuerst gedacht, es würde sich um eine stadtbekannte Person handeln, vielleicht um einen wichtigen Funktionsträger. Ich habe vorhin noch mal mit Jean-Martin telefoniert, der sich übrigens wieder einigermaßen beruhigt hat. Madame Lasarte ist gebürtige Banyulencque. Antonio, mein Vater, der könnte sie kennen. Sie hat allerdings jahrzehntelang in Lyon gewohnt. Zusammen mit ihrem Ehemann, einem reichen Katalanen, der ein Vermögen in der Petrochemie gemacht hat. Nachdem die drei Kinder ausgezogen waren und der Mann beim Absturz eines Privatflugzeugs in den Alpen ums Leben gekommen war, hielt sie nichts mehr im Norden. Sie erstand ein Haus ganz oben auf dem Puig del Mas und brach ihre Zelte in Lyon ab. Seither lebt sie sehr zurückgezogen und widmet sich vorrangig zwei Dingen: der Kultur und der Kirche. In beides steckt sie offenbar eine Menge Geld.«

»Ist doch irre, dass man eine Frau, die mitten unter uns lebt, nicht kennt.«

»Nicht unbedingt. Wenn sie nicht zu Demonstrationen geht, nicht in Restaurants oder sonst etwas unternimmt, an dem auch wir unseren Spaß haben, warum sollten wir sie dann kennen? Einen Hund hat sie, so viel ich weiß, auch nicht ...«

»Stimmt schon. In die Kirche gehen wir auch nicht.«

»Wenn es sich vermeiden lässt ...«

»Man kann schon verstehen, dass sie nicht mit einem Verbrechen in Verbindung gebracht werden will. Und dass niemand von dem Verhältnis erfahren soll – sie ist ja in einer Zeit aufgewachsen, in der so was ein Skandal war.«

»Ein sexuelles Verhältnis zwischen einem Priester und einer Gläubigen ist auch heute kein Kavaliersdelikt. Ich werde versuchen, sie da weiterhin rauszuhalten, blöderweise habe ich Jean-Martin mein Versprechen gegeben. Boucher habe ich ihren Namen jedenfalls nicht verraten, aber ich weiß nicht, wie lange ich sie schützen kann.«

»Und Jean-Martins Mutter?«

»Die beiden Damen sind beste Freundinnen und quasi unzertrennlich.«

Marianne nickte, während Perez sich eine Zigarette ansteckte. Sie schwiegen eine Weile. Inzwischen hatte sich der Strand merklich geleert.

»Meinst du«, fragte sie, »Madame, also die Informantin, hat beide Leichen in der Kirche gesehen? Oder ist sie gleich wieder raus, als sie ihren Liebhaber gefunden hat?«

»Das weiß ich nicht, auch nicht, ob es tatsächlich ihr Liebhaber war, im Sinne von ... Na, du weißt schon. Das geht uns auch nichts an. Sag mal, du kennst doch diesen Sektenforscher von der Sorbonne in Paris.«

»Kennen wäre zu viel gesagt. Er war im vergangenen Herbst Gast im Hotel. Ich weiß nicht, ob er sich noch an mich erinnert.«

»Jeder, der dich einmal gesehen hat, erinnert sich an dich. Es sei denn, er ist aus Stein. Hast du noch seine Nummer?«

Sie gab ihm einen Kuss. »Süß«, sagte sie. »Müsste ich noch finden können.«

»Suchst du sie bitte raus? Es könnte sein, dass wir einen Experten auf diesem Gebiet brauchen.«

»Hast du JeMas Dossier schon durch?«

»Die Zeit dafür hätte ich im *Tresor* gehabt, allerdings hatte ich keine Lust, auch nur einen Blick hineinzuwerfen. Ehrlich gesagt spüre ich eine Art Widerwillen, mich damit zu beschäftigen. Weiß selbst nicht so genau, warum. Dieser ganze religiöse Kram – entweder er langweilt mich zu Tode oder er macht mich tierisch aggressiv.«

»Eine differenzierte Beschäftigung mit Religion ist das nicht gerade.« Sie lächelte unschuldig.

»Ich erinnere dich gerne an die Szene, die du deiner Tochter wegen der Jugendfreizeit gemacht hast.«

»Versuch es gar nicht erst, Perez. Du weißt, dass ich mich im Gegensatz zu dir mit den Dingen, über die ich rede, beschäftige.«

»Kein Grund, mich zu beleidigen. Ich habe keine Lust zu diskutieren.«

»Für dich ist das alles der gleiche Schwachsinn, nicht wahr? Aber das ist es nicht. Katholizismus ist nicht gleich Protestantismus. Judentum, Christentum, Islam, Buddhismus, Hinduismus, die ganzen Weltreligionen – alle unterschiedlich. Dazu kommen dann noch Abertausende von Gruppen, die sich irgendwann abgespalten haben. Die meisten dieser Glaubensgemeinschaften sind klein und unbedeutend. Aber Sekten wie *Scientology* sind das natürlich nicht. Oder die *Bhagwan*-Bewegung. Denk bloß mal an den Massenselbstmord von über neunhundert Menschen in Guayana. Ich glaube, die nannten sich *Peoples Temple*. Oder an *Colonia Dignidad* in Chile, wo Hunderte Kinder missbraucht wurden, oder, nicht zu vergessen, Charles Manson, der mit seiner drogenverseuchten *Manson Family* die Schauspielerin Sharon Tate umgebracht hat. Die Gruppe um ihn würden wahrscheinlich die meisten nicht zu den religiösen Sekten zählen, vielen galt sie bloß als eine Hippiekommune. Ich sehe da keinen Unterschied. Und wie heißen jetzt noch mal die, nach denen du suchst?«

»*Les Disciples de Dieu*«, sagte Perez. Ihm schwirrte der Kopf von all den Namen. »Die treiben auch bei uns ihr

Unwesen, wie du so schön sagst. Im Vallée d'Orlu. Weißt du, was mir heute Nachmittag wieder eingefallen ist? Damals, so vor knapp zehn Jahren, hat doch diese bescheuerte muslimische Familie ihre Kinder aus religiösen Gründen fast verhungern lassen.«

»Verdammt, du hast recht, das hatte ich schon fast wieder vergessen. Haziem hat das doch damals aufgedeckt und der Polizei gemeldet. Warte, lass mich überlegen ... Das muss so um 2009 herum gewesen sein. Das Arschloch von Vater hat es als *Reinigung* bezeichnet. Die haben in unserer Nähe gewohnt, Rue Guynemer. Die Frau habe ich oft gesehen, mit ihren Kindern. Lange hat es keiner mitbekommen. Zweiundzwanzig Kilo haben die beiden Mädchen noch gewogen, als die Polizei die Eltern verhaftet hat.«

»Sie hatten keine Betten, kein Spielzeug und nur ganz wenig Kleidung. Zu welcher Sekte gehörten die?«

»Keine Ahnung.«

»Ambre hatte auch keine Sachen und nur wenig Kleidung.«

»Ambre war in den Bergen unterwegs. Zu Hause wird sie wohl mehr haben.«

Perez atmete vernehmlich ein und wieder aus. Er wiederholte es ein paarmal. Erst dann bemerkte er, dass Marianne in der Zwischenzeit kleine runde Steinchen aufgeklaubt hatte, die sie ihm jetzt hinhielt. Worte waren nicht nötig. Er nahm sie und stellte sich ins seichte Wasser. Von dort warf er die Steine so geschickt, dass einige mehrmals auftitschten, bevor sie versanken.

Marianne wusste, dass dieses Ritual aus Kindertagen eine beruhigende Wirkung auf Perez hatte.

Nachdem alle Steine versenkt waren, kehrte er zurück zu dem Platz an ihrer Seite.

»Und?«, fragte sie.

»Heute hat es nicht geholfen … leider nicht. Was denkst du eigentlich, wie es Ambre geht? Ich glaube, wir sollten sie etwas vor dem Trubel schützen. Schließlich bekommt sie alles mit, auch wenn sie nicht redet.«

»Wahrscheinlich wäre es im Augenblick tatsächlich besser, sie wäre irgendwo anders untergebracht, da hast du schon recht. Wir hätten uns nicht einmischen sollen …«

»Mach dir keine Vorwürfe, du wolltest nur helfen.«

»Ich sehe meinen Fehler inzwischen ein. Sie braucht professionelle Betreuung.«

»Sagt das die Psychologin?«

»Auch. Aber wir sehen doch selbst, dass sich ihr Zustand nicht bessert. Das Mädchen hat außerdem eine massive Essstörung, von der wir nicht wissen konnten. Ich weiß nicht, ob dir aufgefallen ist«, fuhr sie fort, nachdem sie Perez' fragenden Blick bemerkt hatte, »dass Ambre nach jeder Mahlzeit auf die Toilette rennt. Sie isst so viel sie kann. Dann geht sie aufs Klo, um es wieder auszukotzen. Was meinst du, warum sie derart dünn ist? Sie hat Bulimie.«

»Sie geht kotzen?« Perez war völlig konsterniert.

Er hörte sich Mariannes Erklärung an, er hatte nichts von der Existenz einer solchen Störung gewusst. All das gute Essen, die wundervollen Produkte, die sorgfältige

Zubereitung – was für eine Verschwendung. Bulimie war eine Krankheit, die er sofort hasste.

Marianne zählte die möglichen Ursachen auf, doch Perez hörte nicht mehr zu. *Colonia Dignidad, Peoples Temple,* Charles Manson, *Les Disciples de Dieu* und jetzt auch noch das.

Zu viel für einen Tag!

Als sie aufbrachen, kam Marianne noch auf die bevorstehende Reise zum Canigou zu sprechen.

»Warum fragst du? Daran ist nicht zu rütteln!« Er sagte es so laut, als müsste er sich selbst davon überzeugen. »Und wenn noch zehn Morde geschehen, wir fahren da hin!«

»Bist du dir wirklich sicher? Mit mir kannst du auch über deine Zweifel sprechen.«

»Es fällt mir schwer, übermorgen einfach so in die Ferien aufzubrechen, das ist doch wohl klar. Trotzdem, ich bin mir sicher! Das ist so wichtig für Stéphanie und auch für unsere Beziehung, das darf nicht ins Wasser fallen. Punkt! ... Und außerdem«, fuhr er nach kurzem Zögern fort, »dieser Ritualmord ist eine Nummer zu groß für mich. Und dazu noch die Frau, die an einer Überdosis gestorben ist – da kann ein kleiner Privatschnüffler wie ich nicht helfen. Es würde mich übrigens wundern, wenn Boucher der Leiter der Ermittlungen bliebe. Die Morde waren heute Abend in den landesweiten Nachrichten. Morgen bringen es die Tageszeitungen von Wissant im Norden bis hier runter nach Banyuls. Bei so viel Öffentlichkeit müssen schnellstens Ergebnisse her, sonst werden alle nervös. Es muss jemand verhaftet werden. Die Unruhe spürt man doch jetzt schon hier im Dorf. Der Mörder läuft wahrscheinlich frei herum, oder auch nicht …«

»Wenn es schon eine Festnahme gegeben hätte, hätten wir doch davon gehört«, sagte Marianne und legte die Stirn in Falten. »Was meinst du damit?«

»Nichts weiter, ich denke nur nach. Und was das erst für den Tourismus bedeutet, muss ich dir nicht sagen. Wahrscheinlich hat der Conseil Municipal heute schon deswegen getagt – mich haben sie nicht benachrichtigt, ich bin aber auch nicht ans Telefon gegangen. Ich möchte echt nicht wissen, was da gerade hinter den Kulissen abgeht. Das ist ein richtig fetter Fall. Nein, nein, den lassen sie nicht bei Boucher. Und, wie gesagt, der ist auch mehr als eine Nummer zu groß für mich.«

»Ich liebe dich, mein Dickerchen«, sagte Marianne.

Sehr gut, sie hat es geschluckt, dachte Perez, nicht ohne Gewissensbisse.

»Ach, was mir gerade durch den Kopf geht – meinst du, es wäre vielleicht eine gute Idee, Ambre mit zum Canigou zu nehmen? Da oben seid ihr weit weg von allem, zumindest für ein paar Tage.«

Perez brummte. Er konnte sich Schöneres vorstellen, als diese stumme Frau auf den Vater-Tochter-Ausflug mitzunehmen.

»Immer noch nichts von diesen verdammten Eltern?«, fragte er.

»Dieser Anschluss ist vorübergehend nicht erreichbar!« Marianne imitierte die Stimme der automatischen Ansage.

»Schade. Aber ja, du hast recht, es würde ihr vermutlich

guttun. Was denkst du, wird deine Tochter zu dieser Idee sagen? Ist das nicht so was wie eine halbe Absage, wenn sie sich meine Wenigkeit mit Ambre teilen muss? Also, ich kann ihr das unmöglich vorschlagen.«

»Lass mich mal darüber schlafen. Sollte ich morgen früh noch der Meinung sein, dass es eine gute Idee ist, spreche ich selbst mit Steph. Dann kommt es von mir und du hast nichts damit zu tun. Du könntest dann sogar, wenn sie dir damit kommt, etwas schauspielern, ihr sagen, du wärst lieber mit ihr allein gefahren.«

»Dafür müsste ich mich nicht verstellen, das entspricht der Wahrheit.«

»Ich bin so irre froh, dass ihr beiden euch mögt, meine beiden wichtigsten Menschen im Leben.«

»Mehr als nur mögen«, sagte Perez.

Er blinzelte zu ihr hoch und verzog den Mund zu einem Lächeln.

KAPITEL 21

Perez stellte seinem Hund eine Schale Wasser hin, bevor er sich aufs Bett schmiss und zu lesen begann. Nur zu Beginn dachte er noch darüber nach, dass es wirklich an der Zeit sei, sich eine Lesebrille anzuschaffen. Als er tiefer in die Lektüre eingedrungen war, blieb in seinem Kopf kein Platz mehr für Nebensächlichkeiten.

Les Disciples de Dieu wurden Ende der Sechzigerjahre in Kalifornien vom Prediger Richard Mullen als *Disciples of God* gegründet. Mullen, der sich schon bald nur noch Père nennen ließ, gestaltete die Sekte von Anfang an nach seinen Vorstellungen, wenn er auch zu Beginn nicht so autoritär regierte wie in späteren Jahren.

In dem Dossier, das Jean-Martin zusammengestellt hatte, wurde er als kleiner Mann mit kehliger Stimme beschrieben, dem man durchaus ein gewisses Charisma nachsagte. Er war wegen Missbrauchsvorwürfen aus einer evangelikalen Freikirche geworfen worden, bevor er die *Jünger Gottes* gründete. Die Sekte bestand größtenteils aus Jugendlichen und rekrutierte ihre Mitglieder aus der Hippiebewegung. Menschen, die Freiheit und Liebe zu finden hofften. Die Truppe fuhr mit einem Bus kreuz und quer durch Kalifornien. Man musizierte gerne und viel, war ständig nackt und sammelte Mitglieder und Spendengelder mit vollem Körpereinsatz.

Die Gemeinschaft wuchs rasant und es gab schon bald Kolonien in anderen westlichen Ländern. Zu den amerikanischen Jüngern gehörten damals auch weltbekannte Rockmusiker, Filmschaffende und andere Prominente. Ihre Auslegung des Christentums musste man als eigenwillig bezeichnen, vieles drehte sich um Sex.

Nach und nach schuf Mullen ein ausgeklügeltes System zur Unterdrückung und Kontrolle der Mitglieder. Um seine immer verrückter anmutenden Ideen unter sein Volk zu bringen, griff er auf eine ebenso einfache wie absolutistische Form der Kommunikation zurück, er erfand die sogenannten *Pè-Briefe*, die wöchentlich an die Jünger rund um den Globus verschickt wurden.

Irgendwann legte der endgültig dem religiösen Wahn verfallene Mullen zwanzig Grundprinzipien für die Mitglieder der Sekte fest, die sich mit der Zeit immer wieder änderten, erweitert oder abgewandelt wurden. Je nachdem, was dem autokratischen Herrscher gerade einfiel.

1. Gott liebt Sex, denn Sex ist Liebe.

Perez erinnerte sich an Jean-Martins Ausbruch, bevor er weiterlas.

2. Satan hasst Sex, denn Sex ist schön.

Den zweiten Teil des Satzes hätte er sogar unterschrieben, allerdings missfiel ihm der gebrauchte Zusammenhang deutlich.

3. Inzest ist okay, …

Perez hielt die Luft an, während er den Rest dieses Gebots und die folgenden las. Päderasten mit Zustimmung von ganz oben. Ekelhafter konnte es kaum werden.

Er blätterte weiter und vertiefte sich in einen längeren Artikel mit dem Titel: *Der Lord will Sex.*

Der Text handelte von einer Gruppe junger Leute, die in der Sekte aufgewachsen waren und gemeinsam versucht hatten, ihr zu entkommen. Was sie berichteten, überstieg das Ekelpotenzial der Gebote um ein Vielfaches. Durch die Lektüre wurde ihm erst so richtig bewusst, wie die Gesetze innerhalb der Gemeinschaft ausgelebt wurden. Die Kinder mussten vor ihren Eltern masturbieren und wurden zum Sex mit erwachsenen Sektenmitgliedern gezwungen, während andere sie dabei beobachteten. Oft wurden die Kinder ihren richtigen Eltern weggenommen und bei anderen untergebracht, weil die Jünger eine einzige große Familie sein sollten.

In dem Artikel stieß Perez auch auf das von Jean-Martin bereits erwähnte *Flirty-Fishing,* für das ausführliche Anleitungen des großen Vorsitzenden existierten. Durch sexuelle Handlungen sollten neue Mitglieder gewonnen oder Geld beschafft werden. Die Jünger, vor allem die Frauen, sollten sich hübsch machen, in Hotellobbys herumlungern oder zu Tanzabenden gehen, auf der Straße und in Bars einflussreiche, wohlhabende Männer oder Frauen ansprechen und verführen, um den Fortbestand der Gruppe zu sichern.

Oft, so hieß es in einem anderen Papier, versuchten die Jünger neue Mitglieder aus anderen Religionsgemeinschaften zu rekrutieren. Zu diesem Zweck wurden sie dazu aufgefordert, in den Gemeinden aktiv zu werden und dort leitende Positionen anzustreben.

Jean-Martin hatte recht. Alles wies darauf hin, dass Pater Johannes einer der Jünger der Sekte gewesen war. Wie es schien, hatte er streng nach den Gesetzen, die in den *Pè-Letters* festgeschrieben wurden, gehandelt.

Perez rauchte eine Zigarette am offenen Fenster. Mit leichtem Widerwillen, aber auch elektrisiert von dem Wahnsinn, der sich ihm offenbarte, nahm er den Schnellhefter wieder zur Hand und gab sich noch eine Runde Gebote.

»Genug!«, rief er kurze Zeit später. »Das ist so was von kranker Scheiß, Hippy. Ekelhaft!«

Als er den Ordner später noch ein letztes Mal hervorzog, blätterte er ihn von hinten auf. Hier hatte Jean-Martin einige Kopien der *Pè-Letters* angefügt. Perez besah sich die Titelbilder und hatte endgültig die Schnauze voll. Noch nie hatte er etwas derart Menschenverachtendes gesehen.

Nicht zum ersten Mal in dieser Nacht fragte er sich, warum eine solche Gruppierung in einem demokratischen Land wie Frankreich überhaupt geduldet wurde. Seiner Meinung nach gab es nur einen einzigen Platz für diese Verbrecher und Kinderschänder, und das war das Gefängnis.

*

Perez wälzte sich hin und her. Es gelang ihm nicht, Schlaf zu finden.

Das alles konnte doch nur einem ganz schlechten Film entstammen, unmöglich, dass es der Realität entsprach, unmöglich, dass Menschen derart an ihrem Leben verzweifelten, dass sie sich freiwillig einem solchen diktatorischen, kranken System unterwarfen und diesen kruden Blödsinn auch noch weiterverbreiteten.

Irgendwann in der Nacht musste er doch noch weggedämmert sein, denn als ein Anruf Bouchers ihn weckte, erschrak er, als ob direkt vor seinem Fenster Gewehrsalven den Angriff einer feindlichen Armee angekündigt hätten.

Er war völlig verschwitzt. Kein Wunder, die grauenvollen Bilder, die die Lektüre des Dossiers heraufbeschworen hatte, hatten ihm Albträume beschert.

Noch zwischen den Welten hängend stammelte er nur herum, als er den Anruf entgegennahm.

Bouchers Stimme schien aus einer tiefen Gruft zu kommen. Nichts von der üblichen Arroganz lag mehr darin. In kargen Worten berichtete der Kommissar, dass man ihm den Fall entzogen habe.

»Wir treffen uns zum Mittagessen, dann reden wir«, sagte Perez mechanisch.

»So schnell kann ich nicht in Banyuls sein«, sagte Boucher.

Die Antwort verwirrte Perez. Er versuchte einen Blick auf seine Armbanduhr zu werfen, der Wecker mit der Digitalanzeige stand nicht am gewohnten Platz. Mehr als Umrisse konnte er nicht erkennen. Genau genommen sah die alte Longines aus wie eine von Salvador Dalís zerfließenden Uhren. Verdammte Augen, dachte er.

»Um zwei im *Conill*«, sagte er brummig und drückte das Gespräch weg, bevor der Elsässer etwas entgegnen konnte. So bliebe ihm ausreichend Zeit, um wach zu werden, zu duschen und mit Hippy eine Runde zu drehen. Dachte er zumindest.

Nachdem er die Schlagläden vor den Fenstern geöffnet und den Wecker vom Boden geklaubt hatte, wohin er ihn in seinem unruhigen Schlaf wohl befördert haben musste, stellte er fest, dass er nicht nur kurz weggedämmert war, sondern den gesamten versäumten Schlaf in den Morgenstunden nachgeholt hatte. Ihm blieben gerade einmal dreißig Minuten bis zu seiner Verabredung.

Verstört verzog er sich ins Bad, während Hippy darum bettelte, endlich rauszudürfen.

Unter dem kühlen Strahl der Dusche, den er sich trotz Zeitnot genüsslich über den Kopf laufen ließ, sortierte er sich so weit, dass er um vierzehn Uhr bereit war, seine Wohnung zu verlassen.

KAPITEL 22

Fünfzehn Minuten später betrat er das *Conill*. Boucher hockte missmutig an einem winzigen runden Tisch, den Haziem nach Möglichkeit nicht besetzte, weil einem die Eingangstür in den Rücken knallte, wenn jemand den Raum betrat. Blies dazu noch der Tramontane, flatterten die Salatblätter vom Teller.

Perez, recht fröhlich und sehr hungrig, kümmerte sich zunächst überhaupt nicht um den Kommissar. Er umarmte Haziem zur Begrüßung und fragte ihn im Plauderton nach seinem Befinden. Sätze wie: »Ziemlich voll im Ort«, »Die Temperatur ist viel zu hoch für diese Zeit des Jahres«, oder »Da sind immer noch so viele Reporter, ich hoffe, du bleibst von ihnen verschont«, sonderte er ab, ohne Wert auf einen Zusammenhang zu legen. Schon beim Eintreten hatte er bemerkt, dass die Laune Haziems nur graduell besser als die des Elsässers war.

»Warum sagst du mir nicht Bescheid, wenn du dich hier im Restaurant verabredest?«, fuhr der ihn auch gleich an. Dabei bemühte er sich, so leise zu sprechen, dass der einzige Gast im Lokal seine Worte nicht verstand.

»Dir auch einen wunderschönen guten Morgen, mein

Freund und Lieblingskoch«, konterte Perez unbeeindruckt. »Ich sage es dir lieber gleich: keine Vorspeisenportionen, ich hatte noch kein Frühstück und mein Magen knurrt wie Hippy gestern Nacht am Strand. Gibt es einen Grund für deine schlechte Laune, mon pot?«

»Ich habe den Bullen mit den üblichen Argumenten abweisen wollen«, zischte Haziem. »Und jetzt hockt er schon eine halbe Stunde am Katzentisch, wartet auf dich und stellt sich dabei sicherlich einige Fragen, die für uns unangenehm werden könnten. Zum Beispiel: Wieso muss ich in der Ecke am schlechtesten Tisch Platz nehmen, wenn doch niemand sonst im Lokal ist?«

Bei der Mafia wurden Leute wie Haziem *Consigliere* genannt, er kümmerte sich neben dem Kochen auch um die Finanzen. Der Maghrebiner ließ sich nur ungern reinreden. Und weil Perez ihn gerade unnötig in Schwierigkeiten gebracht hatte, war er sauer.

»Das regle ich schon. Und jetzt«, fuhr Perez wieder lauter sprechend fort, »bring uns was Leckeres. Der Kommissar wird auch Hunger haben, die Elsässer essen früh. Und mein kleiner Hippy hatte auch noch nichts, nicht, dass er nach dem Knurren noch das Beißen anfängt. Du hättest ihn gestern Abend erleben sollen. Ich war mächtig stolz auf ihn. Na komm, mein Kleiner, Haziem hat was Feines für dich.«

Er beeilte sich aus Haziems Reichweite zu gelangen, damit der große Mann gar nicht erst in Versuchung geriet, handgreiflich zu werden.

Perez ließ sich auf den Stuhl neben Boucher sinken. Er konnte sich nicht erinnern, je an diesem wirklich schlecht platzierten Beistelltisch gesessen zu haben. Aber jetzt umzuziehen hieße, Haziems Lüge zu entlarven.

Kaum dass Perez' Hintern den Stuhl berührt hatte, legte der Elsässer auch schon los. Er grummelte nicht nur, sondern machte ihm lautstark wegen des Reservierungssystems Vorwürfe.

»Sind das unsere Probleme?«, fragte Perez, als der Elsässer eine Pause zum Luftholen einlegte. Er hob die Hände unschuldig gen Himmel, wie ein Priester am Altar.

Boucher stänkerte noch eine Weile weiter, während Perez sich schon einmal am hauchdünn aufgeschnittenen Schinken gütlich tat.

»Also die Großkopferten aus Perpignan haben Ihnen den Fall entzogen«, sagte er, als dem Kommissar allmählich das Pulver ausging. »Mal ganz ehrlich, Kommissar Boucher, das war uns doch von Anfang an klar.«

»Sie wissen genau, wie mies sich das anfühlt, in die zweite Reihe gedrängt zu werden«, konterte Boucher. »Was sage ich: zweite Reihe – sie haben mich vollständig rausgekegelt.«

Perez, der absolut keine Ahnung hatte, wie sich so etwas anfühlte, zuckte die Schultern.

»Die halbe Welt schaut gerade auf uns«, sagte er. »Es ist doch verständlich, dass sich die Kollegen aus der großen Stadt den Fall unter den Nagel reißen. Ich habe nichts anderes erwartet. Und Sie, wenn Sie ehrlich sind, doch wohl auch nicht.«

»Als hätte ich in so großen und schwierigen Fällen keine Erfolge vorzuweisen«, meckerte Boucher weiter, während eine Schwertmuschel nach der anderen in Perez' hungrigem Schlund verschwand. »Denken Sie bloß an die explodierte Jacht im Hafen von Banyuls oder an diesen Verbrecher und Menschenhändler vom Front National oder zuletzt an den verrückten Professor und diese kriminellen Superreichen mit ihrem Klub der Milliardäre ... In allen Fällen stand mein Name als leitender Ermittler landesweit in den Nachrichten. Kommissar Jean-Claude Boucher! Oder haben Sie etwas anderes gelesen? Das war großartige Polizeiarbeit. Und da denken diese Idioten, ich könnte diesen lächerlichen Kirchenmord nicht aufklären?«

Perez tupfte sich mit der Serviette die Mundwinkel ab. So konnte der Elsässer nicht sehen, wie er schmunzelte. Er unterließ es, den aufgebrachten Boucher darauf hinzuweisen, dass er es gewesen war, der all diese Fälle gelöst hatte.

»Eigentlich müssten Sie doch glücklich darüber sein. Sie sind derzeit so überlastet mit der Umstrukturierung der Wache in Port-Vendres. Es müsste Ihnen doch zupasskommen, dass Sie diesen Fall und die aufgeschreckte Öffentlichkeit nicht auch noch an der Backe haben.«

»Nun werden Sie mal nicht drollig, Perez!«

»Vergessen Sie die Kollegen, Kommissar, wir stärken uns jetzt erst einmal. Was halten Sie davon?«

Boucher nickte, bislang hatte Perez alles, was Haziem im Laufe des Gesprächs aufgetragen hatte, allein verputzt. Bei dem herrlich nach Kräutern und Weißwein duftenden Kaninchen, das der Maghrebiner gerade serviert hatte, beteiligte er sich nun zögerlich, weshalb

Perez umso schneller aß. An so einem Kaninchen war nicht viel dran.

»Ihr Mitarbeiter …«

»Haziem, mein Freund! Oder mein Partner, wenn Ihnen das lieber ist.«

»Völlig egal. Wieso wollte er mir keinen Tisch geben? Das ist doch lächerlich.«

»Fangen Sie schon wieder damit an?«

»Alle Tische sind leer und ich sehe auch nicht, dass andere Gäste abgewiesen werden. Wissen Sie, was ich glaube …?«

»Nun werden *Sie* aber mal nicht drollig!«, unterbrach Perez ihn streng. Er tunkte das letzte Stück Weißbrot in die köstliche Sauce. »Erzählen Sie lieber, was Sie in den vergangenen vierundzwanzig Stunden über die Toten drüben in der Kirche herausgefunden haben.«

»So gut wie nichts! Der Tote ist ein – natürlich – alleinlebender Pfarrer. Unbescholten, soweit man den Mitarbeitern der Diözese in Perpignan glauben kann. Beziehungsweise dem Theologen, den der Bischof zur Beantwortung unserer Fragen abgestellt hat. Der Typ ist seit gestern Morgen nonstop vor Ort und an jedem Detail brennend interessiert. Den Gottesleuten geht der Arsch auf Grundeis, wenn Sie mich fragen, sie würden den Fortgang der Ermittlungen sehr gerne kontrollieren.«

»Ha!«, stieß Perez aus. »Das glaube ich sofort! Was wusste der Sondergesandte denn sonst noch über den Toten zu berichten?«

»Bruder Johannes hieß er, ein Zisterziensermönch. Ist allerdings schon vor Jahren aus dem Orden ausgetreten und war lange als Hilfspfarrer tätig. Die Kirche hat Probleme mit dem Nachwuchs *und* dem Geld. Jedenfalls ist er untadelig.«

»Und die Frau?«

»Noch nicht identifiziert. Sie ist nicht aktenkundig. Ich persönlich würde ja die Öffentlichkeit einschalten. Ihr Bild in der Presse zeigen«, schob er als Erklärung nach. »Allerdings muss dafür erst ein Richter zustimmen – Formsache. Na ja, was die tun ...«

»Wurde bestätigt, dass sie an einer Überdosis gestorben ist?«

»Eigentlich schon.« Perez' Augenbrauen wanderten Richtung Haaransatz. »Es bestehen noch Zweifel, dass sie sich den Schuss selbst gesetzt hat. Ich würde zu dem Zeitpunkt Fremdeinwirkung jedenfalls noch nicht gänzlich ausschließen. Mir scheint aber, dass die Kollegen es als Selbstmord darstellen wollen, dann nämlich wäre der Fall, zur Beruhigung aller, so gut wie aufgeklärt.«

»Ach ja, wie denn das?«

»Kommen Sie, Perez. Behandeln Sie mich nicht auch noch wie einen Trottel. Natürlich stammte ein Großteil des Bluts auf ihrer Kleidung von dem Priester. Sie hat ihn erledigt, daran besteht kein Zweifel. Auf der Tatwaffe sind ihre Fingerabdrücke. Wenn wir jetzt bekannt geben, dass sie sich danach selbst gerichtet hat, ist dieser schreckliche Fall abgeschlossen.«

Perez spielte für einen Moment gedankenverloren mit seinem Essen.

»Da bliebe aber immer noch die Frage nach dem Grund für diese Tragödie«, sagte er schließlich. »Die Banyulencs brauchen eine gute Geschichte, die sie noch ihren Enkeln erzählen können.«

»Peng!«, unterbrach Boucher den kurzen Moment der Besinnung. »Und ich bin raus! Das ist eine solche Ungerechtigkeit …«

»Quatsch!«, rief Perez. »Nun hören Sie doch mit dem Selbstmitleid auf.«

Der Kommissar legte den Löffel beiseite und sah ihn mehr erstaunt als ärgerlich an.

»Boucher!«, sagte Perez in einem Tonfall, als müsste er einen Jugendlichen von der Wichtigkeit der Schulpflicht überzeugen. »Wir beide wissen zum gegenwärtigen Zeitpunkt schon eine ganze Menge mehr als Ihre Kollegen. Bleiben wir doch ruhig und sachlich. Egal, was die machen, wir sind ihnen mindestens einen Schritt voraus. Allein das müsste Ihnen doch gute Laune bereiten.«

Perez nutzte die Verblüffung des Kommissars aus, schaufelte sich den Rest des wundervoll nach Safran duftenden Couscous auf den Teller und schob die leere Platte an den Tischrand. Sollte Haziem bloß nicht glauben, er wäre bereits satt.

»Seien Sie doch bitte nicht so deprimiert. Ich erzähle jetzt einmal eine Geschichte, die ich Ihnen bislang vorenthalten musste. Ich weiß von einer älteren Dame, die mit dem untadeligen Pfarrer eine kleine Romanze unterhielt, vielleicht sogar in einer amourösen Beziehung zu ihm stand. Dieses petit détail kennen die Kollegen noch nicht.«

»Moment mal …«

»Hören Sie einfach zu. Und nehmen Sie es nicht persönlich. Ich konnte Ihnen in der Kirche nicht alles sagen –

eine Frage der Ehre, ich bitte Sie, dafür Verständnis aufzubringen. In Wirklichkeit habe nicht ich, sondern mein Schwiegersohn die Leiche entdeckt.«

Er erzählte dem atemlos zuhörenden Boucher die wahre Geschichte jener Nacht. Die Überraschung über diese unerwartete Wendung verdrängte die Wut, dass Perez ihn wieder einmal belogen hatte.

»Und das ist erst der Anfang«, schloss Perez die Korrektur seiner ersten Aussage ab. »Schließlich war ich unterdessen nicht untätig. Ich habe zum Beispiel herausgefunden, dass der scheinbar so untadelige Bruder Johannes ein Freund von unserem John ... ähm ... diesem Speedy gewesen ist.«

»Fernando.«

»Wie Fernandel, bloß ohne ›el‹, dafür mit ›o‹ am Ende. Bingo! Zusätzlich konnte ich ermitteln, dass Bruder Johannes früher mal in Sainte-Marie tätig war, genau wie unser Fernandel ohne ›el‹, der dort als Straßenmusiker und Beglücker zahlreicher Damen bekannt war.«

Boucher hatte urplötzlich jedwedes Interesse an der Nahrungsaufnahme verloren, weshalb Perez flugs beide Portionen Churros mit Vanilleeis und Valrhona-Schokolade auf seine Seite des Tischs zog. Haziem zeigte keinerlei Reaktion. Er hatte sich längst abgewöhnt, sich über die Mengen, die sein Freund verdrücken konnte, zu wundern.

»Die Zeugen haben ihn übrigens als seltsam beschrieben. Das haben sie auch über Speedy gesagt. Bedeutungsloses Detail? Wer weiß! So konnten wir herausfinden, dass Speedy – verdammt, ich muss mir angewöhnen, seinen richtigen Namen zu benutzen –, dass John Fernando in

Orlu gemeldet ist. Dort, wo auch der Sitz dieser Sekte ist. Diese Arschlöcher sind übrigens schuld daran, dass ich Sie habe warten lassen. Ich habe die ganze Nacht recherchiert. Eine widerliche Bande, mit der sie, also Plural, sie, die Ermittler, sich in jedem Fall beschäftigen sollten. Die Typen gehören alle in den Knast, wenn Sie mich fragen. Und wir sind sehr sicher, dass dieser Bruder Johannes auch zu der Sekte gehörte, ihr zumindest nahestand. All das wissen die Kollegen aus Perpignan nicht. Und da machen Sie so ein Gesicht?«

»Wir? Wer ist in diesem Fall: ›wir‹?«

»Ich und mein Team.«

»Ihr Team, ja?«

»Genau! Ihre Zwischenfragen, mein lieber Boucher, sind nicht gerade sachbezogen. Also, weiter im Text. Woher wissen wir, dass Bruder Johannes zu der Sekte gehört? Sicher fragen Sie sich das. In deren widerlichen Statuten steht, dass man sich in andere Religionsgemeinschaften einschleichen, sie unterwandern soll, um dort Mitglieder abzuwerben. Aber nicht etwa Frauen wie die Mutter von Moskowicz, keine armen Witwen mit knapper Rente, nein! Ausschließlich gut situierte Frauen und Männer, sie haben es auf deren Geld abgesehen. Ein katholischer Geistlicher kann also zugleich auch Mitglied einer autokratischen Glaubensgemeinschaft mit kriminellen Methoden sein. Und ich betone es gerne noch hundert Mal, davon haben die Kollegen, die Ihnen den Fall weggeschnappt haben, nicht die leiseste Ahnung. Außerdem haben wir noch die Telefonnummer von Fernando. Ah, endlich, ich habe mir den Namen gemerkt. Haziem, hast du noch einen kleinen Nachschlag, die Churros sind sogar noch besser als sonst, finden Sie nicht auch, Monsieur le Commissaire? … Und weil Sie für diese Telefonnummer eine Ortung beantragt haben, werden wir beide schon bald wissen, wo sich der zwielichtige Typ aufhält.«

Boucher bekam einen knallroten Kopf, ein Farbton, der gut zu seinen Haaren passte.

»Haben Sie nicht«, stellte Perez lapidar fest. »Das ist schade. An Ihrer Stelle würde ich das schnellstens nachholen und darauf achten, dass niemand erfährt, dass es um einen Verdächtigen in dieser Angelegenheit geht. Das sollten Sie hinkriegen, aber es eilt, das dürfte Ihnen inzwischen klar geworden sein.«

»Sie meinen …?«, stotterte der Elsässer. »Wir sollten weiterhin in Eigenregie ermitteln, obwohl …?«

»Warum nicht?« Unschuldiger konnte ein Mensch nicht dreinblicken.

Den Rest seiner Erkenntnisse und Vermutungen behielt Perez vorerst für sich. Auch die vielen offenen Fragen erwähnte er nicht. Ihm kam es seltsam vor, dass die Frau in der Kirche, sollte sie tatsächlich Selbstmord begangen haben, schon die Zweite innerhalb kürzester Zeit war, die sich das Leben genommen hatte und bei der fremdes Blut auf der Kleidung gefunden worden war. Bestand ein Zusammenhang zwischen den beiden Frauen? Im einen Fall stammte das Blut von Bruder Johannes, im Fall der Toten aus Montpellier fehlte die zweite Leiche noch. Ob Jeanne Fillion tatsächlich Selbstmord begangen hatte oder doch umgebracht wurde, war ihm nicht bekannt.

Und dann war da immer noch Ambre. Auch eine junge Frau, die es fast erwischt hätte. Kein fremdes Blut, und dennoch, wie passte sie dazu? Perez war sich längst bewusst, dass er an einer großen Sache dran war und dass derzeit niemand so viele Informationen besaß wie er.

Oder hatte Ambre gar nichts mit den übrigen Vorfällen zu tun? Er hatte sehr bewusst vermieden, das Gespräch auf sie zu lenken. Allerdings, und das stand fest, war sie Speedys Freundin gewesen. Hatte der noch Kontakt zu Bruder Johannes gehabt? Und wo hielt er sich jetzt auf?

Warum sprach Ambre nicht und wo, verdammt noch mal, steckten ihre Eltern?

Ja, es gab noch eine Menge, worüber er mit Boucher hätte sprechen können, doch Perez wollte es mit der Zusammenarbeit nicht übertreiben. Der Kommissar musste erst einmal verdauen, dass er ihn in der Kirche angelogen hatte.

Seine Abreise zum Canigou stand unmittelbar bevor, morgen um diese Zeit wäre er bereits unterwegs. Er musste noch packen und hatte bislang keinen Gedanken daran verschwendet, was er für diese Exkursion überhaupt an Klamotten brauchen würde. Wie kalt würde es auf dem Gipfel werden? Lag da oben noch Schnee? Würden sie über Eisfelder steigen müssen? Dafür besaß er nicht das richtige Schuhwerk. Die Frage nach dem Sauerstoff schüttelte er vorerst ab wie eine lästige Fliege. Lediglich ein paar Vorkehrungen hatte er getroffen. Ohne Absprache mit seiner Reisebegleiterin. Hoffentlich riss ihm Stéphanie dafür nicht den Kopf ab.

Eigentlich, und da hatte Marianne recht, war es unvernünftig, zu diesem Zeitpunkt der Ermittlungen einfach abzuhauen. Aber die Auszeit würde ihm guttun.

Und da Ambre an ihrer Seite sein würde, konnte nicht allzu viel passieren. Vielleicht hatte er unterwegs sogar die Gelegenheit, dem Geheimnis der jungen Frau auf den Grund zu gehen.

»Sagen Sie, mir wird gerade erst so richtig klar, dass Sie mich schon wieder angelogen haben«, unterbrach Boucher in diesem Moment Perez' abschweifende Gedanken.

Er sah zu dem Kommissar hinüber. Boucher war wieder knallrot im Gesicht. Der Ärger hatte sich durchgesetzt.

»Nein, Kommissar, ich habe getan, was getan werden musste. Die Ermittlungen habe ich damit nicht gefährdet. Und bitte bedenken Sie, wen ich sofort angerufen habe: Sie, nicht die allgemeine Notrufnummer! Und nur Ihnen habe ich gerade die volle Wahrheit erzählt. Sie müssen nur die kurze zeitliche Verschiebung akzeptieren, ein kleiner Preis für einen großen Vorsprung, den Sie nun gegenüber denjenigen besitzen, die Sie aus dem Fall herausgedrängt haben. Sie sind ihnen weit voraus, daran sollten Sie denken.«

Boucher würde darüber hinwegkommen, sobald er Hoffnung schöpfte, es den arroganten Kollegen heimzahlen zu können. So gut kannte Perez den Elsässer inzwischen. Sobald er sich etwas abgeregt hatte, würde er von ihm alles erfahren, was die Polizisten so trieben. Boucher würde ihn auf dem Laufenden halten, während er auf den Canigou kraxelte. Und im schlimmsten aller Fälle wäre er in wenigen Stunden wieder in Banyuls.

Er stand auf, schlug Boucher aufmunternd auf die Schulter, schnappte sich den letzten auf dem Teller verbliebenen Churro und verließ mit einem »Adieu!« das *Conill*.

ZWEITER TEIL

KAPITEL 1

Um Punkt acht Uhr am 22. Juni rollten Perez und der nervös zwischen Beifahrersitz und Fußraum hin und her springende Hippy auf die Place du Général Brassères. Am vereinbarten Treffpunkt, vor dem Restaurant *Els Amics*, hockten Stéphanie und Ambre auf gepackten Rucksäcken. Marianne stand aufrecht vor den beiden und schien letzte Ratschläge zu erteilen.

Perez winkte aus dem geöffneten Fenster. Hübsch sah seine Ziehtochter aus. Auf dem Kopf hatte sie eine ausgewaschene Schirmmütze mit dem kaum noch lesbaren Schriftzug *Banyuls sur Mer*. Die dunkelblonden Haare darunter versteckt, ungewöhnlich für sie, weil sie ihre leicht abstehenden Ohren nicht mochte und daher selten zeigte. Dabei hatte sie den langen schlanken Hals ihrer Mutter geerbt. Auf der Nase trug sie eine Pilotenbrille mit grünen Gläsern. Weite hellgraue Shorts und ein blaues T-Shirt mit der Aufschrift *P!nk* – wahrscheinlich handelte es sich um eine ihrer Lieblingsbands – bildeten ein lässiges Outfit. Die Füße steckten in nagelneuen Wanderstiefeln, aus denen bunte Socken herausquollen. Er musste auf die Kleine achtgeben, die Jungs da oben auf dem Canigou würden Schlange stehen.

Ambre saß teilnahmslos neben ihr und sah etwas verloren aus. Stéphanies Klamotten waren ihr viel zu groß. Die Fesseln wirkten in Mariannes klobigen Wanderstiefeln besonders zerbrechlich.

Aber die schönste Frau auf dem Platz war Marianne. Nur für Perez war offensichtlich, dass sie gerade erst aus dem Bett gesprungen war und noch keine Zeit gefunden hatte, sich zurechtzumachen. Er stieg aus, umarmte sie und gab ihr einen Kuss.

»Du siehst toll aus!«, sagte er. Und mit einem Blick auf Stéphanie: »Ihr seht alle toll aus.« Hippy kläffte aufgeregt und schoss aus dem Wagen. »Und du erst, Hippy! Besonders deine Wanderausrüstung.«

»Ich fühle mich aber gar nicht toll«, flüsterte Marianne ihm ins Ohr. Sie zog ihn etwas zur Seite, während der Hund sich von den beiden jungen Frauen gebührend begrüßen ließ. Selbst Ambre beugte sich zu ihm herab und kraulte ihn hinter dem Ohr.

»Was ist denn mit dir?«, fragte Perez.

»Ich habe keine Sekunde geschlafen. Ich mache mir Sorgen. Weißt du, was sie im Internet über untrainierte Menschen in solchen Höhen schreiben?«

Perez lachte. »Nicht schon wieder. Ich passe schon auf mich auf, was denkst du denn? Außerdem habe ich vorgesorgt, du kennst mich doch. Ich neige nicht zum Leichtsinn. Jedenfalls nicht in sportlicher Hinsicht.«

»Du bist aber selten gut gelaunt für diese frühe Stunde.«

»Stimmt! Bis gestern Abend habe ich zwar noch gezweifelt, aber jetzt freue ich mich richtig auf unseren Ausflug. Das Wetter oben soll herrlich werden, die Mädchen freuen sich, der Hund ist aufgeregt und für den ollen Perez ist es mal eine Abwechslung.«

»Darauf stehst du doch eigentlich gar nicht. Wie lange versuche ich schon, dich zu einem Wochenendtrip nach Barcelona zu überreden?«

»Madame Finken, sagen Sie mir, dass es nicht ist, wonach es sich anhört. Sie sind doch nicht etwa eifersüchtig? Barcelona, sagst du? Warum nicht. Aber nicht im Sommer, da ist es viel zu heiß. Und jetzt gib mir einen Kuss und hör auf, dir grundlos Sorgen zu machen. Wir sind schneller wieder zurück, als dir lieb ist. Immerhin kannst du dich jetzt ungestört um deinen Schweden kümmern. Hat Ekengren eigentlich schon von den Gewaltverbrechen an seinem Zweitwohnsitz gehört?«

»Was denkst du denn? Er hat sich von mir alles haarklein erzählen lassen. Woher er allerdings wusste, dass du in der Geschichte mit drinsteckst, ist mir schleierhaft. Tatsächlich denkt er immer noch, Banyuls sei eine Insel der Seligen, verschont von den bösen Entwicklungen in der Welt.«

»Damit hat er ja auch recht, bloß nicht immer. Wir müssen los. Allez les filles!«, rief er in Richtung der jungen Frauen. »Schmeißt eure Sachen in den Kofferraum und nehmt auf dem Rücksitz Platz. Vorne sitzt Monsieur Hippy, tut mir leid. Ich rufe dich an, Marianne, wenn wir auf der Hütte sind.«

Als Perez ein letztes Mal in den Rückspiegel blickte, bevor er sich in den Verkehr auf der Départementale einfädelte, sah er seine Freundin traurig zurückbleiben. Es brach ihm fast das Herz.

Nach dem ersten Stau auf der Rocade, der südlichen Umfahrung von Perpignan, wurde die Fahrt deutlich entspannter.

Auf der Vierspurigen in Richtung Prades aß Perez das erste Stück Baguette, das ihm seine Lieblingsbäckerin üppig mit bestem Schinken belegt hatte. Er biss in das immer noch leidlich knusprige Brot und nippte an dem Kaffee, den Marianne Stéphanie in einer Thermoskanne mitgegeben hatte, während er den Kangoo mit den Knien steuerte.

»Wunderbar, der Geschmack der großen weiten Welt«, schwadronierte er und sah, wie ihm Stéphanie hinten im Fond einen Vogel zeigte. »Du sollst Vater und Mutter ehren«, rief er über die Schulter. »Sonst kommst du nicht in den Himmel.«

»Konzentrier dich lieber auf den Verkehr, sonst sind wir da, schneller als uns lieb ist. Wie weit ist es noch?«

»Ille-sur-Têt«, las Perez auf dem Straßenschild, das die nächste Ausfahrt ankündigte. »Noch zwanzig Minuten bis Prades und dann vielleicht noch einmal so lange bis Villefranche-de-Conflent. Ein Dreiviertelstündchen alles in allem, würde ich sagen. Wollt ihr eine Pause machen?«

»Quatsch!«, sagte Stéphanie und winkte ab. »Hast du dir eigentlich Jean-Martins Dossier durchgelesen?«

Perez warf einen schnellen Blick in den Rückspiegel. Die Kleine war gerissener, als er gedacht hatte.

»Klar!«, sagte er in einem Tonfall, der ihr signalisierte, dass er verstanden hatte.

»Und, ist diese Sekte so schlimm, wie er sie dargestellt hat?«

»Schlimmer. Diese Jesusjünger sind eine Bande von Kriminellen. Von wegen Freiheit, Gottesverehrung und innere Einkehr. Abzocker und Kinderschänder! Ein echter Dreckshaufen ist das.«

»Details bitte.«

Perez informierte sie über die Entstehungsgeschichte und die Lehren der *Disciples de Dieu,* bevor er über Richard Mullen herzog, an dem er kein gutes Haar ließ.

Alle paar Sekunden warf er einen Blick in den Rückspiegel. Ambre zeigte keinerlei Reaktion, schaute starr geradeaus oder aus dem Seitenfenster. Stéphanie hatte sich ein wenig gedreht, so, dass sie ihre Nachbarin im Blick hatte, ohne sie direkt ansehen zu müssen.

Perez ersparte den Frauen die grausamen Details, erwähnte die Anleitungen zum Kindesmissbrauch nicht. Auch so waren die Schilderungen hart genug.

Nur ein einziges Mal, als Perez auf Bruder Johannes und auf die tote Fixerin zu sprechen kam, war ihm, als zucke Ambre kurz zusammen. Sie griff nach dem Kettchen an ihrem Hals. Was stand noch mal darauf? *JTA*. Er atmete einmal tief durch und bog dann auf den Parkplatz ein.

Der kleine quietschgelbe Touristenzug, *le petit train jaune,* war neben dem von Vauban erbauten Fort Libéria und den geheimnisvollen Grottes des Canalettes die dritte Attraktion der am Ufer des Têt gelegenen Ortschaft Villefranche-de-Conflent. Über schwindelerregende Brücken hinweg schlängelte sich die elektrische Schmalspurbahn die Berge hinauf nach Font Romeu.

»Da wären wir, alles aussteigen«, sagte Perez.

Neben dem Wagen machte er gymnastische Dehnversuche, wiegte den Kopf und versuchte sich an Rumpfbeugen. Selbst Hippy sah leicht befremdet an seinem Herrchen hoch. Die Frauen schauten lieber weg.

»Schon gut, ihr Banausen. Wohl noch nie was von Aufwärmtraining gehört, was?«

Stéphanie legte ihm den Arm um die Schultern, sie war inzwischen größer als ihr Ziehvater. Sie drückte ihm einen Kuss auf die Wange und strahlte ihn an.

»Wir sind wirklich hier«, sagte sie. »Ich kann es noch gar nicht glauben.«

Nach Perez drückte sie auch Ambre an sich. Die ließ es sich gefallen. Zur Überraschung aller huschte sogar ein Lächeln über ihr Gesicht. Wie es schien, stand alles zum Besten.

»Ich freue mich total!«, fuhr sie fort. »Was denkst du, Perez, wie lange brauchen wir für den Aufstieg zur Hütte? Es ist immerhin schon fast elf.«

Geübte Wanderer schafften den Aufstieg von Villefranche zum *Refuge des Cortalets* in etwas mehr als sieben Stunden. Das war zumindest die Auskunft, die Perez erhalten hatte, als er vor einiger Zeit mit dem Wirt der Hütte telefoniert hatte. Er selbst hätte wohl Wochen für die Strecke gebraucht.

Deshalb wartete bereits ein von ihm bestellter Landrover mit geschultem Fahrer, der sie in zwei Stunden über eine ebenso steile wie gefährliche Piste hinaufbringen würde. Pünktlich zum Mittagessen sollten sie dort eintreffen.

Er hatte keinen Sinn darin gesehen, diese lebensverlängernde Maßnahme im Vorfeld mit Stéphanie zu besprechen. Wenn es keine andere Möglichkeit gab, war er bereit, zu Fuß zu gehen. Aber sonst nicht. Dass dies der erste heikle Moment ihrer Reise werden würde, war ihm klar. Entsprechend forsch ging er nun vor.

»Da drüben steht der Wagen, der uns hochfahren wird«, sagte er mit fester Stimme und deutete auf den grau-blauen Landrover. »Es sind fast zweitausend Höhenmeter, der Weg führt durch dichten Wald ständig bergauf. Für die Strecke brauchen selbst einheimische Bergziegen über sieben Stunden. Dafür bin ich zu alt, das musst du einsehen.«

»Du hast ...«

»Ich habe versprochen, mit dir auf den Canigou zu kraxeln. Nun, hier bin ich – und bereit, morgen Abend den Aufstieg zu wagen. Komm schon, mehr kannst du von einem alten Mann nicht verlangen.«

Sie standen sich wie zwei kampfbereite Stiere gegenüber.

Perez breitete die Arme aus. Stéphanie zögerte noch einen Moment lang und fiel ihm dann um den Hals.

»Ich habe es gewusst«, flüsterte sie ihm ins Ohr. »Denkst wohl, ich hätte mich nicht informiert. Ich bin trotzdem froh, dass wir hier sind.«

Zunächst blieb der Geländewagen auf asphaltierten Straßen, wenn auch auf sehr kurvigen und steil bergan führenden. Sie passierten die Zufahrt zur L'Abbaye de Saint-Michel de Cuxa, bevor sie sich kurz hinter Taurinya von der Zivilisation verabschiedeten. Die romanische Abtei thronte spektakulär auf einem Hochplateau. Heute bot das Gemäuer der *Communauté des Béatitudes* ein Heim, der *Glaubensgemeinschaft der Seligpreisungen.* Soweit sich Perez erinnerte, war hier vor einiger Zeit ebenfalls von Missbrauchsvorwürfen berichtet worden.

Bald schon tauchte der Wagen in den immer dichter werdenden Wald ein und verließ schließlich die für normale Fahrzeuge eben noch zu bewältigende Piste. Ab jetzt war der Forstweg kaum breiter als das Auto selbst, wies riesige Schlaglöcher auf und war von herabgestürztem Geröll übersät. Den geübten Fahrer beeindruckte der Zustand des Wegs wenig. Immer wieder tat sich neben ihnen ein Abgrund auf, wenn sich der Wald etwas lichtete. Um in diesen Momenten die atemberaubende Aussicht zu genießen, fehlte es Perez an der inneren Ruhe. Dafür juchzte Stéphanie im Fond umso mehr.

Sie passierten Haselbüsche, mächtige Kastanien, Steineichen und Wildkirschen. Zwischen einer bizarren Felsformation erfreute das strahlende Rot der Walderdbeeren ihre Augen. Als sie in einen schmalen Schotterweg einbogen, der an einer Steilwand entlangführte, sprang Hippy freiwillig vom warmen Schoß seines Herrchens in den Fußraum des Wagens, wo er sich zitternd zusammenrollte.

Inzwischen waren Eichen und Kastanien vermehrt Tannen und Rotbuchen gewichen. Eisenhutsträucher säumten nun ihren Weg.

Nach über einer Stunde brachte der Fahrer den Wagen hinter einer Kehre zum Stehen.

»Pause!«, rief der aus dem Kosovo stammende Mann, der jetzt in Prades lebte und sich mit den Fahrten auf den Canigou ein Zubrot verdiente. Er zündete sich eine Zigarette an, nahm einen Beutel von der Ablage und schlug sich ins Dickicht.

Perez und Stéphanie verließen das Fahrzeug so schnell sie konnten. Er, weil ihm übel geworden war, und sie, weil sie sich an der Aussicht erfreuen wollte. Hippy schoss, als sich die Türen öffneten, davon, als gälte es in kürzester Zeit möglichst weit weg von dem allradbetriebenen Auto zu kommen. Ambre tat, was sie bislang auch getan hatte. Sie blieb emotionslos auf ihrem Platz sitzen und starrte durch die Frontscheibe auf den Weg.

Neben der Kurve, direkt auf den Fels gebaut, stand ein rostiger Eisentisch, auf dem eine riesige Panoramakarte die Landschaft zu ihren Füßen abbildete. Auf ihr waren alle mit dem bloßen Auge sichtbaren Ortschaften eingezeichnet, ebenso wie die Weiler, die sich in weiter entfernten Tälern befanden, die Namen der Flüsse und der gegenüberliegenden Berge.

Perez, jetzt mit Zigarette im Mundwinkel, betrachtete die Schautafel ausgiebig. Der Blick hinunter in die Täler und hinüber zu den teils noch immer schneebedeckten Berggipfeln der östlichen Pyrenäen war, da konnte es keine zwei Meinungen geben, spektakulär.

Nachdem sie die Aussicht in vollen Zügen genossen hatten, hockten sie sich auf den nackten Fels und ließen die Beine über dem Abgrund baumeln. Stéphanie schaute zum Wagen, der Fahrer war noch immer verschwunden, während Hippy todesmutig wieder auf dem Beifahrersitz Platz genommen hatte. Ambre hatte sich nicht bewegt.

»Sitzt sie noch da?«, fragte Perez, ohne sich umzudrehen.

»Bis wir ihr sagen, sie soll rauskommen.«

»Willst du das?«

»Alles ist gut, wie es ist. Ich mag sie irgendwie, obwohl sie bescheuert ist.«

»Ich hätte es anders ausgedrückt ...«

»Wie findest du, hat sie vorhin auf der Fahrt reagiert?«

»Zuerst gar nicht.«

»Nee.«

»Dann aber doch.«

»Und zwar, als du die Tote in der Kirche erwähnt hast.«

»Habe ich mich also nicht getäuscht.«

»Sie hat den Anhänger an ihrer Kette angefasst.«

»Und ihre Augen haben nervös gezuckt.«

»Ah, das konnte ich von der Seite nicht sehen.«

»Nein.«

»Was bedeutet das?«

»Vielleicht nichts.«

»Vielleicht ...«

»Auf geht's. Pause vorbei«, hörten sie in diesem Moment den Fahrer rufen.

Der Kosovare stand wieder beim Wagen, den Beutel gut gefüllt. Er zeigte Perez seinen Fund, bevor sie losfuhren. Große, feste Steinpilze.

Noch einmal veränderte sich die Vegetation. Der Wald wurde lichter. Oberhalb von eintausendfünfhundert Metern standen nur noch vereinzelt Bergpinien und Latschenkiefern. An einer Schranke mit der Aufschrift *Els Cortalets* nahmen sie die letzte Kehre und fuhren auf den Parkplatz der Hütte. Hinter einer langen Reihe anderer Geländewagen kamen sie schließlich zum Stehen.

KAPITEL 2

Auf dem Weg vom Parkplatz zur Hütte wappnete Perez sich für die nächste Auseinandersetzung mit Stéphanie. Natürlich hatte er auch vorgesorgt, was die Unterkunft auf dem Berg anging, es war ihm der Zufall in Gestalt einer alten Freundin zu Hilfe geeilt.

Vor einigen Wochen hatte er Madeleine, die als Leiterin der Universitätsbibliothek im Aquarium von Banyuls arbeitete, auf einen Aperitif getroffen. Sie hatten sich während der Ermittlungen zu einem anderen Fall im Laboratoire Arago wiedergesehen und sich verabredet. Als er ihr im Laufe des Abends von seiner bevorstehenden Reise zum Canigou erzählte, hatte sie ihm eröffnet, dass der Hüttenwart des *Refuge des Cortalets,* Régis, ein alter Bekannter von ihr sei, der nicht aufhöre, ihr Avancen zu machen, obwohl sie in festen Händen sei und er das auch wisse.

Ein klitzekleiner Hinweis auf Madeleine hatte Régis während des Telefonats dann auch vom mürrischen Zeitgenossen zu einer freundlichen Plaudertasche werden lassen. Auf einmal war selbstverständlich, was vorher unmöglich erschien. Sogar der Hund war kein Problem mehr.

Es war nie eine Option für Perez gewesen, draußen im

Zelt zu schlafen, auch wenn er dies gegenüber Stéphanie bislang nicht thematisiert hatte. Marianne kannte seine Vorbehalte gegenüber Campern, ob sie darüber mit ihrer Tochter gesprochen hatte, wusste er nicht. Für das nun anstehende Gespräch war es gar nicht so schlecht, dass sie Ambre mitgenommen hatten.

Hinter der nächsten Wegbiegung tauchte das *Refuge des Cortalets* auf. Perez hatte sich unter einer Berghütte einiges vorgestellt. Ganz sicher aber nicht das große, mächtige Steinhaus, das vor ihnen Gestalt annahm. Von ihrem Standort aus übersahen sie das gesamte Hochplateau. Ein T-förmiger, massiver Bau. Zwei Stockwerke hoch, blaue Schlagläden vor den Fenstern. Alles frisch renoviert. Zur Rechten ein Haus im gleichen Stil, nur wesentlich kleiner. Dahinter sanft ansteigende, ausgedehnte Wiesen, übersät mit Felsquadern, vereinzelten Bergkiefern und mächtigen Rhododendronbüschen. Dazwischen Zelte, so weit das Auge reichte. Am Ende des Plateaus begrenzte eine Reihe majestätischer Berge die Sicht. So unendlich hoch erschienen sie Perez, dass er den Blick sofort wieder der Hütte zuwandte. Er pfiff durch die Zähne.

»*Château des Cortalets* hätte es besser getroffen«, sagte er zu den beiden Frauen. »Hatte ich nicht erwartet.«

»Woodstock!«, sagte Stéphanie mit Blick auf die Zeltstadt. »Das ist ja der Wahnsinn!«

»Stéphanie, es ist an der Zeit, dir etwas zu gestehen.« Sie strahlte ihn mit listigem Blick an, als wüsste sie genau, was er ihr beichten wollte. »Ich werde nicht mit dir im Zelt schlafen. Ich habe mir ein Zimmer gesichert«, sagte er.

»Habe ich mir gedacht.« Die Kleine überraschte ihn immer wieder. »Außerdem wäre es jetzt, wo wir Ambre dabei haben, sowieso nicht mehr möglich, gemeinsam in einem Zelt zu schlafen. Das von Maman hat nur Platz für zwei Personen. Du hast das sicher lange vorher arrangiert, genau wie den Landrover, nicht wahr? Gib es zu, alles andere wäre eine herbe Enttäuschung.«

Perez' beleidigter Blick zeigte eindeutig, wen oder was er hier für die Enttäuschung hielt. Wie konnte sie so schlecht von ihm denken?

Er verabschiedete die Frauen mit ein paar spitzen Bemerkungen und marschierte in Richtung der Hütte davon. Hippy brauchte einen Augenblick für die Entscheidung, wem er nun folgen sollte. Perez bemerkte das Zögern sehr wohl.

Régis stand hinter der Theke und arbeitete die Bestellungen der Wanderer ab, die draußen auf den wenigen Stühlen der Terrasse Platz genommen hatten oder auf der Wiese vor dem Haus herumlungerten.

Der Hüttenwirt stellte sich als grobschlächtiger Typ heraus, der Perez' Meinung nach überhaupt nicht zu Madeleine passte. Das dünne Haar war zu einem Zopf gebunden, die Gesichtshaut wirkte unrein. Auf der Nasenspitze prangte eine fette Warze. Die Augen lagen sonderbar tief in den Höhlen. Außerdem war er für einen Bergsteiger zu dick.

Perez wartete, bis er an die Reihe kam und stellte sich brav vor.

Régis kam hinter der Theke hervor und begrüßte ihn

wie einen alten Bekannten, während er ihn am Ärmel nach draußen zog. Die hinter Perez wartenden Wanderer schienen ihn nicht länger zu interessieren.

»Ich habe erst nach unserem Telefonat geschnallt, wer mich da überhaupt angerufen hat. Perez, mon dieu, *der* Perez.«

Perez sah ihn fragend an.

»Das Internet ist voll von dir, du bist der berühmte Detektiv. Aber was mich noch viel mehr begeistert: Du bist auch der Besitzer vom *Conill amb Cargols.*«

Perez war hingegen gar nicht begeistert, gegen einen Satz wie »Das Internet ist voll von dir« hätte er noch vor Tagen heftig protestiert, nun aber war er eines Besseren belehrt worden.

»Mit dem Kirchenmord hast du auch zu tun, habe ich gehört. Muss ja eine wahre Hinrichtung gewesen sein. Du musst mir unbedingt alles erzählen.«

»Du kennst das *Conill?*« Ein kläglicher Versuch, das Thema zu wechseln.

»Ich kenne sogar Haziem. Wir waren vor geraumer Zeit mal zusammen in einem Workshop bei diesem irren Koch aus Girona. Einer der Roca-Brüder. Ich bin ganz versessen aufs Kochen, ist meine große Leidenschaft. Hier oben habe ich kaum Zeit dafür, aber im Winter, wenn ich unten im Tal bin, dann raucht der Ofen jeden Tag. Und ich kenne auch deinen ...« Er sah sich nach allen Seiten hin um. »... *Creus*«, flüsterte er dann. »Zumindest habe ich von ihm gehört – eine Legende!«

Gewonnen, dachte Perez und zog eine Flasche aus seinem Rucksack. Am Telefon hatte Régis ihm versprochen, er bekomme das einzige Einzelzimmer, das es hier oben gab. Ein Zimmer direkt neben seinen Privaträumen in dem kleinen Haus gegenüber. Normalerweise vermiete er es nicht, bei einem Freund von Madeleine mache er aber eine Ausnahme, hatte er gönnerhaft geraunt. Das einzige Zimmer mit eigener, wenn auch kleiner Dusche.

Daraufhin hatte Perez sich schweren Herzens entschieden, eine Flasche *Creus* zu opfern, ein rares Gut, aber ihm schien es nicht verkehrt, in dieser Todeszone einen Freund zu haben. Dass er damit derart ins Schwarze treffen würde, hatte er nicht vorhersehen können.

War Régis bisher überschwänglich gewesen, wurde er nun unterwürfig wie eine Kammerzofe. Hätte Perez eine Sänfte verlangt, um auf den Canigou zu gelangen, Régis hätte sich als einer der Träger angeboten.

Die Hütte war in der Lage, bis zu hundert Wanderern Unterschlupf zu gewähren, was normalerweise völlig ausreichend war, nur an diesen Tagen des Jahres nicht. Die, die keinen Platz fanden oder das Zelt bevorzugten, übernachteten im Freien.

Und viele wollten bei Régis im Speisesaal ihr Essen einnehmen. Die Tagesgerichte und die Zeiten für Mittag- und Abendessen standen auf einer Schiefertafel über der Theke. Wer nicht pünktlich kam, ging leer aus. Überhaupt wurde auf die Einhaltung der Hüttenregeln streng geachtet.

All das erfuhr Perez von Régis bei dem anschließenden Rundgang. Natürlich galten diese Regeln nicht für ihn und seine Begleiterinnen. Er, Régis, würde für sie einen

Tisch abseits der Terrasse aufstellen lassen. Im Schatten und mit allerbester Sicht aufs Tal. Dort könne Perez, wann immer ihm danach sei, sitzen und es sich gut gehen lassen. Es sei ihm eine Ehre, sich höchstpersönlich um sein leibliches Wohl zu kümmern.

Der Mann war ihm nicht sympathisch, die Bevorzugung war ihm peinlich, aber er wollte es sich nicht mit ihm verscherzen. Ein Blick hinauf auf die Spitze des Canigou lehrte ihn, jede Annehmlichkeit zu genießen, die man hier oben bekommen konnte. Er befand sich eben in einer Ausnahmesituation.

Nachdem er an seinem privaten Tisch einen ersten kleinen Imbiss zu sich genommen hatte – deftiger Hirschgulasch mit Kartoffeln und eine halbe Flasche Rotwein – und die fantastische Aussicht lange genug genossen hatte, entschloss er sich zu einer kleinen Erkundungstour. Er hatte damit auch deshalb so lange gewartet, weil er befürchtete, die Höhenkrankheit könnte ihn doch noch ereilen, dann wäre er lieber in der Nähe der Hütte. Mit dem Alkohol im Blut fühlte er sich sicherer.

»Unmöglich«, nuschelte er mehr als einmal, wenn er den Kopf hob und die in der Sonne blitzende Spitze des Canigou in sein Blickfeld geriet. »Wie soll ein Mensch dort hinaufgelangen?« Er teilte inzwischen Mariannes Skepsis, doch für eine Umkehr war es leider zu spät.

Er beschritt den ausgetretenen Pfad, passierte den Campingplatz, wo die Anzahl der Zelte in allen Größen, Farben und Formen minütlich wuchs und eine ausgelassene Stimmung herrschte. Hier und da brannten erste

Lagerfeuer. Er ließ den Blick über die Wiese wandern, konnte aber das Minizelt seiner Mitreisenden nicht ausmachen.

Auf der nächsten Anhöhe hätte er sich am liebsten die Schuhe von den Füßen gerissen. Er, der es gewohnt war, den lieben langen Tag in Espadrilles mit niedergetretener Ferse herumzuschlurfen, kam sich in den Stiefeln furchtbar beengt vor. So musste es Menschen gehen, die sich nach einem langen Urlaub wieder in eine enge Anzughose zwängten. Außerdem schwitzte er wie ein Hengst nach strengem Galopp. Und er hatte den Eindruck, auch so zu riechen. Er warf einen Blick über die Schulter.

»Gibt's doch nicht«, entfuhr es ihm, als er merkte, dass er sich noch immer auf gleicher Höhe mit dem Dachfirst der Hütte befand.

Dafür lag nun der Lac des Estagnols vor ihm, ein kleiner, ovaler Bergsee in einer Senke des Plateaus. Im kristallklaren Wasser spiegelten sich die Spitzen der Berge. Am Ostufer stand ein kleines Wäldchen aus abgestorbenen, fast weißen Baumstämmen, deren dünne Äste wie die Arme von Ertrinkenden flehentlich gen Himmel zeigten. Ein leichter Wind kräuselte die Oberfläche des Sees.

Nach Luft japsend setzte er sich auf einen Baumstamm. Zehn Minuten, vielleicht auch fünfzehn, war er gelaufen, hatte etwa zwanzig Höhenmeter überwunden und hechelte bereits wie ein alter Hund? Die Hoffnung auf eine erfolgreiche Besteigung verflüchtigte sich. Das musste an der dünnen Luft liegen, sie befanden sich nur siebenhundert Meter unterhalb des Gipfels.

Wo ist der Ausweg aus diesem Wahnsinn, überlegte Perez, wie komme ich hier heraus, ohne mein Versprechen zu brechen? Lange blickte er gedankenverloren auf die behaarten gelben Blüten eines Hahnenfußstrauchs, dann stand er auf und lief etwas beschwingter bergab zurück zur Hütte.

KAPITEL 3

Sie saßen beim Abendessen. Ambre schwieg wie üblich, während Perez und Stéphanie versuchten, die Anwesenheit einer stummen Fremden nicht als störend zu empfinden. Unter den ausladenden Zweigen einer mächtigen Bergpinie unterhielten sich Vater und Stieftochter angeregt.

Trotz der vielen Gäste, die Régis an diesem Abend zu bewirten hatte, fand er immer wieder Zeit, sich nach dem Wohl seines, wie er sich ausdrückte, »berühmten Besuchs« zu erkundigen. Und bei jeder Aufwartung schleppte er neue Leckereien an den Tisch. Einmal ein frisch gebackenes, würziges Steinofenbrot, ein andermal eine Wildpastete mit einer Marmelade aus selbst gesammelten Beeren. Das mit diversen Pilzsorten aromatisierte Fleisch duftete wie ein Wald im Herbst. Perez aß die Terrine bis auf den letzten Krümel auf. Dazu tranken sie kühlen Wein, zwar keinen *Creus,* aber einen Tropfen, den man durchaus genießen konnte. Zur Feier des Tages gönnte sich auch Stéphanie ein Glas, kehrte danach allerdings zur Fruchtlimonade zurück. Als Abschluss des ausgiebigen Mahls trug der Hüttenwirt noch eine Auswahl an Ziegenkäse auf, der von einer Sennerfamilie im Nachbartal hergestellt wurde. Von frisch und mild über cremig-würzig bis hin zu salzig-streng reichten die Geschmacksnoten.

Wenn bloß das dumme Geschwätz von Régis nicht wäre, dachte Perez. Noch mehr ärgerten ihn allerdings die anzüglichen Blicke, mit denen er Stéphanie musterte.

Ansonsten war er mehr als zufrieden. Als die Sonne unterging, sorgte ein leichter Wind für etwas Abkühlung. Er würde in dieser Nacht prächtig schlafen, so viel stand fest.

Bald schon hatten Stéphanie und Perez Ambres Anwesenheit vergessen. Sie redeten, als wären sie unter sich. Über Freunde und Freundschaften, über die Schule und die Zukunft. Perez war froh und auch ein wenig gerührt, dass Stéphanie, die keinen Tag verstreichen ließ, ohne mit ihrer Mutter zu streiten, jetzt, da sie von ihr getrennt war, durchblicken ließ, wie sehr sie Marianne liebte und vermisste.

Kaum hatte Régis den Tisch abgedeckt, verschwand Ambre auf die Toilette. Vater und Stieftochter nutzten ihre Abwesenheit.

»Das mit der Toilette ...«, fing Perez an.

Er rauchte und streichelte mit der anderen Hand Hippy, der neben ihm auf der Bank hockte. Der Hund war erschöpft, nachdem er den ganzen Abend Mäusen hinterhergerannt war.

Stéphanie nickte wissend.

»Hat Marianne mit dir darüber gesprochen?«

»Musste sie nicht. Mir ist es selbst aufgefallen. Wir hatten ein Mädchen mit Bulimie in der Klasse. Die wäre fast an Unterernährung gestorben. Sie war ein Dreivierteljahr weg, zuerst im Krankenhaus, dann in psychologischer Behandlung und schließlich noch in der Reha. Unsere Lehrerin hat damals mit uns darüber gesprochen, es kam sogar ein Psychiater in den Unterricht. Das war gut. So wurde nicht getratscht und wir hatten alle Verständnis für Belle.«

»Schrecklich, ich bin fast sechzig und habe vorher noch nie von dieser Krankheit gehört.«

»Echt nicht? Perez, manchmal bist du richtig weltfremd.«

»Was soll das denn jetzt wieder heißen?«

»War nicht persönlich gemeint«, sie lächelte ihn zuckersüß an. »Bulimie ist keine Erbkrankheit. Man hat es nicht von Geburt an. Viele Mädchen hungern, um ihr Idealgewicht zu erreichen, und das gerät dann außer Kontrolle. Das kann verschiedene Ursachen haben. ›Sie mögen sich nicht mehr‹, hat der Psychiater gesagt. Den Satz habe ich mir gemerkt. Oft liegt der Grund wohl auch in der Familie ...«

»Ja, das sagte Marianne auch. Mir will einfach nicht in den Kopf, dass es Menschen gibt, die absichtlich hungern oder alles, was sie essen, sofort wieder auskotzen. Kapier ich nicht! Wer hat denn keine Probleme mit der Familie?«

»Du und Antonio ...«

»Hör bloß mit dem alten Zausel auf. Über die Familie von Ambre wissen wir so gut wie nichts. Bei mir ist bloß hängen geblieben, dass Monsieur Granado nichts dagegen einzuwenden hatte, dass seine damals noch minderjährige Tochter mit einem älteren Mann durchbrennt.

Der ältere Mann war Speedy, alias John Fernando. Welcher Vater sagt so etwas?«

»Hat er das echt so gesagt?«

»So ungefähr. Ist doch scheiße!«

»Maman sagte doch, er sei ein bisschen verrückt.«

»Ich fürchte, ›ein bisschen verrückt‹ verniedlicht den Sachverhalt. Ich habe ein blödes Gefühl, schon die ganze Zeit.«

»Was meinst du? Was für ein Gefühl, kannst du es erklären?«

»Ich wünschte, ich könnte.« Er atmete tief durch. »Und ich wünschte, diese Eltern würden sich endlich mal melden. Es stört mich, dass wir uns in fremder Leute Angelegenheiten mischen.«

»Das macht Maman doch eigentlich ständig.«

»Ist was anderes. Und ich sag ja auch nur, wie ich mich fühle. Wie geht es dir denn damit?«

»Meistens tut sie mir leid. Aber es gibt auch diese Momente, da könnte ich total ausflippen.«

Sie schlug mit der flachen Hand auf den Tisch, woraufhin Hippy erschrocken von der Bank sprang.

»Eben, zum Beispiel«, fuhr Stéphanie fort. »Beim Aufbauen von unserem Zelt. Eigentlich lief alles gut. Okay, wir haben natürlich nicht geredet, aber es war in Ordnung, gute Stimmung, alles cool.«

Perez nickte und steckte sich eine weitere Zigarette an. Hier oben schmeckten sie ihm besonders gut.

»Aber anstatt mir zu helfen, schaut sie nur in der Gegend herum, und kaum steht das blöde Ding, stößt sie einen Schrei aus und hechtet hinein.«

»Ins Zelt?«

»Wohin sonst? Hockte da drin wie ein Häufchen Elend. Knie an die Brust gezogen, Blick auf den Boden.«

»Sie hat gesprochen?«

»Geschrien. Das soll sie doch im Krankenhaus auch schon getan haben. Gesagt hat sie natürlich nichts. Ich habe sie am Arm gepackt und versucht sie zu beruhigen, hat aber nichts gebracht. Das ... macht mich aggressiv! Wirklich, ist so, auch wenn ich mich dafür schäme.«

»Hast du sie denn nicht gefragt, was los ist?«

»Doch, klar. Da kam aber nichts zurück. Eines sag ich dir, ihre Luftmatratze, die kann sie nachher mal schön alleine aufpumpen. Ich bin doch nicht ihr Kindermädchen.«

»Aber da muss doch was vorgefallen sein. Hat sie jemand aus Versehen berührt? Im Zeltlager ist es ja brutal eng. Oder hat man sie irgendwie blöd angemacht?«

»Perez! Ich habe mit diesen verfluchten Heringen gekämpft. Das war mein erster Zeltaufbau. Ich habe nicht auf sie geachtet.«

»Stehst nicht auf Camping, was?«

»So jedenfalls nicht.«

»Kluges Mädchen, ich auch nicht. Auf unserem nächsten Ausflug nehmen wir uns ein schönes Hotel mit angeschlossenem Restaurant. Obwohl, das Essen war gar nicht so schlecht. Das muss man ihm lassen, Régis ist ein passabler Koch.«

»Der ist eklig.«

»Da würde ich dir zustimmen.«

»Hast du bemerkt, wie er mir auf die Figur glotzt? Und nicht nur mir. Widerlicher Typ.«

»Bereust du, dass wir gefahren sind?«

»Bist du verrückt? Es ist voll schön hier.«

Perez konnte ihr nur zustimmen, die Natur hier oben war wirklich überwältigend. Aus den Augenwinkeln sah er Ambre antraben.

»Wird langsam frisch«, sagte er. »Dahinten kommt Ambre. Weißt du was, ich komme jetzt mit, helfe euch, die Matratzen aufzublasen und dann geht's ab in die Falle. Was meinst du, Hippy? Wir sind hundemüde. Muss an der dünnen Luft liegen.«

KAPITEL 4

Perez erwachte, als es zu dämmern begann. Er brauchte einen Augenblick der Orientierung. Dann streckte er sich und stöhnte zufrieden. Er fühlte sich gut und trotz der frühen Stunde ausgeschlafen. Munter stieg er aus dem Bett, das einen knarzenden Seufzer von sich gab. Während er die Fenster öffnete und die Läden zurückschlug, wechselte er ein paar freundliche Worte mit Hippy.

Die klare und zu dieser Stunde noch sehr kühle Bergluft drang in seine Lungen. Er atmete so tief ein, dass er einen Hustenkrampf bekam.

Hier oben verstand er die reichen Banyulencs, die sich, sobald die Temperaturen im Sommer stiegen und die Touristen die Küste überfluteten, in die Bergfrische zurückzogen. So ließ sich der Sommer gut aushalten.

Er lehnte sich aus dem Fenster und warf einen Blick auf das Zeltlager. In der Nacht mussten weitere Wanderer eingetroffen sein, die Anzahl der Zelte hatte sich nochmals erhöht. Vereinzelt stiegen zarte Rauchwolken gen Himmel, die ersten Wanderer waren bereits auf den Beinen und bereiteten ihr Frühstück zu. Régis hatte ihm am Vorabend erklärt, dass einige von ihnen den Gipfel gleich mehrfach bestiegen. Um Reisig hinaufzuschleppen, das für das Johannisfeuer benötigt wurde.

Nachdem er den Ausblick eine Weile genossen hatte, verspürte Perez Hunger. Ihm knurrte der Magen sogar gewaltig. Das spärliche Abendessen hatte nicht lange vorgehalten. Es war an der Zeit, sich fertig zu machen und drüben nach Régis zu suchen, bevor der große Frühstückstrubel losging.

Er zog sich an und trat hinaus auf den Flur. Um zum Speisesaal zu gelangen, musste er über die Wiese zum Hauptgebäude laufen. Auf dem Weg würde Hippy sein Geschäft verrichten, sodass er ihn nicht bei einem ausführlichen Frühstück stören würde. Er sah Berge von Rührei und Speck, luftige Baguette und herzhaften Käse vor seinem geistigen Auge. Mit seinen Reisebegleiterinnen war in absehbarer Zeit nicht zu rechnen. Hatte Stéphanie keine Schule, war es für sie kein Problem, bis in den frühen Nachmittag hinein zu schlafen.

Kaum hatte er die Zimmertür hinter sich zugezogen, drang ein Geräusch an sein Ohr. Es traf ihn völlig unvorbereitet. Er bemerkte, wie sein Kopf heiß wurde. Wie erstarrt stand er da und lauschte. Das Stöhnen kam aus der Nachbartür, dahinter lagen Régis Privaträume. Da ein Lichtkegel in den Flur fiel, merkte er, dass die Tür einen Spaltbreit offen stand.

Am Vorabend hatte Régis noch erzählt, seine Frau habe ihn vor über drei Jahren verlassen, weil sie des Hüttenlebens überdrüssig geworden sei. Sie war sicher nicht über Nacht zu ihm zurückgekehrt, also verlustierte er sich gerade mit einem anderen weiblichen Wesen. Nun, dachte Perez, das geht mich nichts an.

Er versuchte, so leise wie möglich an der Tür vorbeizuschleichen, was auf den alten Holzdielen einem Eiertanz gleichkam. Es würde schwer sein, sich von den Bildern, die gerade in seinem Kopf entstanden, zu befreien. Warum er dennoch im Vorbeigehen einen Blick riskierte, war ihm im Nachhinein schleierhaft.

Er sah einen Mann und eine Frau in eindeutiger Position auf einem Bett. Kaum wurde Perez des schlanken weiblichen Rückens ansichtig, erschrak er derart, dass ihm um ein Haar ein Schrei entwichen wäre. Geistesgegenwärtig presste er die Hand auf den Mund.

Der Schreck war nicht allein dem Altersunterschied der beiden geschuldet – die Frau war sicher zwanzig Jahre jünger als Régis –, es war vielmehr das Tattoo auf ihrem rechten Schulterblatt, das Perez zusammenfahren ließ. Dasselbe Tattoo hatte er vor einer knappen Woche in Banyuls schon einmal gesehen. Er war sich sofort sicher, dass es sich bei Régis' Gespielin um die Frau handelte, die am Tag nach Ambres Auffinden in Banyuls als trauernde Witwe hinter dem Sarg hergelaufen war. Einem Sarg, von dem bis heute niemand im Ort wusste, wen er beherbergt hatte.

Perez machte, dass er davonkam. Den Schreck musste er erst einmal verdauen, darüber, was das bedeutete, nachdenken. Das Leben war verrückt und die Welt kleiner, als man annahm. Mit diesen Plattitüden im Kopf vertrat er sich in der frühen Morgensonne die Beine.

Er hockte allein mit Hippy an seinem Privattisch unter den Pinien – der Appetit war ihm fürs Erste vergangen – als er Régis, ein fröhliches Lied auf den Lippen, auf sich zukommen sah.

»Frühstück?«, rief der Hüttenwirt von Weitem.

»Gern!«, brüllte Perez zurück. Er winkte unbeholfen.

Fünfzehn Minuten später trug Régis ein Tablett herbei, das sich unter der Last der Speisen bog. Perez stellte verwundert fest, dass der Hüttenwirt den Tisch für zwei deckte. Nach einem gemeinsamen Frühstück mit seiner Liebschaft stand ihm demnach nicht der Sinn, auch an Perez' Begleitung schien er nicht zu denken. Aber er selbst hatte Hunger, das war unübersehbar.

»Gut geschlafen?«

»Wie ein Stein.«

»Das geht allen so. Hier oben ist die Luft dermaßen sauber, das seid ihr da unten nicht mehr gewohnt. Du musst die Leberterrine probieren, ist ein Gedicht«, sagte Régis, während er sie sich daumendick auf ein Stück Baguette legte und abbiss. »Ha!«, rief er. »Mehr noch, eine Ode!«

Perez probierte und musste ihm, Gedicht oder Ode, zustimmen. Die Baguette war zwar aufgebacken, dafür aber ganz ordentlich. Er aß schweigend. Ansprechen musste er, was er im Haus gesehen hatte. Schließlich wollte er schon eine Weile wissen, wer die geheimnisvolle Witwe war. Régis kam ihm zuvor.

»Mann, Mann, Perez, so gut gevögelt habe ich schon wochenlang nicht mehr. Ich hoffe, wir haben dich nicht gestört. Ein wildes Biest!« Er rieb sich die Hände. »Jetzt habe ich einen Kohldampf, ich könnte glatt ein halbes Schwein verputzen. Nimm«, forderte er ihn auf. »Es ist reichlich da.«

Perez ließ sich Zeit für den Hustenkrampf, der ihn überfallen hatte. »Ich dachte, deine Frau ...«, hob er schließlich an.

Régis brach in schallendes Gelächter aus. Dabei schlug er zweimal kurz hintereinander auf die Tischplatte. Hippy, der das Geräusch noch vom Vorabend kannte, blieb cool neben Perez auf der Bank sitzen. Der Kaffee schwappte in den Tassen hin und her wie die See am Cap de Creus.

»Denkst du etwa, dass ich hier oben enthaltsam lebe?« Wieder lachte er heiser. »Weißt du, wie viele Frauen nach dem Abstieg nicht wissen, wohin mit ihren Glücksgefühlen?«

Perez bekam Gänsehaut. Woher nahm der hässliche Vogel bloß das Selbstbewusstsein? Unter all den jungen Männern hier oben sollte sich eine Frau ausgerechnet diesen grobschlächtigen Kerl aussuchen, um aufgestautes Adrenalin abzubauen? Er blieb stumm.

»Du glaubst mir nicht?«, sagte Régis. »Völlig egal! Aber diese Alte heute Nacht, die war schon was Besonderes.«

»Inwiefern?«, fragte Perez, ebenso pflichtschuldig wie neugierig.

»Zuerst bekommt sie nicht genug, um mir dann, als ich kurz vor dem Ermüdungstod stehe, zu eröffnen, dass sie mir den ›wahren Glauben‹ nahebringen möchte. Und weißt du, wie sie das Gespräch angefangen hat?«

Perez legte das Brot zurück auf den Teller. Er traute sich kaum noch zu atmen.

»Fragt sie mich doch glatt, ob ich nicht jede Nacht so heißen Sex haben will, auch mit anderen, nicht nur mit ihr, verstehst du? Völlig irre! Wirklich, kein Scheiß. Mit vielen Frauen, jungen, alten, ganz jungen. Oder auch mit Jungs. Kannst du dir so was vorstellen? Oder auch mit Jungs«, wiederholte er angewidert. »Sehe ich vielleicht schwul aus?«

Spätestens jetzt hätte Perez dem Typ liebend gerne eine reingehauen. Wieso kannte seine Freundin Madeleine so ein Arschloch? Das würde er sie fragen, sobald er zurück in Banyuls wäre. Er zwang sich zur Ruhe.

»Was hat das mit Religion zu tun?«, fragte er, als würde er die Antwort nicht schon kennen.

»Völlig irre, sag ich doch. Sie wohnt wohl bei einem Haufen Verrückter hinten bei den Wölfen im Tal von Orlu. Scheiß Hippies, wenn du mich fragst. Behaupten, sie würden an den wahren Jesus glauben, das Original, sozusagen. Freie Liebe, das hätte Jesus so gewollt. Zu viele giftige Dämpfe, glaube ich. Auf den Knien rumrutschen und Jesus anbeten, das ist nichts für den lieben Régis. Das alles hat sich ihr spiritueller Führer ausgedacht, ihr ›Vater‹.«

»›Vater‹?«

»Père, so nennen sie ihn wohl. Aber glaube nicht, das wäre schon alles gewesen, das Schlimmste kommt erst noch. Bis zu dem Punkt war ich, offen gesagt, nicht völlig abgeneigt. Man hätte es sich ja mal ansehen können, für ein verlängertes Wochenende, oder so. Aber als sie mir dann mit ihren Regeln kam, war alles vorbei. Will sie mir doch allen Ernstes verklickern, dass man beim Eintritt in die Gesellschaft all sein Hab und Gut an diesen Père abgeben müsse. Das wäre die einzige Bedingung.«

Er verstummte. Schien durch Perez hindurchzusehen.

»Und?«

»Was denkst du, ich habe sie rausgeschmissen. Was für ein kranker Scheiß. Einer wie ich bezahlt doch nicht für Sex!«

»Wo ist sie jetzt?«

»Keine Ahnung, interessiert mich nicht. Hab sie nicht gefragt, wo sie hergekommen ist und ich will nicht wissen, wo sie hingeht. Vielleicht ist sie auf dem Campingplatz, in der Hütte hat sie jedenfalls kein Zimmer, das wüsste ich. Vielleicht ist sie auch schon auf dem Weg runter ins Dorf. Viele, denen es in der Nacht vom 23. auf den 24. oben zu voll ist, steigen schon vorher auf den Gipfel. Auch vergangene Nacht hat oben ein kleines Feuer gebrannt, hast du das nicht gesehen? Obwohl, warte mal – ich glaube, irgendwann hat sie von ›wir‹ gesprochen. Gehört also vielleicht doch zu einer der Gruppen. Warum willst du das überhaupt wissen?«

Perez erhob sich. »Ich muss mal nach meinen Kindern sehen.« Er hielt in der Bewegung inne. »Wie hieß die Schöne?«

»Tabitha. Woher weißt du, dass sie gut ausgesehen hat?«

Perez ging ohne ein weiteres Wort in Richtung der Zelte, um nach ihr zu suchen.

KAPITEL 5

Kaum hatte er das Haupthaus umrundet und sich in Richtung Zeltplatz aufgemacht, sah er Stéphanie aus Régis' Wohnhaus eilen. Sie schien nach ihm zu suchen. Er winkte ihr zu.

Das Mädchen wirkte aufgeregt oder genervt, das war nicht klar zu erkennen. Mit zusammengekniffenen Lippen stampfte sie auf ihn zu.

»Perez, kannst du bitte mal kommen? Ich habe ein Problem!«, rief sie.

»Habe ich auch«, gab er zurück.

»Ambre!«, sagte sie in der Diktion einer Schachansage.

»Tabitha«, antwortete Perez.

»Perez!«, empörte sie sich.

Der Ältere gibt nach, dachte er sich und zog das Mädchen zur nächstgelegenen Bank.

»Also?«, sagte er, nachdem sie sich auf einen halben Baumstamm gesetzt hatten, dessen andere Hälfte die Rückenlehne bildete.

»Ich habe eine fürchterliche Nacht hinter mir!« Die Kleine blieb bei dem genervten Tonfall.

»Höhenkrankheit?«

»Perez!«

»Na schön, Stéphanie. Wie lange wollen wir das hier noch spielen? Du weißt, dass ich keine Hysterie vertrage. Und morgens schon gar nicht. Also?«

»Ich bin nicht hysterisch. Ich bin übernächtigt und kaputt.«

Perez ließ die Luft hörbar aus den Lungen entweichen. »Na, dann erzähl mal«, stöhnte er. »Hat Ambre vielleicht im Schlaf gesprochen?«

Stéphanie riss die Augen auf. »Woher ...«

Er griff sich an den Kopf. »Ich habe recht? Haha, das gibt's doch nicht. Das war geraten! Jetzt bin ich aber mal sehr gespannt.«

»Ich bin mitten in der Nacht wach geworden, weil jemand irgendwas gebrabbelt hat. Erst dachte ich, es wäre einer der anderen Wanderer draußen vor dem Zelt, was meinst du, was da die ganze Nacht über los war? Es dauerte eine Weile, bis ich darauf kam, dass es Ambre war. Sie hatte mir den Rücken zugewandt«, fügte sie erklärend hinzu.

»Mon dieu! Und, was hat sie gesagt?«

»Das war fast nicht zu verstehen.«

»Merde!«

»Warte. Ich habe mich über sie gebeugt, um sie aufzuwecken, habe es mir aber im letzten Moment anders überlegt. Weil ich wissen wollte, ob sie vielleicht etwas sagt, was uns weiterhelfen kann.«

»Schlaues Mädchen!« Er nickte anerkennend.

Eine Kellnerin lief vorbei. Sie balancierte ein Tablett mit leeren Flaschen auf drei Fingern. Perez stoppte sie, machte ihr ein Kompliment für die anmutige Art des Servierens und bestellte einen Kaffee und eine heiße Schokolade.

»Erst nach einer ganzen Weile habe ich verstanden, was sie vor sich hin genuschelt hat.«

»Trara!«, Perez formte mit den Händen eine Trompete vor dem Mund. »Jetzt wird es spannend.«

»Thérèse!«

»Thérèse«, wiederholte er den Namen zur Sicherheit gleich dreimal. Einmal erstaunt, einmal überrascht und einmal als Frage. »Sagt mir gar nichts. Dir vielleicht?«

»Nein.«

»Ich überlege gerade, wie viele Frauen mit diesem Namen ich kenne. Spontan würde ich sagen: fünf. Alle mittleren Alters, meine Kategorie. Hätte das erste Wort Ambres nicht etwas Eindeutigeres sein können? ... Thérèse!«, murmelte er vorwurfsvoll. »Na, immerhin kann sie sprechen ...«

»Und weinen! Direkt danach ist sie nämlich hochgeschreckt. Fast wären wir dabei mit den Köpfen zusammengeknallt. Sie richtete sich jedenfalls auf und fing sofort an zu heulen. Aber wie! Als wären mit einem Schlag sämtliche Dämme gebrochen, als hätte sie die Tränen eine Ewigkeit unterdrücken müssen. War total schlimm.«

»Die Arme. Und du?«

»Kannst du dir doch denken.«

»Du hast sofort auch angefangen zu weinen, wie üblich.«

»Und wie.«

»Konntest du sie wenigstens ein bisschen trösten?«

Stéphanie schüttelte energisch den Kopf. »Wollte ich nicht, weil sie sonst ... Ach, ich weiß nicht ... Ich weiß nie, wie ich mich ihr gegenüber verhalten soll.«

»Du hast alles richtig gemacht. So hat sie vielleicht nicht gemerkt, dass du alles mitbekommen hast. Meine kleine Detektivin«, sagte er. »Vielleicht gehe ich mal ein paar Schritte mit Ambre spazieren und versuche, sie zu knacken.«

»Dafür müsstest du sie aber erst mal aus dem Zelt zerren.« Perez zog die Augenbrauen hoch. »Sie kommt nicht raus, du brauchst mich gar nicht so anzusehen. Sie war ja unten in Banyuls schon seltsam, aber seit wir hier oben sind, ist sie noch extremer.«

»Seit wann genau?«

»Eigentlich, seitdem wir dieses blöde Zelt aufgebaut haben, das übrigens heute Nacht fast zusammengestürzt wäre, weil uns zwei Idioten die Heringe geklaut haben. Nervige Hohlköpfe, komplett besoffen.«

Perez richtete sich auf, Hippy sprang auf die Beine und wartete auf Befehle.

»Zwei Typen aus Emporda, sie waren gestern Abend schon zudringlich, bis ich dem einen Pickelgesicht ordentlich eins mitgegeben habe. Aber du hättest Ambre erleben sollen. Ich sage dir, um ein Haar hätte sie sich von dem einen küssen lassen. Ohne Widerstand, ohne Geschrei. Sie hat völlig passiv da rumgesessen und sich nicht gewehrt.«

»Ich dachte, sie käme nicht aus dem Zelt heraus? Wie konnte der Junge da …«

»War nicht nötig.«

»Die Typen waren doch wohl nicht in eurem Zelt?« Jetzt stand er neben der Bank. Hippy knurrte sich schon mal warm. »Dann würde ich vorschlagen, du machst mich mal mit den Typen bekannt – und zwar auf der Stelle!«

»Setz dich wieder hin.« Sie zog so lange an seinem Hemd, bis er wieder neben ihr hockte. »Ich habe doch gerade gesagt, dass ich die Sache geregelt habe. Die Vollpfosten sind auch nicht wichtig, mir geht es um Ambre. Wir wollen heute Abend schließlich auf den Gipfel und gerade habe ich den Eindruck, dass wir sie nicht dazu bewegen können, uns zu begleiten. Da liegt mein Problem.«

»Das ist in der Tat schlecht.«

»Mehr hast du dazu nicht zu sagen?«

»Wir können sie nicht allein zurücklassen.«

»Eben. Andererseits ... Wo soll sie schon hingehen?«

»Auch wieder wahr. Lass mich trotzdem mal mit ihr reden, vielleicht gelingt es mir doch, etwas aus ihr herauszubekommen.«

»Und was war bei dir los?«, fragte Stéphanie nach einem Moment der Ruhe. Sie schleckte die Sahne von ihrer heißen Schokolade.

»Wieso?«

»Hast du nicht eben gesagt, du hättest auch ein Problem?«

»Ach das. Stell dir vor, ich bin heute im Morgengrauen der Frau begegnet, die in Banyuls hinter dem Leichenwagen hergegangen ist, du erinnerst dich doch daran?«

Er hatte nicht vor, ihr zu erläutern, in welcher Situation sich die Witwe dabei befunden hatte.

»Na und? Was daran ist ein Problem?«, fragte Stéphanie.

»Ich habe kurz darauf erfahren, dass auch sie zur Sekte gehört.«

»Und was bedeutet das? Ich kapiere es nicht.«

»Ich hatte schon die ganze Zeit ein merkwürdiges Gefühl bei der Sache, diese ganze Beerdigung kam mir komisch vor.«

»Ja, ich erinnere mich.«

»Irgendwie hat alles miteinander zu tun«, sagte er nachdenklich. Er schüttelte den Kopf. »Ich bin auf der richtigen Fährte, das spüre ich.«

»Wer wurde noch mal beerdigt?«

»Stéphanie! Ein bisschen mehr Aufmerksamkeit, bitte. Jeder hat sich diese Frage gestellt, jeder im *Catalan* und auf der Straße. Wir haben hinterher beim Essen doch darüber gesprochen.«

»Ich habe es halt vergessen.«

»Niemand.«

»Hä?«

»Niemand wusste, wer in dem Sarg lag, deshalb war es doch so merkwürdig.«

»Aber in Banyuls kennt doch jeder jeden.«

Er sah sie tadelnd an. »Ich mache mich jetzt auf die Suche nach ihr. Oder spreche ich zuerst noch mit Ambre?« Er stellte die Frage mehr sich selbst als Stéphanie.

»Weißt du, wie die Frau heißt?«

»Tabitha.«

»Ungewöhnlicher Name.«

»Ich kenne niemanden, der so heißt.«

»Wie konntest du sie denn sofort wiedererkennen? Trug sie nicht einen Schleier?«

»Schön, dass du dich zumindest daran erinnerst. Trug sie, ja. Aber der Tramontane hat ihn weggeweht, zumindest für einen kurzen Moment war der Schleier fort. Und dabei habe ich ihr Tattoo gesehen, Jesus am Kreuz auf dem rechten Schulterblatt. Ich habe dich sogar noch darauf aufmerksam gemacht.«

»Und woher weißt du, dass sie zur Sekte gehört?«

»Flirty-Fishing!«

»Bei dir? Krass! Aber Maman und du ...« Sie spielte darauf an, dass Perez und Marianne vor etwa einem halben Jahr entschieden hatten, sich endlich zu ihrer Liebe zu bekennen. Seitdem war verboten, was vorher geduldet worden war: Seitensprünge.

»Nein, ich hatte nichts damit zu tun. Für wen hältst du mich?«

»Entschuldige! Aber wenn du es nicht warst, dann ... Iiihh«, stieß sie aus. Ihr Gesicht sah aus, als hätte sie in eine Zitrone gebissen. »Das ist ja noch ekliger. Dieser schleimige Hüttenzausel mit der fetten Warze auf der Nase?«

»Ich habe Régis mit keinem Wort erwähnt.«

»Du kennst niemand anderen hier oben.« Sie klatschte in die Hände. »Bitte keine Details, in Ordnung. Meine Fantasie rastet jetzt schon aus.«

Sie schüttelte sich, wie Hippy es tat, wenn er aus dem Wasser kam.

Perez stand auf und ging einige Schritte in Richtung der Parkplätze.

»Ich gehe sie suchen«, sagte er. »Lässt mir keine Ruhe. Danach komme ich zu eurem Zelt. Ambre haut ja nicht ab, wie die Dinge liegen.«

»Ruf mich an, bevor du kommst. In dem ganzen Wirrwarr da hinten findest du unser Zelt nicht allein, zum Luftmatratze aufpumpen warst du gestern Abend ja plötzlich zu müde.«

»Bitte keine Vorwürfe! Hast du es dann doch selbst erledigt?«

»Nein, weil du nicht wolltest, musste ich auf die Hilfe der Spackos zurückgreifen. So sind die überhaupt erst ins Zelt gekommen.«

»Jetzt bin ich plötzlich an allem schuld, ja?«

»Quatsch! War doch nur Spaß.«

Perez' Blick glitt über die Schulter seiner Stieftochter. Der heilige Berg geriet in sein Sichtfeld.

»Bist du eigentlich sicher, dass alle hier heute Nacht da hochgehen?« Er deutete mit dem Kinn auf den Canigou. »Ich war noch nie auf einem Berg, ist es möglich, dass so viele Bergsteiger auf einem so kleinen Gipfel Platz finden?«

Sie schmunzelte. »Habe ich mich auch schon gefragt. Vielleicht gehen wir einfach früher los. Die meisten hier wollen wohl so gegen acht Uhr aufbrechen. Da oben kann es nachts ganz schön frisch sein und falls es windig wird, sollte man sich nicht zu lange auf dem Gipfel aufhalten. Wenn wir schon um fünf losgingen, dann wären wir um sieben Uhr oben. Wir hätten gute Plätze, wenn das Feuer um Mitternacht entfacht wird, zudem würden wir den Hinweg im Hellen zurücklegen. Der Nachteil wäre ganz klar: drei Stunden mehr in der Kälte. Mir ist es eigentlich egal, du darfst das entscheiden. Alter vor Schönheit, sagst du das nicht manchmal?«

»Beim Türaufhalten!«, knurrte Perez. »Zwei Stunden, hast du gesagt?« Seine Stimme klang brüchig.

»Das ist die durchschnittliche Zeit, steht oben auf dem Wegweiser. Knapp siebenhundert Höhenmeter und zwei Stunden.«

Perez sah ihr in die Augen. »Ich muss dir was sagen, Steph«, sagte er mit leicht flauem Gefühl im Magen. »Wenn ich da raufkommen soll, dann brauche ich dafür Zeit. Ich bekomme nicht gut Luft in dieser Höhe und ich bin noch nie auf einen Berg gestiegen. Und ganz ehrlich, sieh mal da hoch, ich weiß eh nicht, wie man das schaffen soll ... Wenn wir um fünf losgehen, dann bin ich vielleicht um zehn oben. Wenn mich bis dahin nicht bereits ein Hubschrauber aufsammeln musste.«

Stéphanie zögerte, bevor sie ganz nah an Perez herantrat, die Arme um ihn legte und ihn fest an sich drückte.

Perez stand stocksteif da. Was kommt denn jetzt, fragte er sich. Sie schob ihn sanft von sich weg.

»Ich bin so stolz auf dich«, sagte sie.

»Quatsch«, nuschelte er.

»Doch, bin ich. Ich find's super, dass du mit mir hierhergekommen bist! Ich hab dich wirklich furchtbar lieb, Perez, ganz ehrlich.«

»Nun hör aber auf. Machst mich ja ganz verlegen.«

Sie legte ihm den Arm um die Schulter.

»Ist ja gut«, sagte er, dieses Mal in Richtung der Waldameisen, die zu ihren Füßen herumwuselten.

»Niemand hat bisher so was für mich getan«, fuhr das Mädchen unbeirrt fort. »Du hast sogar trainiert und dabei diese lustige Basecap mit dem Nackenschutz getragen.«

»Du weißt von meiner Schirmmütze?«

Sie kicherte. »Hab sie in deinem Rucksack gesehen.

Ich wusste doch auch, dass du dir ein Zimmer vorbestellt hast.«

Er dachte kurz nach und zog dann seine Schlüsse.

»Haziem!«, stieß er schließlich aus. »Ich bringe ihn um.«

»Ach was, das ganze Dorf hält in diesem Augenblick den Atem an.«

Perez klappte die Kinnlade herunter. Das wurde ja immer schöner. Wenn alle wussten, dass er sich seit Wochen auf die Tour vorbereitete, dann ahnten auch alle, dass er es nicht hinaufschaffen würde. Keiner würde mit ihm darüber reden, so gut kannte er seine Banyulencs. Aber hinter seinem Rücken würden sie sich das Maul zerreißen. Haziem würde dafür büßen müssen, das schwor er sich.

»Aber das ist doch alles gar nicht wichtig.« Stéphanies Stimme drang wie aus weiter Ferne an sein Ohr. Er hob den Kopf. »Und mir ist auch nicht so wichtig, dass du heute Abend mit mir zusammen da hochsteigst, obwohl ich mich freuen würde. Wichtig ist doch nur, dass du gesund von unserem Trip zurückkehrst. Das musste ich Maman versprechen, erst dann war sie einigermaßen beruhigt.«

Also hatte man auch familienintern schon darüber geredet. So ganz langsam wurde er sauer.

»Ich werde es euch allen schon beweisen«, sagte er mit einer gehörigen Portion Trotz in der Stimme.

Hippy bellte daraufhin einmal trocken, nahm Anlauf und sprang flugs auf Herrchens Schoß, als wollte er seine Solidarität unter Beweis stellen. Allerdings leckte er gleich darauf Stéphanies Hand. Perez widerstand dem Reflex, seinen opportunistischen Köter zum Teufel zu jagen.

Stéphanie blieb von alldem unbeeindruckt. »Du hast mir schon bewiesen, dass du mich lieb hast. Der Berg ist mir egal. Ich hab dich auch ganz doll lieb, Perez ... Papa!«

Perez' Wut verpuffte. Und weil das Mädchen es ernst meinte, war er so gerührt, dass er sich die Tränen verkneifen musste.

»Du meinst also, ich soll es nicht einmal versuchen?«

»Mach einfach, worauf du Lust hast, mir ist es wirklich total egal. Ich würde gerne hochgehen, wenn das für dich okay ist. Vielleicht bleibst du besser bei Ambre, bis ich zurück bin. Um Mitternacht wird das Feuer entzündet, gegen drei Uhr nachts bin ich wieder hier. Damit hätten wir gleich zwei Probleme gelöst. Und wer weiß, vielleicht findest du ja diese Tabitha. Würdest du sie eigentlich direkt auf die Beerdigung ansprechen oder auf die Sekte? Ich meine, so polizeimäßig?« Sie baute sich vor ihm auf, ließ die Arme lässig schaukeln. »›Hey Tabitha, wer lag eigentlich in dem Sarg‹ oder so?«, sagte sie mit verstellter, dunkler Stimme.

»Tabitha, ja.«

Perez musste erst mal wieder zu sich kommen.

»Weiß nicht«, sagte er ausweichend. »Kann ich noch nicht sagen. Ich glaube, ich entscheide so was eher spontan, intuitiv. Vielleicht spreche ich sie gar nicht an, sondern spioniere ihr einfach nur hinterher. Hier oben ist das allerdings etwas schwieriger als unten an der Küste. Weniger Häuserecken, um sich dahinter zu verstecken.«

»Dafür aber jede Menge Bäume.«

Sie lachten beide.

»Wir werden sehen«, sagte Perez. »Übrigens habe ich etwas von ihr im Wagen.«

»Das Spitzentaschentuch.«

»Ah, das ist dir aufgefallen. Vielleicht machen wir aus dir doch noch eine passable Detektivin.« Hippy hatte das von der Straße stibitzte Stück Stoff im Kangoo deponiert. Immer, wenn er im Wagen saß, kaute er darauf herum.

»Danke, Steph, für dein Verständnis. Vielleicht bleibe ich dann wirklich hier im Basislager, war schließlich anstrengend genug, es hier herauf zu schaffen.«

Sie knuffte ihn in die Seite.

»Nein wirklich. Ich muss mich bei dir bedanken. Wenn du wüsstest, wie stolz ich auf dich bin.«

KAPITEL 6

Nicht einmal bis zum Parkplatz schaffte es Perez, ohne erneut aufgehalten zu werden. An der südöstlichen Ecke des *Refuge des Cortalets* vibrierte das Telefon in seiner Hosentasche.

»Wer stört?«, knurrte er ... »Kommissar Boucher, Sie sind das ... Nein, alles klar, kein Problem. Einen schönen guten Morgen auch Ihnen ... Was? Sie sind schlecht zu verstehen ... Ja, ja, mir geht es bestens. Wie geht es Ihnen?«

Er machte eine hilflose Geste in Richtung seines Hundes, der ihn leicht verschnupft von unten herauf ansah. Anstatt weiter zum Parkplatz zu laufen, bog Perez zur Terrasse ab, von wo aus er während des Telefonats seinen Blick über die weite Landschaft schweifen ließ.

»Nein, erst heute Abend. Gegen fünf geht es los«, sagte er. »Sie sollten diesen Berg sehen, ich sage Ihnen, Boucher, es ist beinahe anmaßend, diesen majestätischen Riesen besteigen zu wollen. Aber wir sind wild entschlossen. Zum Glück bin ich gut trainiert. In Banyuls sind wir nicht vor morgen Nachmittag. Drücken Sie uns die Daumen. Aber jetzt mal genug von mir, Sie rufen sicher nicht an, um sich nach dem Stand der Expedition zu erkundigen. Was ist los, haben Sie etwas Neues für mich?«

Boucher verriet den Grund seines Anrufs erst nach den für ihn typischen Umwegen. Wenn man gut aufpasste, und das hatte Perez mittlerweile gelernt, dann schälte sich nach und nach das eigentliche Thema des Kommissars aus den Wortkaskaden heraus.

Was Perez schließlich erfuhr, war, dass die Tote aus der Kirche in Banyuls inzwischen identifiziert werden konnte. Und zwar aufgrund einer auffälligen Zahnlücke. Demnach handelte es sich um eine Thérèse Berger, vierundzwanzig Jahre alt, geboren in Kourou, Französisch Guayana.

Bei der Nennung des Namens schnappte Perez nach Luft. In seinem Hirn begann es zu rattern. Den Blick fest auf einen in der Sonne liegenden Schieferbrocken zu seinen Füßen gerichtet, gelang es ihm, gleichzeitig Boucher zuzuhören und sich mit dem Namen Thérèse Berger und deren Beziehung zu Ambre zu beschäftigen. Für einen Mann eine starke Leistung.

Des Kommissars Erzählung war inzwischen bei der Obduktion der Toten angelangt. Diese habe ergeben, dass die junge Frau tatsächlich drogenabhängig gewesen sei. Und das, wie sich an der Schädigung einzelner Organe ablesen ließe, bereits seit geraumer Zeit.

Das habe man sich denken können, neu sei, dass die Spurensicherung weiteres DNA-Material in Form von Hautschuppen unter den Fingernägeln der Toten gefunden habe, und dass diese DNA weder mit ihrer noch mit der des geopferten Pfarrers übereinstimme. Das könne ein bloßer Zufall sein, so Boucher weiter. Ein Abgleich dieser Probe mit der umfangreichen Datenbank der Behörden habe jedenfalls keinen Treffer ergeben.

»Ich sage Ihnen, alles hängt mit allem zusammen – irgendwie. Keine Ahnung, was genau sich ereignet hat, aber für mich steht fest, dass es etwas mit dieser Sekte zu tun hat. Sie müssen diesbezüglich dringend etwas unternehmen, Boucher«, sagte Perez.

»Wie meinen Sie das?«

»Die fremde DNA? War es nicht so, dass auch bei der anderen Toten, dieser, wie hieß sie doch gleich ... Fillion, richtig? Jeanne Fillion – dass auch bei ihr fremde DNA gefunden wurde? Man könnte doch zumindest mal diese beiden Proben miteinander vergleichen.«

»Wollen Sie, dass wir mit unseren geheimen Ermittlungen auffliegen, Perez? Sie mögen uns Bullen ja für bescheuert halten, aber so blöd sind die Kollegen nicht. Da würden Nachfragen kommen, wenn ich mich plötzlich für eine Tote interessierte, die dreihundert Kilometer entfernt von hier gefunden wurde. Das können Sie vergessen.«

»Sind bloß zweihundert.«

»Na ja.«

»Mist. Da denkt man, man würde sich gut mit der Polizei verstehen und könnte auch mal auf deren Unterstützung zählen ...«

»Ist doch völlig unnötig«, unterbrach ihn Boucher. »Man merkt, dass Sie kein Profi sind. Würden die beiden DNA-Spuren von derselben Person stammen, hätten wir automatisch ein *Match* gehabt. Die haben nichts miteinander zu tun.«

»Was hätten Sie gehabt?«

»Ein *Match*! So nennt man die Übereinstimmung zweier DNA-Proben. Das findet man mit einem amerikanischen Computerprogramm heraus, das mittlerweile weltweit eingesetzt wird. Kein *Match*, keine Übereinstimmung, also auch keine Parallele. Ich habe aber auch noch was zu der Sekte.«

Wieder verlor er sich in einer ausschweifenden Erzählung, wieder musste Perez die Spreu vom Weizen trennen, bis sich ihm die eigentliche Geschichte erschloss. Und die ging so:

Die *Disciples de Dieu* standen bereits seit langer Zeit unter Beobachtung, in nahezu allen Ländern, in denen es Mitglieder gab. In Orlu war bereits vor eineinhalb Jahren eine Razzia durchgeführt worden, denn nach dem Sektenführer Richard Mullen wurde mit internationalem Haftbefehl gefahndet. Die Informationen zu der Frau an seiner Seite waren dürftig. Sie wurde *Mère* genannt, es sollte sich bei ihr um eine Französin handeln. Ihr richtiger Name war den Behörden nicht bekannt.

Bei der damaligen Razzia konnten weder Mullen noch seine Frau gefunden werden. Polizeiintern war man zu dem Schluss gelangt, dass selbst die Mitglieder der Sekte nicht wussten, wo die beiden sich aufhielten. Zwar vermuteten die ermittelnden Beamten, dass es Verbindungspersonen gab, die mit Mullen kommunizierten, Beweise dafür fanden sie nicht. Die Sektenmitglieder hörten ausschließlich über die *Pè-Letters* von ihrem Guru, hatten aber keine Möglichkeit, selbst mit Mullen in Kontakt zu treten. Er erteilte Anweisungen. Doch obwohl diese von

Mal zu Mal sonderlicher anmuteten, folgten seine Jünger ihm wie Lemminge. Alle standen voll und ganz hinter den Zielen der Sekte. Das *Flirty-Fishing* sei ebenso wie der von Gott gutgeheißene, ja sogar gewünschte Sex mit Kindern etwas, das in den Gründertagen der Bewegung praktiziert worden sei. Beides gehöre heutzutage nicht mehr zu ihrer Religion, versicherten die befragten Mitglieder unabhängig voneinander.

Für eine gewisse Zeit ermittelte am Quai des Orfèvres in Paris eine übergeordnete Sonderkommission gegen die *DdD,* ohne jedoch größere Erfolge erzielen zu können. Weder konnten sie einen Kronzeugen beschaffen noch genügend belastendes Material sicherstellen, um gegen die Sekte vorzugehen. Da in Frankreich Glaubensfreiheit herrschte und ein Verbot von religiösen Gemeinschaften juristisch nur äußerst schwer durchzusetzen war, wurde die Einheit vor sechs Monaten aufgelöst.

In Orlu wurde seither niemand mehr beschattet. Nur der internationale Haftbefehl gegen Richard Mullen bestand weiterhin. Ob aktiv nach ihm gesucht wurde, wusste Boucher nicht.

Perez hatte sich eine Zigarette angesteckt. Auf dem für ihn reservierten Platz unter den Bäumen hatte ihn der Hüttenwart erspäht und kurz darauf unaufgefordert ein zweites Frühstück zusammen mit einem Ballon *Vin rouge* auf den Tisch gestellt. Eine sehr nette Geste von einem widerlichen Typen.

Auf dem Teller lag luftgetrocknetes Rindfleisch in hauchdünnen Scheiben. Dazu gab es fein geschnittene

Zwiebelringe in einer säuerlichen Marinade. Während Perez Bouchers mäandernden Ausführungen lauschte, rollte er mithilfe der Gabel das Fleisch auf und schob es sich Scheibe um Scheibe in den Mund. So eine Bergtour hatte auch ihre Vorzüge – wenn man das mit der Gipfelbesteigung locker nahm.

»Okay!«, sagte er und pulte sich eine Fleischfaser aus den Zähnen. »Das war interessant. Auch wenn ich persönlich glaube, dass Ihre Kollegen in Orlu das ein oder andere übersehen haben. Und, dass sie das *Flirty-Fishing* aufgegeben haben und den ganzen anderen kranken Scheiß, glaube ich keinen Augenblick. Lassen Sie mich mal eine Weile nachdenken. Père und Mère interessieren uns im Augenblick nicht wirklich. Wie sieht es eigentlich mit der Handyortung aus? Ehrlicherweise dachte ich, das wäre der Grund Ihres Anrufs.«

»Ist beantragt. Heimlich, still und leise. Ich hoffe, dass sie morgen, spätestens übermorgen von einem Richter genehmigt wird. Es ist noch Ferienzeit. Das heißt: Es sind weniger Richter da, und die wenigen sind überlastet. Ist wie überall.«

»Na klar«, sagte Perez. »Wer wüsste das besser als ich.« Er tippte sich an die Stirn. »Ich hätte dann auch noch was für Sie, ich glaube, es könnte Sie interessieren. Ist allerdings ein wenig pikant.« Auch wenn er Boucher nicht sehen konnte, so wusste er doch, dass er seine volle Aufmerksamkeit hatte. »Hier oben läuft eine Frau herum, von der ich annehme, dass auch sie zur Sekte gehört. Ich kenne allerdings bloß ihren Vornamen: Tabitha ... Was daran pikant ist, wollen Sie wissen? Nun, die Art und Weise unserer Begegnung ... Nein, das werde ich nicht tun. Jedenfalls nicht am Telefon. Ich erzähle es Ihnen mal in einer ruhigen Minute. Ich habe die Frau vor einer Woche unten in Banyuls schon einmal gesehen ... Nun lassen Sie mich doch mal ... Da fuhr ein Leichenwagen durch den Ort und sie lief als einzige Person hinterher. Noch merkwürdiger ist der Umstand, dass bis heute niemand im Ort weiß, wer da eigentlich beerdigt wurde. Und ich werde das verdammte Gefühl nicht los, dass diese Frau entscheidend zur Lösung des Falls beitragen könnte ... Was? ... Ich sagte doch: Gefühl. Wenn ich Beweise hätte, bräuchte ich kein Gefühl. Sie hat sich Jesus am Kreuz auf das Schulterblatt tätowieren lassen ... Ja, so ähnlich wie der in Collioure auf der Ilot Saint-Vincent ... Mon dieu, Boucher, ja, genau der, der neben der Kapelle steht. Alles klar? ... So einen hat sie jedenfalls auf der Schulter ... Was spielt das für eine Rolle, ob das Tattoo farbig oder schwarz-weiß ist? Farbig, würde ich sagen. Ja, farbig. Warum fragen Sie danach? ... Sie wollen meine Glaubwürdigkeit als Zeuge testen? Geht's noch, Boucher? ... Ja, ich bin noch dran, obwohl ich nach einer solchen Unverschämtheit besser auflegen sollte ... Ein Scherz? Aber sicher doch. Wo Sie doch überall für Ihren feinen Humor bekannt sind ... Egal, ich kann sie jedenfalls nur ungenügend beschreiben. Aber ich ziehe jetzt los und versuche, sie zu finden. Wenn ich sie aufgespürt habe, schieße ich ein Foto von ihr und schicke es Ihnen umgehend. Und Sie gleichen das Bild dann mal mit dieser tollen Datenbank ab. Vielleicht gibt es ein *Match* ... Natürlich lerne ich schnell. Warten Sie also auf das Bild und geben Sie mir bitte sofort Bescheid, sobald die Handyortung genehmigt wurde.«

Kaum war das Gespräch beendet, war er in Gedanken auch schon wieder bei dem Namen der Toten. Thérèse ... Das konnte kein Zufall sein. Es war allerhöchste Zeit, mit Ambre zu sprechen. Über Thérèse Berger, aber auch über diese ominöse Tabitha. Es war bloß noch eine Frage der Zeit, bis er die fehlenden Teile des Puzzles gefunden haben würde. Das vollständige Bild würde kein schönes sein, so viel stand für ihn bereits jetzt fest.

Als er eben in Richtung der Zelte gehen wollte, kam Stéphanie den Hügel herunter auf ihn zugerannt, abermals in heller Aufregung, wie das wilde Gefuchtel mit den Armen erkennen ließ.

»Jetzt ist die Kacke wirklich am Dampfen«, rief sie. »*Jetzt* haben wir ein Problem.«

»Beruhige dich, du weißt, dass ich keine Hys...«

»Sie ist weg!«

»Wer?«

»Ambre! Wie vom Erdboden verschluckt!«

KAPITEL 7

Perez ließ sich auf den mit Moos bewachsenen Untergrund plumpsen und starrte geradeaus. Hippy spürte den Umschwung der Stimmung. Er drehte sich auf den Hinterbeinen um die eigene Achse.

In knappen Sätzen informierte Perez Stéphanie über das Telefonat mit Boucher und nannte dabei auch den Namen der Toten.

»Thérèse Berger«, sagte das Mädchen tonlos, während sie sich neben ihn setzte. »Und du meinst ...?« Perez nickte. »Merde! Und was jetzt?«

Perez starrte weiter geradeaus. Dann ging ein Ruck durch seinen Körper. Er stand umständlich auf. »Hast du ein Foto von Ambre?«

»Am Strand aufgenommen. Sie war dagegen, ich habe es trotzdem gemacht.«

»Zeig mal her, erkennt man sie darauf?«

Stéphanie durchsuchte ihr Handy, bevor sie es Perez vor die Nase hielt.

»Zu klein!«, sagte er.

»Pfff«, machte sie und vergrößerte das Bild.

»Besser. Schicke es mir auf mein Handy und dann suchen wir nach ihr, weit kann sie nicht sein.«

Die Zelte standen dicht an dicht. In den Zwischenräumen herrschte das blanke Chaos. Überall Rucksäcke, Schlafsäcke, zum Auslüften vor den Zelten ausgebreitet, Proviantberge wuchsen neben Abfallhaufen in die Höhe und waren manchmal nicht voneinander zu unterscheiden. Sogar Mountainbikes lagen herum. Daneben ausgekühlte Feuerstellen und Campinggaskocher. Einer von diesen wurde Perez zum Verhängnis. Nur für einen Moment passte er nicht auf, da geriet er schon ins Stolpern, griff im Fallen nach einem Zelt, zog es mit sich und schlug lang hin. Hippy bellte um Hilfe. Auf dem Boden ein sich bewegender, fluchender Stoffberg.

Perez strampelte sich frei. Dann erst bemerkte er den Schmerz auf Höhe des Knöchels. Heißes Wasser, das auf einem der Gaskocher vor sich hin geblubbert hatte, hatte ihm die Haut verbrüht. Ein Mädchen stand vor ihm mit schreckgeweiteten Augen, in der Hand eine Packung Nudeln.

Schnell eilten andere Camper herbei. Während zwei kräftige junge Männer Perez wieder auf die Füße stellten, brachte ein Dritter Brandsalbe und Verbandszeug. Er wehrte sie ab. Er hatte keine Zeit für eine medizinische Behandlung, so sehr die feuerrote Haut auch nach Abkühlung verlangte.

Mit Hippys Hilfe suchte er Stéphanie. Sie befand sich im Gespräch mit einem jungen Mann, der sich gerade Ambres Foto ansah, als Herr und Hund um ein großes Familienzelt herumgehumpelt kamen. Hippy lief jetzt, vermutlich aus Solidarität, ebenfalls etwas unrund.

Perez versuchte, sich nichts anmerken zu lassen. Stéphanie brauchte allerdings nur einen Blick, um zu verstehen, dass etwas nicht stimmte.

»Bin nur gestolpert, ist nichts«, zischte er. »Bislang hat sie niemand gesehen. Und wie läuft es bei dir?« Stéphanie schüttelte den Kopf.

Gemeinsam zogen sie weiter von Zelt zu Zelt. Perez hielt sich hinter Stéphanie und trat vorsichtig auf. Auf eigene Ermittlungen verzichtete er. Sie kamen auch so zügig voran. Die Kleine machte ihre Sache sehr gut. Grüßte freundlich, zeigte das Bild ihrer »Schwester« und bedankte sich anschließend für die Auskunft.

»Da drüben«, sie deutete mit dem Zeigefinger auf eine größere Feuerstelle. Einige Jugendliche saßen drumherum und hielten Baguettestücke in die lodernde Flamme. »Siehst du die beiden rechts? Das sind die Jungs von gestern Nacht.«

Perez widerstand dem Impuls, sich die Kerle gleich ordentlich vorzuknöpfen. Er beschloss, die Befragung vorerst Stéphanie zu überlassen. Ihr Gesprächseinstieg war genau nach seinem Geschmack.

»Hey, ihr Spacken«, rief sie in Richtung der beiden jungen Männer. »Wo ist Ambre?«

»Die schon wieder«, sagte der Kleinere der beiden zu seinem pickelgesichtigen Kollegen.

Perez stellte den verbrannten Fuß auf einen der Hocker, die um das Feuer herum verteilt standen, neigte den Oberkörper vor, machte ein überaus grimmiges Gesicht und schwieg.

»Also?«, sagte Stéphanie. »Ich warte. Meine Freundin ist verschwunden. Und du«, sie zeigte auf den Kleineren,

»warst der Letzte, den ich mit ihr zusammen gesehen habe. Wäre von Vorteil, wenn ihr euch schnell erinnern würdet, was passiert ist, der junge Mann hier an meiner Seite ist richtig schlecht gelaunt. Und er möchte Ambre ganz dringend sprechen.«

»Keine Ahnung«, sagte der Junge auf Katalanisch. Perez schien auf ihn keinen Eindruck zu machen. »Habe sie seit gestern nicht mehr gesehen. Deine Freundin ist echt seltsam.«

»Du auch«, ergänzte der andere in Richtung Stéphanie.

»Wenn ihr euch mal im Spiegel ansehen würdet, wüsstet ihr, was ich jetzt sagen müsste.«

Sie wandte sich ab. Perez brauchte einen Moment, um zu reagieren. So hatte er Stéphanie noch nicht erlebt. Er fing sich, umrundete die Feuerstelle und baute sich vor den beiden Katalanen auf. Wieder sah er sie nur schweigend an, bevor er sich umdrehte und seiner Ziehtochter folgte. Die Jungs blieben verblüfft zurück.

»Was du für Ausdrücke gebrauchst. Das verträgt sich nicht mit einem christlich orientierten Leben«, sagte er.

Sie hockten auf einem Findling vor Stéphanies Zelt. Ambre lag nicht darin, was Perez insgeheim gehofft hatte. Von den Klamotten, die ihr Marianne und Stéphanie geliehen hatten, fehlte lediglich, was sie am Leib trug.

»Du hast von christlichem Leben so wenig Ahnung wie diese beiden Blödmänner von Frauen.«

Perez schwieg. Er wollte keinen Ärger riskieren. Es ging gerade um etwas anderes. Wie es schien, hatte sich ein Loch in der Erde aufgetan und Ambre verschluckt. Anders war ihr Verschwinden nicht zu erklären.

»Es sind natürlich auch einige schon weg«, sagte Stéphanie in diesem Augenblick.

»Weg? Was meinst du damit?«

»Viele von den Leuten, die hier hochkommen, machen sogenannte *Eingehtouren*. Bevor sie auf den Canigou steigen, unternehmen sie noch andere, meistens schwierigere Wanderungen«, fügte sie als Erklärung hinzu, als sie Perez' zweifelnden Blick bemerkte. »Der Canigou ist ja mehr ein Ritual als eine echte Herausforderung. Um auch die noch zu befragen, müssten wir bis zum Nachmittag warten, vorher werden sie nicht zurück sein.«

Dazu gab es von Perez keinen Kommentar. Der Berg war längst nicht mehr sein Problem.

»Gibst du mir einen Moment, Steph?«, sagte er. »Ich muss mich gerade mal etwas sortieren.«

»Dann versuch ich es in der Zwischenzeit mal drüben beim See, da stehen auch noch Zelte. Wird immer voller.«

Perez legte das Gesicht in beide Hände und schloss die Augen. Er zwang sich zur Ruhe und verharrte in diesem Zustand so lange, bis er das Gefühl hatte, seine Gedanken geordnet zu haben.

Er nestelte das Zigarettenpäckchen aus der Hosentasche und rauchte, den Blick starr auf einen halb aus dem Boden gezogenen Hering gerichtet.

Dann erst wählte er Mariannes Nummer und berichtete ihr in knappen Worten von Ambres Verschwinden. Sie machte ihm keine Vorwürfe, allerdings stellte sie unangenehme Fragen. Am Ende des Gesprächs sagte sie aber etwas, was ihn doch etwas beruhigte.

»Zum Glück wissen die Granados noch nicht, dass Ambre wieder aufgetaucht ist. Wenn sie morgen wiederkämen, wäre für sie alles wie immer.«

»Hast du die Wanderer auch nach Tabitha gefragt?« Stéphanie war ohne Ergebnis zurückgekehrt.

»Mist! Warum bin ich bloß so dämlich? Wenn wir sie finden, finden wir vielleicht auch Ambre, richtig?«

Wieder zogen sie los und befragten die Bergsteiger erneut. Wieder blickten sie in ratlose Gesichter. Auch Régis hatte seine nächtliche Geliebte seit dem Morgen nicht mehr gesehen.

Als sie schon aufgeben wollten – sie saßen an ihrem Tisch und der Hüttenwart hatte das Mittagessen gebracht, was aber weder Stéphanie noch Perez bislang angerührt hatten –, tauchte ein junges Mädchen auf. Perez erinnerte sich, dass sie vor einer halben Stunde mit ihrem Vater gesprochen hatten. Das Mädchen war schüchtern und stand anfangs nur stumm da.

»Du störst, glaube ich«, flüsterte Stéphanie Perez ins Ohr.

Der stand daraufhin auf und ging in Richtung der Toiletten davon. Als er zehn Minuten später zurückkam, waren die Mädchen gerade im Begriff aufzubrechen. Sie wirkten aufgeregt.

Stéphanie lief Perez entgegen.

»Was ist los?«

»Wir müssen sensibel vorgehen, sie will nicht, dass die Geschichte rauskommt. Aber halt dich gut fest.«

»Mach schon«, knurrte er.

»Louise, so heißt das Mädchen, zeltet mit ihrem Vater hinter der Kuppe.« Sie deutete in die Richtung. »Ganz in ihrer Nähe hatten einige Jugendliche ihre Zelte aufgebaut. Sahen aus wie eine von den katalanischen Reisegruppen, von denen es hier oben gerade etliche gibt.«

»Ist mir aufgefallen.«

»Sie trugen aber keine katalanischen Farben. Hast ja gesehen, dass viele blau-gelb gekleidet sind. Die hier liefen in weißen Klamotten rum. Sie blieben mehr oder weniger unter sich und entfernten sich kaum von ihrem Lagerplatz.«

Perez nahm Haltung an. Er ahnte, was nun kommen würde.

»Dennoch hat sie sich mit einem der Jungen angefreundet. Er war ungefähr in ihrem Alter, sie ist dreizehn, er fünfzehn. Letzte Nacht haben sie sich heimlich getroffen. Die Kleine war tierisch nervös wegen ihrem Vater, der erlaubt ihr wohl überhaupt nichts. Aber jetzt kommt der Hammer: Der Typ wollte sofort mit ihr schlafen.«

»Was? Aber sie haben doch wohl nicht ...«

»Sie hat ihm gesagt, wie alt sie ist, das war dem aber völlig egal. Da, wo er herkomme, hätten alle schon so früh Sex.«

»Les Disciples de Dieu.«

»Klar! Stell dir mal vor, er hat ihr erzählt, er selbst sei im Alter von elf Jahren von einer Freundin seiner Mutter darin unterrichtet worden. Ist das nicht krass? In dem Alter, in dem andere in die Foto-AG gegangen sind, hat der praktischen Sexunterricht gehabt.«

»Warum hat sich Louise denn ihrem Vater nicht anvertraut? Da muss man doch einschreiten.«

Er sah rüber zu dem Mädchen. Sie trat von einem Bein aufs andere und fühlte sich sichtlich unwohl.

»Habe ich sie auch gefragt, sie ist knallrot angelaufen. Scheint ziemliche Angst vor ihrem Vater zu haben.«

»Und hat sie …?«

»Natürlich hat sie nicht mit ihm geschlafen. Allerdings hat sie sich in den Typen verliebt. Und deshalb hat sie sich vorhin davongeschlichen, um ihn wiederzusehen.«

»Schön blöd.«

»Als sie bei der Gruppe ankam, herrschte das totale Chaos. Die haben in völliger Hektik die Zelte abgebrochen und ihr Zeug gepackt. Es habe eher nach einer Flucht ausgesehen als nach einer Abreise, hat sie gesagt. Den Jungen hat sie aber noch sprechen können.«

»Und, was ist die Erklärung für den plötzlichen Aufbruch?«

»Jonathan sei verschwunden.«

»Häh? Was soll das heißen?«

»Jonathan und seine Schwester Louise. Zwei Kinder aus der Gruppe sind wohl verschwunden.«

»Jonathan und Louise. Verdammt, was bedeutet das?«

»Moment! Sie sind nicht einfach so verschwunden. Der Typ hat sich zu *unserer* Louise hinuntergebeugt und verschwörerisch ›entführt‹ geflüstert und sie dann geküsst.«

»Entführt …?« Perez wurde blass.

»Und dass *Tabitha* nun so schnell wie möglich wegwolle, das hat er auch noch gesagt. Deshalb ist Louise zu uns gekommen, weil wir doch ihren Vater nach Tabitha gefragt haben.«

»Scheiße ... Entschuldigung. Irrtum ausgeschlossen? Der Name ist selten – d'accord, aber es könnte doch sein ...«

»Das wäre schon ein riesiger Zufall. Louise hat Tabitha nämlich gesehen: Der gekreuzigte Jesus auf dem rechten Schulterblatt.«

»Okay.« Er nickte. »Ich verstehe. Dann lass uns diese Gruppe mal aufsuchen, bevor es zu spät ist.«

»Ich fürchte, das ist es schon. Unsere Louise hat gewartet, bis die Gruppe in Richtung Parkplatz gelaufen ist. Erst dann ist sie zu uns gekommen.«

Perez drehte sich um.

»Einen Versuch ist es wert«, rief er, bereits im Laufen.

Stéphanie rannte hinter ihm her. Hippy bellte aufgeregt, er hielt es für ein neues Spiel und die beiden mussten aufpassen, nicht über den zwischen ihren Beinen herumspringenden Hund zu stolpern.

Als sie um die Kurve bogen, sahen sie einen großen Jeep auf dem holprigen Fahrweg davonfahren. Darin saß eine kleine Schar weiß gekleideter Menschen.

KAPITEL 8

Dass sie kurze Zeit später auf dem Parkplatz auf einen Jeep warteten, der sie ins Tal hinunterbringen sollte, war nicht allein Perez' Entscheidung gewesen. Stéphanie war wahnsinnig wütend. Weil die Sektenmitglieder ihnen entkommen waren und Ambre immer noch verschwunden war. Deshalb hatte sie auf Perez' Frage nach ihren weiteren Plänen bloß abgewunken.

»Was interessiert mich dieser verdammte Canigou jetzt noch. Der steht auch nächstes Jahr noch hier. Wir haben ganz andere Probleme«, hatte sie ihm entgegengeschmettert, als wäre er es gewesen, der unbedingt auf den Riesen hatte steigen wollen.

Régis hatte eine bestürzte Miene gemacht, als er von der übereilten Abreise erfahren hatte. Perez' Notlüge, es handele sich um einen Trauerfall in der Verwandtschaft, hatte an seiner Enttäuschung nur wenig geändert.

Während sie auf den Wagen warteten, gingen sie den Fall durch, trugen die Fakten zusammen und äußerten vorsichtige Vermutungen, wie alles zusammenhängen könnte. Dabei bemerkte Perez an sich selbst eine Veränderung: Er behandelte Stéphanie nicht länger wie ein Kind. Es schien ihm, als hätte er sie erst auf diesem kurzen Trip richtig kennengelernt. Sie war längst nicht mehr das zerbrechliche, kleine Mädchen, das sie früher einmal gewesen war. Stéphanie war selbstbewusst geworden, sie war entscheidungsstark und intelligent. Und deshalb kam das Versprechen, das er ihr gegeben hatte, als sie ohne großes Sentiment den Ausflug für beendet erklärt hatte, auch von Herzen: »Wir unternehmen bald wieder etwas zusammen, versprochen!« Was für ein Geschenk, dass das Mädchen ihn in ihr Leben ließ.

»Das sind ihre Kinder, darauf würde ich wetten«, sagte er. »Jonathan und Louise. Sie hat die beiden draußen gesehen, und weil sie das so unerwartet getroffen hat, hat sie aufgeschrien und sich ins Zelt geflüchtet.«

»Glaube ich nicht. Wäre sie in dem Fall nicht eher auf sie zugelaufen, als sich zu verstecken?«

»Im Normalfall schon. Aber vergessen wir nicht, dass sie sich in einem Ausnahmezustand befindet. Ich bin sicher, dass zwischen ihr und der Sekte ein ziemlich angespanntes Verhältnis besteht.«

»Sie gehört also definitiv zu den Jüngern Gottes …«

»Das sollten wir als gesichert ansehen. Wahrscheinlich war sie sogar auf der Flucht vor ihnen, als ich sie neulich in den Bergen fand.«

»Und der Anlass für die Flucht?«

»Keine Ahnung.«

»Sie war ohne ihre Kinder unterwegs.«

»Ja, sie hat keine andere Möglichkeit gesehen, als sie zurückzulassen.«

»Schrecklich. Alles an dieser Geschichte ist furchtbar, findest du nicht?«

Er nickte mit zusammengebissenen Zähnen. »Du darfst das nicht zu sehr an dich heranlassen.«

»Warum nicht?«

»Weil es dich dann auffrisst.«

»Ich kann nicht anders. Wir machen das hier doch, weil wir helfen wollen. Ist doch kein Spaß.«

»Nein, wohl eher nicht«, sagte Perez.

»Was waren das noch mal für Buchstaben auf Ambres Anhänger?«

»*JTA*.«

»*J* für Jonathan, das passt schon mal. *T* für ... *A* könnte für sie selbst stehen, Ambre. Louise passt dann aber nicht.«

»Vielleicht hat sie weitere Kinder.«

»Und vielleicht heißt eins davon Thérèse. Das würde erklären, warum sie gestern Nacht ausgerechnet diesen Namen gerufen hat. Jonathan, Thérèse, Ambre. Könnte sein.«

»Und Louise ist dann unerwünscht?«

»Merde!«

»Dann endet zumindest diese Spur hier.«

»C'est con!«

»Oui.«

»Und wenn doch die tote Fixerin gemeint war? Was bedeutet ihr Aufschrei dann? Die Kleine eben hat dir gesagt, die beiden entführten Kinder seien Geschwister? War sie sich da absolut sicher?«

»Hat sie so gesagt.«

Perez überlegte. Er hätte gerne eine Zigarette geraucht, doch die Packung war leer und auf ein weiteres Zusammentreffen mit Régis hatte er keine Lust.

»Merde!«, rief er erneut. Mit dem Wort auf den Lippen sprang er auf.

Sofort stand Stéphanie neben ihm. »Was ist denn?«

»Kannst du mir vielleicht mal sagen, wie es Ambre mit den Kindern von hier weggeschafft haben soll?«

»Mann, hast du mich vielleicht erschreckt. Zu Fuß wahrscheinlich«, sagte Stéphanie und ließ sich wieder ins saftig grüne Gras fallen. »Sie ist jung, für sie ist der Weg kein Problem, und für die Kinder schon gar nicht. Schließlich haben sie kein Gepäck.«

Der Rückweg erschien Perez, wenn das überhaupt möglich war, noch gefährlicher als der Hinweg. Mehr als einmal schrie er auf, als der Wagen dem Abgrund zu nahe kam. Der Fahrer lachte bloß und drückte aufs Gas. Hippy presste sich so platt in den Fußraum, dass man ihn unter einer der mit viel Spiel gearbeiteten südfranzösischen Türen hätte hindurchschieben können. Für die atemberaubende Landschaft hatte Perez keine Augen mehr. Um sich abzulenken, verwickelte er den Fahrer in ein Gespräch.

»Wie viele von euch befahren die Strecke hier?«

»Sechs. Für heute ist das die letzte Fahrt. Sobald wir unten sind, wird anständig gefeiert. Wenn sie das Feuer morgen früh herunterbringen, dann geht es erst recht rund. Der 24. Juni ist unser Saisonhöhepunkt.«

»Wie sieht die Feier aus, lasst ihr euch gehörig volllaufen?«

Der Mann lachte fröhlich. »Im Prinzip schon. Alle Fahrer treffen sich unten in der Bahnhofskneipe und dann gibt es eine Sause. Der schönste Tag des Jahres!«

»Das heißt, dass alle Fahrer, die die Strecke befahren, dort sein werden, oder?«

»Darauf können Sie sich verlassen, das lässt sich niemand entgehen. Sogar die, die die andere Route von Prades aus fahren, werden kommen. Früher hatten die ihre eigene Party, aber bei uns ist es lustiger.«

Perez hatte ohnehin vorgehabt, nach der Ankunft im Tal dort einzukehren. Sein Magen musste sich beruhigen. Etwas Alkohol und eine Kleinigkeit zum Essen waren dafür genau das Richtige.

Unter den großen Platanen, die der Terrasse des Lokals Schatten spendeten, saßen oder standen die Gäste in Gruppen zusammen. Alle Tische bis auf einen waren besetzt, den sicherten sich Perez und Stéphanie.

Perez bestellte Sandwiches, das Einzige, was die Kneipe an Essbarem anbot, und dazu ein Bier. Stéphanie trank ihre geliebte Cola mit Zitrone und Eis. Nachdem sich sein Magen einigermaßen stabilisiert hatte, klatschte er voller Tatendrang in die Hände.

»Ich dachte schon, dir wäre entfallen, weshalb wir hier sind«, flachste Stéphanie. Sie hatte nur einmal von dem Schinken-Käse-Sandwich abgebissen und es dann von sich geschoben. Perez hatte ihre Charakterstärke gelobt, denn die Brote schmeckten grässlich. Trotzdem hatte er auch noch die Hälfte von Stéphanies gummiartiger Baguette gegessen und gleich noch ein weiteres Bier bestellt. Mit dem Tulpenglas in der Hand suchte er nun nach ihrem Fahrer, den er schließlich mit dem Rücken an eine Wand gelehnt inmitten einer Gruppe von Männern antraf. Er hatte die kurze Zeitspanne genutzt, um sich in Stimmung zu trinken.

Perez winkte ab. »Der Typ ist jetzt schon hinüber, lass uns die anderen Leute nach Tabitha und nach Ambre fragen«, sagte er zu Stéphanie. »Du übernimmst alle rechts vom Eingang und ich die auf der anderen Seite. Hoffen wir, dass sich einer von ihnen an die Bande erinnert.«

Schon bald rief Stéphanie Perez zu sich. »Ambre«, warf sie ihm zu, sobald er neben ihr stand.

»Ich habe sie heute Mittag runtergefahren«, sagte ein junger Bursche. »Wollte nicht zum Gipfel, eins der Kinder ist wohl krank geworden. War eine Sonderfahrt, aber irgendwie hat sie mir leidgetan.«

»Haben Sie mit ihr gesprochen?«

»Klar. Wieso nicht? Aber wenn Sie mich fragen, tickt die nicht ganz richtig. Hat sich dauernd umgedreht, als wäre der Teufel hinter uns her. Und die Augen ... Ich achte sehr auf Augen, wissen Sie, an ihnen lässt sich viel ablesen. Verstört, jetzt hab ich's. Na ja, hat ansonsten nicht viel geredet. Bloß untereinander haben sie ständig geflüstert.«

»Sie hat gesprochen?«, wiederholte Perez aufgeregt.

Der Mann sah ihn an, als verstünde er die Frage nicht.

»Wo haben Sie sie hingebracht?«, schaltete sich Stéphanie ein.

»Zu ihrem Wagen, wie all die anderen Touristen auch. Die Karre muss da schon eine ganze Weile gestanden haben.«

»Hier? Auf diesem Parkplatz? Woher wollen Sie das wissen?«

»Dass er lange da gestanden hat? Monsieur, sind Sie etwa nicht von hier? Man sieht doch bei uns am Staub, wie lange ein Auto unbewegt irgendwo geparkt stand. Ist ja wohl keine Hexerei. Ihres ist seit vielen Tagen nicht bewegt worden, darauf wette ich. Voll mit Blütenpollen. Es sollte sogar schon mal abgeschleppt werden, weil sie keinen gültigen Parkschein hatte, das habe ich zufällig mitbekommen. Ein Volvo, ziemlich altes Baujahr.«

KAPITEL 9

»Ich bin dafür, nach Orlu zu fahren«, sagte Stéphanie und warf dabei den Kopf in den Nacken, um ihrer Meinung Nachdruck zu verleihen.

Das Gepäck war auf der Ladefläche verstaut und Hippy saß startklar auf dem Beifahrersitz des Kangoo. Tochter und Vater waren sich uneins über die nächsten Schritte.

»Das ist reine Zeitverschwendung. Unser Hauptproblem ist derzeit Ambre, da sind wir uns doch einig. Wir müssen sie finden, so schnell wie möglich.«

»Deshalb sollten wir hinfahren.«

»Wenn das ihre Kinder waren, die sie oben auf dem Canigou aus den Fängen der Sekte befreit hat, dann wäre es doch absurd, mit ihnen wieder zurück nach Orlu zu fahren. Das siehst du doch ein?«

Stéphanie rollte die Augen. Natürlich war das ein abwegiger Gedanke, Perez hatte recht, aber das gestand sie sich nur ungern ein.

Perez grinste schelmisch.

»Ist ja gut.« Sie versuchte, wütend dreinzuschauen.

»Wenn ich Ambre wäre«, fuhr Perez fort, »würde ich versuchen, so viele Kilometer wie möglich zwischen meine Familie und diese Arschgeigen zu bringen. Vielleicht würde ich sogar ins Ausland abhauen! Mein Gott, alles ist besser, als noch einmal mit dieser Verbrecherbande in Kontakt zu kommen.«

»Dann hätten wir die einzige Person verloren, die uns weiterhelfen könnte.«

»Wir wissen immerhin, dass sie in einem Volvo von diesem Parkplatz gefahren ist. Mit ihren Kindern.«

»Das bringt uns doch überhaupt nicht weiter.«

»Überleg mal …«

»Was denn?«

»Das Auto …«

»Ein alter Volvo! Soll mir das irgendwas sagen? Kannst du bitte aufhören, mich wie einen Lehrling zu behandeln?«

»Ganz ruhig, Steph. Das Fahrzeug wurde hier auf dem Parkplatz abgestellt, und das schon vor einer ganzen Weile. Das haben wir doch gerade gehört.«

»Willst du etwa sagen …«

»Wenn du mich mal ausreden lassen würdest – ja, unsere liebe Ambre muss das alles geplant haben.

Den Großteil der Fahrt zurück nach Banyuls verbrachten sie schweigend. Jeder hing seinen Gedanken nach. Auf Höhe von Argelès rief Perez zunächst Marianne und sofort danach Haziem an.

Zwanzig Minuten später saßen beide mit ihnen um einen Tisch im *Conill*. Sie wurden abwechselnd von Perez und Stéphanie ins Bild gesetzt. Der Einzige, der nichts beizutragen hatte, war der Hund. Deshalb lag er auch friedlich unter dem Tisch und tat sich an den Leckereien gütlich, die Haziem ihm zubereitet hatte. Die atemberaubende Bergkulisse schien er nicht zu vermissen.

Natürlich wurden die Ausführungen der Heimkehrer immer wieder von Zwischenfragen unterbrochen. Was folgte, waren kurze Diskussionen, die zumeist mit der gegenseitigen Versicherung endeten, dass das, was passiert war, nicht vorhersehbar gewesen sei. Nachdem Perez von dem auf dem Parkplatz von Villefranche bereitgestellten Volvo berichtet hatte, sagte er:

»Und genau an dem Punkt komme ich nicht weiter. Ambre muss das alles geplant haben.«

»Ganz sicher nicht, das ergibt keinen Sinn«, schritt Marianne ein.

»Lass mich bitte einmal alles zusammentragen, danach können wir diskutieren.«

Marianne willigte zögernd ein. Es war selten genug, dass Perez seine Gedanken zu einem Kriminalfall mit ihnen teilte.

»Eine Frau, die ausgerechnet auf dem Weg liegt, auf dem ein Mann seine Runden dreht, der in wenigen Tagen zum Canigou aufbrechen wird.«

»Das kann sie unmöglich gewusst haben. Es sei denn, sie ist Seherin.« Dieses Mal war es Stéphanie, die ihn unterbrach und sich mit dem Finger gegen die Stirn tippte.

»Habe ich doch gar nicht gesagt. Das sind Fakten. Halten wir uns doch daran. Also, sie wird gefunden von jemandem, der auf den Berg steigen möchte, auf dem – und das muss sie gewusst haben – zu dem Zeitpunkt auch ihre beiden Kinder sein werden.«

»Ich dachte, du wolltest bei den Fakten bleiben«, sagte Stéphanie, die offensichtlich keine Lust hatte, ihm seine Ungenauigkeiten durchgehen zu lassen. »Woher willst du wissen, dass sie es gewusst hat?«

Perez stöhnte auf. Er hob den Kopf. »So fantastisch sich das anhört, alles ergibt nur dann einen Sinn, wenn wir davon ausgehen, dass nichts zufällig geschah ... Sogar ein Auto hatte sie schon an der Talstation platziert, vor mindestens einer Woche.«

»Ist doch auch völlig unplausibel«, sagte Stéphanie. »Sie stellt dort ein Fahrzeug ab, wie kommt sie dann zurück nach Banyuls? Vielleicht mit dem Bus? Scheißgeschichte, wenn ihr mich fragt.«

»Wie sie es angestellt hat, ob vielleicht noch eine andere Person involviert gewesen ist, ich habe keine Ahnung. Was genau sie wann geplant hat, wissen wir nicht. Der Grund für ihren Zusammenbruch in den Bergen ist uns unbekannt. Ich möchte nur alle Möglichkeiten in Betracht ziehen.«

»Man kann doch nicht planen, irgendwo zusammenzubrechen und von einem Typen gefunden zu werden, der schon bald genau dorthin fährt, wo die eigenen Kinder sind. Das ist mehr als nur unlogisch«, sagte Stéphanie, »das ist schwachsinnig.« Sie war aufgestanden, stützte sich auf den Tisch und beugte sich so weit wie möglich zu Perez vor. »Die Ohnmacht, die Dehydration, das war doch alles nicht gespielt, sonst hätten die Ärzte es doch nicht diagnostiziert.«

Ruckartig drehte Perez den Kopf in Richtung des Mädchens. Er sagte nichts, fixierte sie nur.

»Außerdem dürfen wir nicht vergessen«, fuhr er kurz darauf fort, ohne auf Stéphanies Einwand einzugehen, »dass dieses kleine Miststück …«

»Jetzt ist aber mal gut!«, schritt Marianne ein. Perez ließ sich nicht beirren.

»… die ganze Zeit über sprechen konnte, sich aber stumm stellte, um uns zu täuschen. Uns fehlen noch viele Antworten, das weiß ich selbst. Aber eines steht fest, Ambre Granado hat uns die ganze Zeit über verarscht!«

»Voll!«

»Was?« Er warf Stéphanie erneut einen bösen Blick zu.

»Voll verarscht. Besonders mich. Ich hab mir eingebildet, dass wir Freundinnen … Na ja, dass wir zumindest ein gutes Verhältnis hätten.«

Alle verstummten. Es war Haziem, der den kurzen Moment der Stille unterbrach.

»Das will mir nicht in den Kopf«, sagte er. »Ich gebe zu, das alles sieht verdammt nach Absicht aus. Ich verstehe auch, dass du glaubst, sie hätte unsere Hilfsbereitschaft ausgenutzt.«

»Aber?«, fragte Perez. Er wurde hellhörig, Haziem schaltete sich selten in derartige Diskussionen ein. Er hatte zu den Fällen meist keine Meinung oder behielt sie für sich.

»Na ja, es ist mehr so ein Gefühl. Ihr habt doch alle Ambres Augen gesehen.«

Was wollen denn plötzlich alle mit Ambres Augen?, fragte sich Perez. Erst der Taxifahrer und jetzt Haziem.

»Findet ihr«, fuhr sein Freund fort, »dass es die Augen einer kalten, berechnenden Frau sind? Ich nicht! Ich kenne diesen Ausdruck. Es ist der gleiche wie der in den Augen vieler Flüchtlinge, denen mein Vater und ich auf unserem Weg nach Frankreich begegnet sind. Diese Blicke haben sich mir eingebrannt. Es muss einen Grund geben, der sie so handeln ließ, einen, der stärker wiegt als ihre Verpflichtung uns gegenüber. Manchmal, und das weißt du besser als wir anderen, Perez, liegen die Dinge nicht so klar, wie es zunächst scheint. Wenn nur ein einziges kleines Mosaiksteinchen nicht so ist, wie zuerst angenommen, dann ergibt sich unter Umständen ein völlig neues Bild. Was ich damit sagen will, ist Folgendes: So, wie du die Sache hinstellst, ist Ambre eine berechnende Täterin. Ich aber halte sie immer noch für ein Opfer.«

Erneut trat Stille ein, man konnte die Uhr an Perez' Handgelenk ticken hören. Die Erste, die sich dazu aufraffte, Stellung zu beziehen, war Marianne.

»Ich bin auch etwas wütend auf sie, aber gleichzeitig fühle ich mich deswegen auch schuldig. Tendenziell würde ich Haziem daher zustimmen.«

»Wenn wir mal ganz ehrlich sind, haben wir auch mit ihr gespielt«, sagte Stéphanie. »Ich finde es nicht okay, was sie abgezogen hat, sie hätte sich uns auch anvertrauen können, nach allem, was wir für sie getan haben.«

»Aber?«, fragte Perez.

»Wir waren nicht ehrlich zu ihr, das musst du zugeben. Zuerst habe ich dieses Kettchen untersucht, dann haben wir sie ständig absichtlich mit Informationen über die

Sekte gefüttert. Wir konnten zwar nicht beweisen, dass sie dazugehört, aber wir haben es vermutet. Sie muss gemerkt haben, dass wir Zweifel an ihrer Aufrichtigkeit hatten.«

»Berechtigte Zweifel, wie sich herausgestellt hat.«

»Ja, schon. Aber was hätte sie machen sollen?«

»Wenn ich es richtig sehe«, griff Marianne ein, »hat sie die ganze Zeit über nur ein Ziel verfolgt: ihre Kinder zu befreien. Das verstehe ich gut, jede Mutter versteht das. Dafür tut man alles, wenn nötig geht man sogar über Leichen.«

»Na schön, vielleicht habt ihr recht. Auf dem Weg zum Canigou haben wir ihr tatsächlich mit voller Absicht den ganzen Schmutz unserer Recherchen unter die Nase gerieben. Wir wollten eine Reaktion provozieren, weil wir geahnt haben, dass sie in Wahrheit nicht stumm ist. Im Wagen hat sie also gemerkt, dass wir ihrer Geschichte nicht trauen.«

»Spätestens da«, sagte Stéphanie.

»Vielleicht hat sie keine guten Erfahrungen damit gemacht, jemandem zu vertrauen«, sagte Haziem.

»Schon möglich ... Was tun wir jetzt? Eigentlich könnten wir uns zurücklehnen. Boucher beziehungsweise die Ermittler aus Perpignan klären die Morde auf und Ambres Status ist wieder derselbe wie vor gut acht Tagen: Sie gilt als vermisst oder als tot.«

»Perez!«, riefen Mutter und Tochter empört. Auch Haziem schickte ihm einen tadelnden Blick.

»Was denn? Hast du doch selbst gesagt, Marianne. Wir haben den Eltern gegenüber keinerlei Verpflichtung.«

»Und ob«, sagte sie und richtete sich zu voller Größe

auf. »Wir wollten nur helfen, haben damit aber die Verantwortung für Ambre übernommen. Und zwar nach einer ausführlichen Besprechung hier am Tisch und einer gemeinsam getroffenen Entscheidung. Hätten wir uns aus der Sache rausgehalten, wäre es etwas anderes gewesen. Aber es geht ja nicht nur darum. Uns ist doch allen nicht egal, was aus Ambre wird.«

Perez nahm einen Schluck Rotwein und aß etwas von der Burrata mit Aprikosen, die Haziem auf den Tisch gestellt hatte.

»Also müssen wir sie finden«, fuhr er fort. »Das ist es doch, was du sagen willst, nicht wahr? ... Na schön. Gibt es irgendeinen Hinweis, dem wir bislang zu wenig Aufmerksamkeit geschenkt haben? Da ist zum einen das Rätsel des Kettchens. Wenn wir den Buchstaben Namen zuordnen könnten, kämen wir Ambre vielleicht auf die Spur. Oder wir finden Speedy.«

»Oder Tabitha«, fügte Stéphanie hinzu.

»Oder Tabitha, richtig. Die könnte sich in Orlu aufhalten.«

»Ich habe doch gleich gesagt ...«

»Dass wir nach Orlu fahren sollen, von Villefranche aus, ja. Mein Problem ist nur, dass wir dort keinerlei Befugnisse haben. Und die Polizei will nicht tätig werden. Klar, wir könnten einfach mal vorbeischauen, vielleicht ergäbe sich etwas – Zufälle gibt es immer wieder. Mein Gefühl sagt mir, dass es vergebene Liebesmüh wäre. Und mein Gefühl sagt mir auch, dass wir hier in Banyuls vielleicht mehr über Tabitha in Erfahrung bringen können als da hinten in der Pampa. Ich möchte mit einem der Pfarrer sprechen und ich weiß auch schon, wie ich das anstellen werde.«

»Was genau soll das bringen?«, fragte Stéphanie.

»Ich muss endlich wissen, wer in dem Sarg lag. Diese Information wird uns weiterhelfen, ich bin mir sicher. Jeder Pfarrer, der hier Dienst tut, müsste in irgendwelchen Registern nachsehen können, wer an dem Tag beerdigt wurde.«

»Der Bestatter weiß es natürlich auch«, sagte Marianne.

»Den kenne ich aber nicht. Auf dem Leichenwagen war kein Schriftzug, vielleicht habe ich in dem Augenblick auch nicht richtig hingesehen. In Banyuls gibt es jedenfalls keinen Bestatter mehr. Er kam also von außerhalb.«

»Das lässt sich leicht rausfinden«, sagte Stéphanie. Sie zeigte auf den Laptop.

»Du kannst ja mal eine Liste der Beerdigungsunternehmen von hier bis Perpignan ausdrucken. Sollte ich bei der Kirche nicht weiterkommen, bleibt uns noch dieser Weg«, sagte Perez, der sich bereits erhoben hatte, um Madame Lasarte einen Besuch abzustatten. »Die Flics haben den Namen der toten Frau aus der Kirche ermitteln können: Thérèse Berger hieß sie. Klingelt da etwas bei einem von euch?«

Keiner hatte den Namen je gehört.

»Sie hat Bruder Johannes ermordet, das steht zweifelsfrei fest. Mit dem Eisenkreuz abgeschlachtet. Aber man hat noch weitere DNA-Spuren an ihr gefunden, die man bislang keiner Person zuordnen konnte. Vielleicht wurde sie also, nachdem sie den Mord an Bruder Johannes begangen hat, selbst Opfer eines Gewaltverbrechens. Wenn dem so ist, dann läuft da draußen ein Mörder frei herum. Und dann besteht meines Erachtens auch akute Gefahr für Ambre.«

»Immerhin kann sie nicht die Mörderin gewesen sein, sie hat das Haus in der Nacht nicht verlassen, das hätte ich bemerkt«, sagte Marianne.

»Schwacher Trost«, sagte Perez und eilte davon.

KAPITEL 10

Der Weg vom *Conill amb Cargols* bis zum anderen Ufer des Baillaury war nicht weit, wie überhaupt kein Weg in dem kleinen Küstenstädtchen weit zu nennen war. Und doch nahm man eine Veränderung wahr, sobald man das ausgetrocknete Flussbett überquert hatte.

Auf dem Puig del Mas hatten sich die ersten Menschen in Banyuls angesiedelt. Im damals noch unbebaubar erscheinenden Flussdelta hatten sie lediglich ihre Fischerboote liegen gehabt, exakt an der Stelle, wo sich heute die Touristen in der Sonne räkelten.

Seit jeher herrschte hier oben eine andere Atmosphäre als unten im Dorf, selbst im Sommer war es ruhig und beschaulich. Und schon immer fühlten sich die Bewohner des *Puig*, wie dieser Teil von Banyuls im Volksmund hieß, als die eigentlichen, die wahren Banyulencs. Sie besuchten die Feste unten am Strand nicht, sie organisierten ihre eigenen, wie die Festa del Puig del Mas Ende Juli, dann dampfte es aus den engen Gassen wie aus dem Abzug einer Garküche, dann brutzelten auf der winzigen Place de la Liberté riesige Paellapfannen mit Zicklein am Spieß und Saucisse Catalan um die Wette und hüllten den ganzen Hügel in katalanische Duftwolken.

Auf der höchsten Stelle des Puig wohnte Frédérique Lasarte. Dort, wo die Häuser so eng beieinanderstanden, dass kaum noch Licht bis auf den Grund der Gassen drang.

Die Kirchturmuhr kündigte mit fünf Schlägen den späten Nachmittag an. Am längsten Tag des Jahres kam dieser Nachricht kaum Bedeutung zu.

Perez durchschritt einige Gassen, nur zwei der Menschen, denen er auf dem kurzen Weg begegnete, grüßten ihn. Das hier war eben der Puig, wo man selbst an einem stadtbekannten Typen wie ihm achtlos vorbeirannte. Eigentlich hätte es ihn freuen sollen, schließlich war er manches Mal von den vielen zeitraubenden Begegnungen unten im Ort genervt. Seltsam, dass es nicht so war.

Gut, dass er den Wagen auf dem Parkplatz abgestellt und nicht versucht hatte, in das Straßengewirr einzudringen. Er wäre mit dem Kangoo nicht weit gekommen.

Früher wäre er an dieser Situation verzweifelt, aber seitdem er sich als Canigou-Bezwinger sah, stellte die Strecke kein Problem mehr für ihn dar. Außerdem gab es nun Hippy in seinem Leben und er fand es schick, mit dem Vierbeiner die Straßen von Banyuls zu durchstreifen. In diesem Augenblick allerdings schmollte die Töle im Wagen. Er hatte nicht verstehen wollen, weshalb er ihn nicht zu dieser Madame Lasarte begleiten durfte, zumindest hatte sein beleidigter Gesichtsausdruck diesen Eindruck nahegelegt. Perez erschien es klüger, ohne Hund bei der reichen Frau aufzutauchen. Schließlich wusste man nie, wie Menschen auf Tiere reagierten.

Die Rue Anatole France war ein mit unregelmäßig großen Schieferplatten gepflasterter Weg für Fußgänger und Fahrräder. Das altrosafarbene Haus war von einer kleinen Mauer umgeben. Er hatte keine Ahnung, was für ein Mensch ihn dahinter erwartete. Zudem hatte er sich noch keine Fragen zurechtgelegt. Deshalb sammelte er sich noch einen Moment, bevor er den Finger auf die Klingel legte.

Die Wartezeit erschien ihm elendig lang. Ungeduldig klingelte er wieder und wieder, was ihm angesichts des Alters der Frau, die ihm schließlich öffnete, leidtat. Bevor er eine Entschuldigung herausbrachte, überraschte ihn die Dame, deren Alter sicher jenseits der achtzig lag.

»Sie sind dieser Perez«, sagte sie. Keine Frage, sondern eine Feststellung. Perez sah sie erstaunt an. Diese Begrüßung konnte nur bedeuten, dass man ihn im Hause Lasarte erwartet hatte. »Einen Augenblick, ich werde nachsehen, ob Madame Zeit für Sie hat.«

Keine zehn Minuten später fand er sich mit einem frisch gebrühten Kaffee in der Hand im Salon des Hauses wieder. Auch eine Schale mit Gebäck wurde ihm gereicht.

Madame Lasarte, eine schlanke Brünette mit aristokratischen Zügen, spitzer Nase und schmalen Lippen saß ihm aufrecht gegenüber. Sie schien ein wenig nervös, wohl auch, weil Perez sie ungeniert anstarrte.

Für gewöhnlich bemerkte er kosmetische Chirurgie nicht. Nicht einmal, wenn Marianne ihn darauf hinwies. Madame hatte ihrem Aussehen allerdings deutlich nachgeholfen. Keine Falten an Hals oder Stirn. Auch das Dekolleté, auf dem eine einzelne Perle an einer dezenten goldenen Kette ruhte, war makellos weiß und faltenfrei.

Dafür hatten die Augen eine leicht mandelförmige Ausprägung angenommen.

Sie wäre, dachte Perez, ohne all diese Eingriffe eine streng aussehende, aber attraktive Frau gewesen. So wirkte ihr Gesicht merkwürdig verzerrt.

Dass sie einen schnellen und scharfen Verstand besaß, konnte er in den folgenden Minuten feststellen. Madame Lasarte war sich der Situation, in der sie steckte, vollends bewusst. Sie versuchte erst gar nicht, Ausreden zu erfinden.

»Monsieur, ich befinde mich in einer heiklen Lage. Schuld daran bin ich selbst. Mir ist völlig klar, dass ich es allein Ihnen zu verdanken habe, dass die Polizei noch nicht bei mir vorstellig geworden ist. Was kann ich dafür tun, dass dies auch so bleibt?«

»Darf ich fragen, woher Sie wussten, dass ich Sie aufsuchen würde?«

»Ich habe die Berichterstattung über die Morde verfolgt, wie Sie sich denken können. Ihr Name kam darin vor, mir ist bekannt, dass Ihre Tochter mit dem Sohn meiner besten Freundin verheiratet ist. Jean-Martin ist ein guter Junge. Aber ich weiß auch, dass er nicht in der Lage ist, mir in dieser Situation zu helfen. Sie hingegen sind es, glaubt man dem Ruf, der Ihnen vorauseilt.«

Perez nickte gedankenverloren, obwohl er keine Antwort auf seine Frage erhalten hatte. Er hatte wohl das, was man einen Ruf nannte. Und es war kein Zeichen von Bescheidenheit, wenn er betonte, damit niemals gerechnet zu haben. Es missfiel ihm, dass man so einiges über ihn im Internet lesen konnte. Nein, Aufmerksamkeit war nicht, wonach er strebte. Er atmete schwer. Dies war nicht der geeignete Ort und noch weniger der richtige Moment, um darüber nachzudenken.

Madame hatte während seiner kurzen Überlegungen weitergesprochen.

»Bruder Johannes war ein attraktiver Mann, der es sehr wohl verstand, Frauen das Gefühl zu geben, etwas Besonderes zu sein.«

»Madame Lasarte, bei allem Respekt, mich interessiert nicht, mit wem Sie ein Verhältnis haben oder hatten. Ich bin auch nicht religiös und somit nicht empört über diese Beziehung. Und ich denke, um auf Ihre Frage zurückzukommen, auch nicht, dass es nötig sein wird, mit der Polizei zu sprechen.«

»Was muss ich tun?«

Er lächelte. »Sie sollten mir von den Ereignissen jener Nacht erzählen. Es geht nicht um Sie, wie gesagt ...«

»Ich bin Ihnen egal. Das verstehe ich. Nun, dann schildere ich Ihnen jetzt, was sich in der Nacht vom 19. auf den 20. Juni zugetragen hat. Wäre es denkbar, dass Sie all das, was Sie gleich hören werden, für sich behielten? Insbesondere auch vor meiner Freundin, der ich das alles nicht so detailliert geschildert habe, wie ich es Ihnen gegenüber nun tun werde?«

»Sie haben mein Wort.«

»Danke, Monsieur. Dann fange ich mal bei dem Moment an ...«, sie stockte und warf Perez einen flüchtigen Blick zu, »in dem die andere Frau den Kirchenraum betrat. Genau genommen hörten wir zunächst nur ein Geräusch. Bruder Johannes wollte nachsehen, woher es kam. Er wirkte an dem Abend unruhiger als sonst. ›Ach, du bist es‹, hörte ich ihn schließlich rufen. Er war aus der Sakristei in den Kirchenraum gegangen, während ich es vorgezogen hatte, mich hinter der Tür versteckt zu halten. Er schien erleichtert zu sein, so als habe er jemand anderen erwartet, den er weniger gern gesehen hätte. Was dann zwischen den beiden gesprochen wurde, konnte ich von meinem Standort aus nicht hören. Ich verstand sie erst wieder, als ihre Auseinandersetzung, die ich da erst als solche erkannte, eskalierte und sie folglich lauter sprachen.«

»Was haben Sie gehört?«, fragte Perez atemlos.

»Bruder Johannes schrie förmlich: ›Du bist doch total verrückt geworden, was kann denn ich dafür?‹ Und darauf die Antwort: ›Du bist ein Schwein.‹ ...«

Die Stimme von Madame Lasarte war inzwischen so leise geworden, dass Perez sich immer weiter vorbeugen musste.

»›Genau wie John und all die anderen.‹ ›Wir machen nur, was alle tun‹, hat er geantwortet. ›Frag deinen Vater. Père macht die Regeln.‹«

»Père macht die Regeln«, wiederholte Perez, dessen Augen weit aufgerissen waren. Er bebte vor Spannung. »Weiter«, sagte er.

»Dann habe ich kurz nichts mehr gehört. Als Johannes ... Bruder Johannes die Frau als ›drogensüchtige Irre‹ bezeichnete, hörte ich einen mächtigen Knall. So als wäre etwas zu Boden gefallen. Dann einen Schrei, der mir durch Mark und Bein ging. Ich war starr vor Angst.«

»Und dann?«, Perez flüsterte nun auch.

»Den Schrei höre ich seitdem jede Nacht in meinen Träumen. Haben Sie schon mal einen Menschen schreien hören, der gerade erstochen wird? Diesen Schrei ... den werde ich nicht mehr vergessen.«

»Und dann sind Sie weggelaufen.« Perez richtete sich wieder auf.

Madame Lasarte schüttelte den Kopf. »Ich habe all meinen Mut zusammengenommen und habe vorsichtig in den Kirchenraum geschaut. In dem Moment lief die Frau den Mittelgang entlang in Richtung Eingangsportal.«

»War es nicht zu dunkel in der Kirche, um etwas erkennen zu können?« Perez erinnerte sich an seine eigene Erfahrung.

»Das Putzlicht war an«, sagte sie leise.

Perez dachte nach. Irgendwer musste das Licht später ausgeschaltet haben. Jean-Martin war es sicher nicht gewesen.

»Mir wurde so übel, als ich Johannes auf dem Altar sah, dass mir für einen Moment die Beine versagten. Als ich mich wieder gefangen hatte, verschwand ich so schnell ich konnte durch den alten Hinterausgang. Er stand offen. Draußen auf der Straße wäre ich fast zusammengebrochen, wollte aber so schnell wie möglich weg. Die Mörderin war ja noch in der Kirche. Vorher habe ich noch meine Freundin angerufen.«

»Jean-Martins Mutter.«

»Ja. Sie hat mir gesagt, ich solle zurück auf den Puig fahren und darauf warten, dass sie sich wieder bei mir meldet. Den Rest kennen Sie, glaube ich?«

Perez nickte.

»Ich stehe tief in Ihrer Schuld. Egal, wie die Geschichte für mich endet.«

Perez winkte ab. »Machen Sie sich darüber mal keine Gedanken, Madame. Und das war definitiv alles, ja? Bitte überlegen Sie genau. Jedes noch so kleine Detail könnte uns helfen.«

»Nein, das war alles. … Außer …«

»Außer?« Perez setzte sich wieder auf. Aus Nervosität hatte er die ganze Schale Kekse gefuttert, wie er nun feststellte, als er ins Leere griff.

»Für das Telefonat mit meiner Freundin hatte ich mich in einen Hauseingang zurückgezogen. Plötzlich tauchte aus der Dunkelheit eine Gestalt auf. Auf der gegenüberliegenden Straßenseite. Ich war verwundert, da man um diese nachtschlafende Zeit in Banyuls nur selten Leute auf der Straße antrifft. Ich konnte sehen, wie sie in die Rue Mossen Rous einbog, aus der ich gerade gekommen war.«

»Mon dieu, konnten Sie den Mann erkennen, können Sie ihn vielleicht beschreiben? Ist Ihnen irgendwas Besonderes an ihm aufgefallen? Sein Gang vielleicht? Überlegen Sie, bitte.«

»Es war kein Mann, sondern eine Frau. Es ging alles sehr schnell, aber da bin ich mir ganz sicher.«

»Wenn ich es dir doch sage, die Tote in der Kirche ist die Tochter von Père. Thérèse Berger. Der Typ heißt zwar Mullen, aber in der Familie scheint es ja eh drunter und drüber zu gehen«, sagte Perez. Marianne am anderen Ende der Leitung gab ihm recht. »Na ja, der soll uns nicht interessieren. Wenn aber auf Ambres Kettchen der Buchstabe *T* doch für *diese* Thérèse steht, dann … merde … ich weiß auch nicht, was das bedeutet. Jedenfalls war da noch eine zweite Frau in der Kirche und ich bin sicher, dass es sich bei dieser Person um die Mörderin von Thérèse handelt.«

Perez schnippte die Kippe in einen Gulli. Er lehnte am Kangoo und sah Hippy dabei zu, wie er gegen das Hinterrad eines Peugeot pinkelte. Kein Ordnungshüter weit und breit, kein Ticket, kein Hundeklo. Banyuls war die letzte Bastion der alten Ordnung. Und der Puig del Mas, seit jeher Wohnort der Schmugglerfamilien, war diesbezüglich ohnehin unverdächtig.

»Hätten wir bloß eine Spur von ihr, ein Haar oder so etwas«, fuhr er fort. »Dann könnte man die DNA-Spuren auf dem Körper der Toten damit vergleichen. Ich werde das alles mit Boucher besprechen, aber vorher treffe ich noch den einzigen der vielen Pfarrer unserer Gemeinde, der hier im Ort wohnt. Madame Lasarte hat ihn in meinem Beisein angerufen. Das war auch so ein Schauspiel. Es war eindeutig, dass dieser fromme, nur seinem Gott Rechenschaft schuldende Priester am anderen Ende der Leitung strammstand. Kein Aber, kein Vielleicht, alles voll auf: ›Jawohl, Madame Lasarte.‹ Der hat sofort gekuscht. Ich treffe ihn in zehn Minuten am Glockenturm vor Saint-Jean-Baptiste. Er hat versprochen, mir die Liste mitzubringen, aus der hervorgeht, wer letzte Woche in dem Sarg gelegen hat. Danach sehen wir weiter. Was machst du heute Abend, wollen wir zusammen essen? ... Wo, fragst du? Ich verstehe nicht ganz. Bei mir im *Conill* natürlich ... Im *Le Voisin*? Willst du mich ärgern? Außerdem hat dieser ominöse Feinschmeckerladen noch nicht mal geöffnet ... In drei Wochen. Mitte Juli, das kann nichts werden, glaube mir. Ich bin zur Einweihung eingeladen, du etwa nicht?«

Der Pfarrer war ein unscheinbares Männlein mit einem dicken Bauch und krummen Beinen. Wäre Perez selbstkritischer veranlagt, er hätte eine gewisse Ähnlichkeit mit sich selbst feststellen können. Der Mann war ausnehmend freundlich. Für einen Moment dachte Perez über die Summe nach, die Madame der Kirche pro Jahr wohl spenden mochte.

»Das war wirklich eine seltsame Beerdigung«, sagte er, und man hörte die harte Stimmfärbung der französischen Basken. »Nicht einmal eine Messe hat der Kollege gelesen. Aus dem Eintrag geht auch nicht hervor, woher der Tote stammte. Ein Banyulenc war er jedenfalls nicht. Leider können wir den Kollegen nicht mehr dazu befragen.« Er bekreuzigte sich, zeigte sich aber ansonsten wenig traurig über dessen Ableben.

»Und der Name«, sagte Perez. »Steht der wenigstens da?«

»Mohammed Merhaba. Ich kenne niemanden mit diesem Namen in Banyuls. Und außerdem ...«

»Lässt der Name nicht unbedingt auf eine katholische Beerdigung schließen. Aber da kann man sich natürlich täuschen.«

In diesem Augenblick klingelte sein Telefon. Er hob das kleine Ding entschuldigend in die Höhe, bevor er das Gespräch annahm.

»Kann ich Sie gleich zurückrufen, Kommissar Boucher? Ich bin gerade noch im Gespräch mit ... Wie bitte? ... Nein, sind Sie verrückt? ... Na klar, das kann warten, wir waren hier ohnehin fertig. Ich komme ... Nein, sofort! Bin quasi schon da!«

KAPITEL 11

Hippy schoss wie von der Tarantel gestochen los. An der nächsten Straßenecke bremste er ab und drehte sich zu seinem Herrchen um. Perez kam schnaufend auf ihn zu. Der Hund lief ihm einige Trippelschritte entgegen, wendete dann und flitzte erneut davon. Das Höhentraining nützte Perez überhaupt nichts. In der Ebene keuchte er wie eh und je und hatte nicht die Spur einer Chance, zu seinem Gefährten aufzuschließen.

Am Wagen angekommen war er völlig verschwitzt und schnaufte wie ein altersschwacher Bulldozer. Er nahm sich nicht die Zeit, zu Atem zu kommen. Zu elektrisierend war die Nachricht, dass die Spezialisten Speedys Handy geortet hatten. Und zwar nicht in Sainte-Marie, in Orlu oder einem anderen, weit entfernten Ort. Perez konnte es noch immer nicht glauben.

Unter massivem Einsatz der Hupe trieb er den Kangoo durch Banyuls. Erst am Meer, dann am Ostufer des Baillaury entlang bis zur einspurigen Brücke, die hinüber auf die Avenue du Général de Gaulle führte. Eine entgegenkommende Wagenkolonne bremste seine Fahrt aus. Um die Blockade aufzulösen, ließ er die Hand einfach auf der Hupe liegen. Diejenigen unter den Fahrern, die ihn kannten, schüttelten bloß verwundert den Kopf. Die Fremden hingegen zeigten ihm ungeniert den Vogel. Einer machte sogar Anstalten anzuhalten, um sein rüpelhaftes Verhalten zu diskutieren.

»Mach, dass du wegkommst«, brüllte Perez zu dem schmächtigen Mann hinüber.

Nachdem die Brücke endlich frei war, machte der Kangoo einen Satz und bog in die Avenue du Général de Gaulle ein. Auf der Westseite des Baillaury donnerte Perez mit voller Geschwindigkeit Richtung Dorfmitte. Die erste Bodenwelle hätte ihm fast das Genick gebrochen. Er achtete nicht weiter auf das Winseln seines Hundes, den es vom Sitz geschleudert hatte. Schließlich stieg er direkt vor der frisch restaurierten Église de la Rectorie in die Eisen.

Kaum stand der Wagen, sprang er auch schon hinaus, lief rüber zum Kirchenportal, umrundete den romanischen Bau, ließ seinen Blick über den wie ausgestorben daliegenden Friedhof gleiten und kehrte schließlich konsterniert zum Wagen und dem aufgeregten Hippy zurück.

»Was ist das wieder für ein Boucher-Scheiß«, brüllte er den armen Hund an.

Weit und breit war niemand zu sehen, warum hatte der Elsässer ihm so einen Druck gemacht und gedroht, ohne ihn zuzugreifen? Er wählte dessen Nummer.

»Wo sind Sie denn?«, plärrte er grußlos ins Telefon.

»Ich warte auf Sie, wie vereinbart.« Boucher schien völlig ruhig. »Weil ich so freundlich bin.«

»Unmöglich!«, bellte Perez. »Ich stehe direkt vor der Kirche, aber Sie sind nicht da.«

»Welche Kirche? Wir sind auf dem Cimetière du Séris.

Eine Kirche sehe ich hier nicht. Meinen Leuten habe ich gesagt, wir warten noch auf die Genehmigung der Staatsanwaltschaft. Allerdings kann ich sie jetzt nicht länger hinhalten. Wir sehen uns dann später.«

Die letzten Worte des Kommissars waren im Röhren des anspringenden Motors untergegangen. Perez fuhr wie eine gesengte Sau. Wegen versuchten Totschlags hätte man ihn angeklagt, wäre es auf der Fahrt über das ausgetrocknete Flussbett des Baillaury zu einem Kollateralschaden gekommen.

Erneut war die Brücke verstopft. Perez hätte vor Wut ins Steuer beißen können. Dieser verdammte Boucher, wieso musste er sich auch derart missverständlich ausdrücken? Für einen echten Banyulenc gab es nun mal nur den alten Friedhof. Nicht diesen unwürdigen Ort am Ende der Allée Josep Deloncle, an dem er endlich doch noch ankam.

So würdelos war dieses traurige Stück Land, dass es selbst einem Agnostiker die Schamesröte ins Gesicht trieb. Von den Weinbergen aus betrachtet sah dieser Friedhof aus wie eine Mülldeponie. Lieblos neben den Eisenbahngleisen gelegen, ohne einen Baum oder Strauch, ohne eine Kapelle oder einen Brunnen. Perez fragte sich, was man angestellt haben musste, um hier verscharrt zu werden.

Keine dreißig Sekunden später stand er neben Boucher und starrte fassungslos auf den Erdhaufen zu seinen Füßen.

»Aber das kann doch nicht sein ...«, stotterte er. »Ich dachte, Sie hätten Fernandel geortet.«

Boucher lachte. »*Fernando*, mein lieber Perez. In diesem Leben lernen Sie das nicht mehr. Nein, wir haben sein Handy geortet. Und zwar genau hier.« Sein Finger wies auf das frisch aufgeschüttete Grab. »Und das grenzt, meines bescheidenen Wissens, an ein kleines Wunder. Denn es muss irgendwo da unter dem Erdhaufen liegen. Jetzt ist auch klar, weshalb das Signal so schwach war. Kannten Sie vielleicht diesen Monsieur Merhaba?« Dieses Mal deutete der Finger auf das schlichte Holzkreuz.

Perez schüttelte den Kopf. »Was machen wir denn jetzt?«

»Keine Ahnung, so was hatte ich auch noch nicht. Steht nicht im Lehrbuch.«

Er wandte sich den beiden Polizisten zu, die hinter ihm standen. Alexandre Leblanc und Jacques Moskowicz. Das musste man Boucher lassen, das war eine gute Entscheidung gewesen. Hätte er Gendarmen aus seiner Wache in Port-Vendres mitgebracht, hätte das hier Folgen gehabt. So aber blieb es hübsch im Dorf. Die beiden stellten sich wahrscheinlich nicht einmal die Frage, was hier vor sich ging. Ihnen kam es auch nicht komisch vor, dass plötzlich ein Zivilist am Tatort auftauchte, solange es sich bei diesem um ihren Perez handelte. Einen ausgewiesenen Spezialisten in Ermittlungsangelegenheiten. Er würde ihnen später schon erzählen, was es zu wissen gab. Den Techniker, der noch im Wagen saß, weil dort wahrscheinlich eine Klimaanlage das Warten erträglich machte, interessierte sowieso nicht, weshalb er hier war. Er hatte das Signal aufgespürt und damit war seine Aufgabe erledigt. Jetzt spielte er auf seinem Handy wie ein Dreizehnjähriger.

»Aber …«, stieß Perez aus.

»Nichts aber. Hören Sie, Perez, da unten liegt mit hoher Wahrscheinlichkeit ein Handy, dessen Nummer Sie mir gegeben haben und das einst unserem Fernando gehört haben soll. Mehr als Ihre Vermutung haben wir leider nicht. Auf einen bloßen Verdacht hin kann ich unmöglich das Grab eines Bürgers schänden. Diese Spur endet hier – fürs Erste jedenfalls.«

»Also gibt es eine andere Möglichkeit?«

»Ich kann einen Antrag auf Exhumierung stellen. Dafür müsste ich aber einen triftigen Grund haben. Mir fällt bloß keiner ein. Ich kann jetzt allenfalls versuchen herauszufinden, wer dieser Mohammed Merhaba gewesen ist. Wer hat ihn beerdigt, wo sind seine Angehörigen und wie ist er an das Telefon gelangt? Überhaupt! Der Bestatter soll mir mal verraten, weshalb man jemanden zusammen mit seinem Mobiltelefon begräbt. Ziemlich ungewöhnlich, finde ich.«

»Was?« Perez wirkte nachdenklich. »Ja, ja, tun Sie das.« Er nickte Boucher zum Abschied zu.

Der Elsässer sprang ins Auto und rollte langsam in Richtung Dorf davon.

Noch lange, nachdem Boucher und die anderen abgezogen waren, stand Perez in Gedanken versunken am Grab von Mohammed Merhaba. Erst als er sich seine nächsten Schritte genau überlegt hatte und sicher war, keine andere Wahl zu haben, telefonierte er mit Onkel Luca.

KAPITEL 12

Tatsächlich war Luca der Onkel von Jean-Martin, wurde aber auch von allen anderen im Dorf Onkel Luca gerufen. Perez hatte sich schon öfter nach dem Grund erkundigen wollen, es aber stets vergessen.

Bereits in seinem letzten Fall war Onkel Luca in gewisser Weise die Rolle des Geheimnisträgers zugefallen. An einem delikaten Punkt der Ermittlungen hatte er ihn ins Vertrauen ziehen müssen und war nicht enttäuscht worden. In dieser ebenfalls heiklen Angelegenheit galt es nun zunächst auszuschließen, dass der Mann gläubiger Christ war, denn dann würde er mit der Aufgabe unter Umständen ein Problem haben.

Also hatte Perez während des Telefonats das Thema Kirche und Glauben unauffällig angesprochen und Luca hatte sofort angeschlagen wie ein Kampfhund. Wie erhofft, handelte es sich bei ihm um einen lupenreinen Kirchengegner. Er hatte also keinen Grund gesehen, mit seinem Anliegen länger hinter dem Berg zu halten.

Perez hatte bis zur vereinbarten Uhrzeit im *Conill* gewartet. Dabei hatte er ausgiebig gegessen und getrunken. Er unterhielt sich mit den übrigen Gästen und ließ deutlich erkennen, dass es ihm an diesem Abend nicht pressierte. Als der Patron auch dann noch sitzen blieb, als Haziem längst mit dem Aufräumen begonnen hatte, roch dieser Lunte.

»Irgendwas führst du doch wieder im Schilde«, sagte er und versuchte, aus Perez' unschuldiger Miene schlau zu werden.

»Ach was, mein Großer. Ich dachte bloß, ich leiste dir noch etwas Gesellschaft. Dein Essen war wieder einmal herausragend.«

»Gesellschaft? Redet man dann nicht miteinander? Du hast, seitdem der letzte Gast gegangen ist, kein Wort mehr gesagt. Sitzt bloß da, als würdest du auf den Bus warten.«

»Hippy, mein kleiner Freund, lass uns gehen«, sagte Perez. »Hier schätzt man unsere Anwesenheit nicht länger.«

Er stand auf, drückte seinem Freund einen Kuss auf die Stirn, was angesichts der Größenverhältnisse keine gering zu schätzende Leistung war, und zog schließlich mit seinem Hund ab. Erst ging er noch runter zum Strand, wo der Vierbeiner sich erleichterte, bevor sie sich auf die Suche nach dem Kangoo machten.

Nun wartete er bereits seit einer halben Stunde vor dem Friedhof. Die Tür des Autos stand weit offen, er hatte die Rückenlehne nach hinten gekurbelt und seine Füße auf dem Armaturenbrett geparkt. Die Sichel des Mondes beschien die Szenerie jenseits der Windschutzscheibe. Perez hörte die Glocke von Saint-Jean-Baptiste zweimal schlagen. Die vereinbarte Zeit.

Nur Minuten später vernahm er das Brummen eines Motors. Er schwang sich aus dem Kangoo und sah die Straße hinunter. Onkel Luca, fröhlich wie stets, winkte ihm vom Bock eines kleinen Baggers aus zu, bevor er Sekunden später neben ihm seine Fahrt stoppte.

»Onkel Luca meldet sich zur Stelle.« Er salutierte. »Lass uns sofort anfangen, um fünf kommt die Bereitschaft und dann sollte der Bagger wieder auf dem Hof stehen. Was du mir aber auch immer für Aufgaben stellst, du solltest dich was schämen! Welches Grab ist es?«

»Und du hast wirklich kein Problem damit? Das hier ist nicht so ganz ohne. Und falls man uns erwischen sollte ...«

»Willst du ein Schwätzchen halten oder sollen wir arbeiten?«

»Folge mir«, sagte Perez entschlossen.

Eine seltsame Kolonne war das, die sich da in Richtung der Gräber bewegte. Vorneweg ein süßer Hund, der aufgeregt hin und her sprang. Dahinter ein kleiner dicker Mann auf kurzen Beinen, dicht gefolgt von einem Minibagger, auf dem ein Mensch hockte, der Hände wie Grabschaufeln, eine Nase wie ein Warndreieck und Ohren wie ein indischer Elefant hatte. Seine Schuhe – eine gesicherte Information von Jean-Martin – musste er im Internet bestellen und selbst dort war es schwierig, Größe vierundfünfzig zu finden. *Akromegalie,* Riesenwuchs, so nannte man diese chronische Vergrößerung der Extremitäten. Auch das war eine Information seines Schwiegersohns.

»Hier ist es«, rief Perez über die Schulter hinweg und machte Platz für die Schaufel des Baggers.

»Mohammed Merhaba«, las Onkel Luca auf dem Holzkreuz. »Wer soll das sein?«

»Willst du jetzt noch diskutieren? Fang an, bevor es dämmert.«

»Zieh das Kreuz raus, leg es auf die Seite und halt die Klappe.«

In den nächsten Minuten hörte man nur den Bagger seine Arbeit verrichten. Er quietschte und ächzte. Wenn sich die Schaufel, gefüllt mit Erde, hob, fürchtete Perez, das Gerät würde kopfüber in die Grube stürzen. Bald zeigte ein hohles Klopfgeräusch an, dass sie auf etwas gestoßen waren.

»Hoppla«, sagte Luca und sprang vom Bock. »Was für eine warme Nacht«, ergänzte er, als schändeten sie nicht gerade ein Grab, sondern säßen entspannt mit ein paar Drinks vor einer Bar.

Perez kratzte sich am Kopf. Angesichts des verschlossenen Sargs zu seinen Füßen wusste er gerade nicht mehr so recht, ob das alles eine gute Idee gewesen war. Er verharrte untätig.

Nicht so Onkel Luca. Furchtlos stieg er in das ausgehobene Loch.

»Billigmodell«, hörte Perez ihn auf dem Grund der Grube murmeln. »Kannst du mir mal leuchten? An der Seite vom Bagger klemmt eine Lampe.«

Im Licht der Taschenlampe verfolgten Perez und Hippy atemlos, wie Luca sich an den Scharnieren zu schaffen machte.

»Die einfachste Zigarrenkiste, in der man Menschen verscharren kann. Monsieur Merhaba war kein reicher

Mann. Oder seine Witwe war zu geizig, ihm ein Erste-Klasse-Ticket zu spendieren.« Onkel Luca lachte laut. Perez ahnte, dass er Witzchen machte, um dieser Arbeit überhaupt gewachsen zu sein. »Bist du dir immer noch sicher, Perez?«, hörte er ihn fragen.

Er nickte, was der Mann in der Grube im Gegenlicht der Taschenlampe unmöglich sehen konnte. »Na, mach schon«, rief er nach unten. »Bringen wir es hinter uns.«

Luca stieß den Deckel auf und stand nur einen Sekundenbruchteil später wieder neben Perez am Rand des Grabes. Für einen Mann seiner Größe war er erstaunlich gelenkig.

»Pfui Teufel!«, stieß er aus. »Dieser Gestank. Nicht auszuhalten.«

Hippy quietschte einmal und lief rückwärts in Richtung Kangoo.

Perez blieb stumm, starrte mit offenem Mund auf die sterblichen Überreste des Menschen im Sarg.

»Sieht der da für dich wie ein Mohammed Merhaba aus?«, flüsterte er.

»Wenn du mich fragst«, antwortete Onkel Luca mit einem leichten Zittern in der Stimme, »dann sieht Monsieur Merhaba Jesus Christus ähnlicher als dem Propheten Mohammed. Allein schon wegen der langen Haare und des Barts.«

»Hatte Mohammed auch. Aber ich weiß, was du meinst.«

»Und diese weißen Klamotten ...«

»Das da unten ist ganz sicher nicht Mohammed Merhaba, sondern ein Mann namens John Fernando, genannt Speedy.«

»Gib mir mal die Lampe«, sagte Onkel Luca in diesem Moment.

Er sprang zurück in die Grube. Die riesige Nase in die Armbeuge gedrückt, richtete er den Lichtstrahl auf die Brust des Toten, der nicht den Eindruck machte, als wäre er für seine letzte Reise fachmännisch präpariert worden.

»Siehst du das?«, fragte Luca in Richtung Perez.

»Nicht richtig. Aber ich vermute, es ist getrocknetes Blut, das durch ein Loch in seiner Brust ausgetreten ist?«

»Bist du Hellseher?«

»Manchmal schon. Ich kann dir sogar sagen, was das Loch verursacht hat. Ein sehr scharf gefeiltes Kruzifix.«

»Ein Kreuz? Soll das ... so was wie ein Zeichen sein? Ist ja wie im Kino.«

»Genau. Mach mal Platz.«

Perez sprang und landete neben Luca, der ihn festhielt, damit er nicht zu Fernando in den Sarg stürzte. Der Gestank hier unten war tatsächlich schwer zu ertragen.

»Was soll das jetzt?«, fragte Luca.

»Wer A sagt, muss auch B sagen.« Mit diesen Worten griff Perez dem Toten in die Hosentasche. Als er die Hand zurückzog, hielt er das Mobiltelefon zwischen den Fingern.

»Du weißt mehr, als du mir gesagt hast, das steht fest. Kennst du den Typen?«

»Kennen wäre zu viel gesagt. Obwohl, bei all den Geschichten über ihn, die ich in der vergangenen Woche in Erfahrung gebracht habe, könnte man uns fast als Bekannte bezeichnen. Nur ein Freund von mir, das wäre er wohl nie geworden. Schlechter Charakter, wenn du verstehst, was ich meine.«

»Ein Arschloch?«

»Und was für eins. Raus hier, hilf mir mal.«

Onkel Luca schob die Finger seiner beiden Pranken ineinander, sodass eine Trittfläche entstand. Perez wollte eben seinen Fuß hineinsetzen, als er mitten in der Bewegung innehielt.

»Was ist das denn da?« Er deutete mit dem Kinn auf etwas neben der Leiche, das das Licht reflektierte.

Onkel Luca griff danach, zog daran und hielt eine Plastiktüte mit der Aufschrift *Carrefour* in den Händen.

»Welche Religion war das noch mal«, fragte er, »die ihren Toten Essen und Getränke für die Reise ins Jenseits in den Sarg packt?«

Perez entnahm der Plastiktüte ihren Inhalt und hielt ihn in die Höhe.

»Verrückt«, sagte Onkel Luca. »Von einer Sekte, die an Videorekorder im Jenseits glaubt, habe ich bislang noch nichts gehört.«

KAPITEL 13

Es war Schlag fünf, als er Marianne aus dem Bett klingelte. Kurz darauf hatten sie den alten Videorekorder vom Dachboden geholt und ihn an den Fernseher angeschlossen.

Sie legten die Kassette ein und warteten gespannt, was zu sehen sein würde. Noch vor dem ersten Bild durchbrach ein quietschendes Geräusch die Stille des Zimmers. Schnell stellte Perez den Fernsehapparat leiser. Er sah über die Schulter, Stéphanie schlief in ihrem Zimmer und dort sollte sie auch bleiben.

Während das Video lief, saßen Marianne und Perez bewegungslos nebeneinander auf dem Sofa, nach ein paar Minuten griff sie nach seiner Hand. So verharrten sie, auch nachdem das Band zu Ende gelaufen war. Erst ein Geräusch hinter ihnen brachte sie zurück in die Realität.

Die ungewohnt frühe Aktivität in der Wohnung hatte Stéphanie wohl aufwachen lassen. Und leider hatte sie das Geschehen auf dem Fernseher von der Tür aus mitverfolgt.

»Oh Gott«, flüsterte Marianne und nahm ihre Tochter in den Arm.

Um sechs Uhr, draußen war es inzwischen hell und die

Sonne schien ins Zimmer, saßen die drei wie versteinert vor dem rauschenden Bildschirm.

Stéphanie weinte. Auch ihrer Mutter liefen Tränen über die Wangen. Perez saß vornüber gebeugt da, das Gesicht in den Händen vergraben.

Als er hochsah, stand in seinen Augen der gleiche Ausdruck wie in Mariannes: Ungläubigkeit, Ohnmacht, Wut.

»So was ...«, hob er mehrfach an, brachte den Satz aber nicht zu Ende. Er sprang auf, um sich ein wenig Bewegung zu verschaffen. Das Zimmer war klein. Nach drei Schritten in die eine Richtung machte er auf dem Absatz kehrt und ging wieder zurück. Er öffnete das Fenster, stieß die Flügel weit auf, rauchte eine Zigarette, bevor er seine Runde wiederholte.

»Das übertrifft meine schlimmsten Vorstellungen«, sagte er schließlich.

Marianne sah ausdruckslos an ihm vorbei in das frühe Blau des Himmels. Eine Hand ruhte auf Stéphanies Schulter, mit der anderen strich sie ihrer Tochter, die das Gesicht in ihrem Schoß verbarg, über das Haar.

Die Kamera in dem Video war auf einen Tisch und einen leeren Stuhl gerichtet gewesen. An der Wand dahinter die Fotografie einer Seenlandschaft. Massenware.

Dann war eine Frau ins Bild gekommen, hatte sich auf den Stuhl gesetzt und den Blick direkt in die Kamera gerichtet. Zu Beginn hatte man Mühe, sie zu verstehen.

Die Frau sprach monoton, ruhig, als stünde sie unter Drogen.

»Man nennt mich Jeanne Fillion«, begann sie. »In

Wirklichkeit aber heiße ich Jean Mullen, ich bin die Tochter von Richard Mullen, dem geistigen Oberhaupt der *Disciples de Dieu* oder *Disciples of God,* wie wir eigentlich heißen. Mein Vater lässt sich *Père* rufen, manchmal wird er auch *Moses* genannt. Das hier ist meine Geschichte.«

Was folgte, war die Nacherzählung einer zerstörten Kindheit und Jugend. Sexuelle Übergriffe, psychische Folter und körperliche Züchtigungen, die alles Vorstellbare weit übertrafen. Jeanne bezichtigte ihren Vater unzähliger Verbrechen, an Kindern ebenso wie an Erwachsenen. Und dann gestand sie den Mord an John Fernando. Sie habe ihm das Kruzifix ins Herz gerammt. Er sei vor ihren Augen verblutet.

»Was?«, rief Perez.

Fernando, genannt Speedy, sei ihr Erzieher und ihr Aufpasser gewesen, eingesetzt von ihrem Vater. Auf dessen Geheiß hin habe Fernando sie als ganz junges Mädchen in die »Kunst der Liebe« eingeführt. Ein siebenjähriges, unschuldiges Mädchen und ein Mann, der damals schon Ende zwanzig gewesen sein musste.

Jeanne legte Zeugnis ab vom täglichen Leben in der Sekte. Nichts, was Perez nicht schon im Dossier gelesen hätte, und doch erschütterte ihn dieser Bericht einer Betroffenen zutiefst. Was das Video aber zu einer unerträglichen Belastung machte, war sein Ende.

»Ich hatte schon so viele Namen«, sagte Jean Mullen alias Jeanne Fillion in die Kamera. »Geboren wurde ich auf Gran Canaria. Papiere besitze ich nicht. Ich existiere als Mensch ausschließlich innerhalb der Sekte, außerhalb von ihr bin ich ein Phantom. Genau wie mein Vater.

Er heißt Richard Mullen, alias Moses, alias Père. Vor etwas mehr als zehn Jahren hat er sich mit seiner Frau und einer meiner Schwestern abgesetzt. Niemand von uns, bis auf John, der zum Schweigen verurteilt war, kannte seinen Aufenthaltsort, bis Ambre eines Tages zu uns zurückkam. Unsere kleine Ambre, die am Anfang noch hinter den Zielen der Sekte stand, aber John nicht mit Tabitha teilen wollte, erst recht nicht mehr, als die Kinder kamen. Irgendwann waren wir drei uns einig, dass es so nicht weitergehen durfte. Unser Vater hat unser aller Leben zerstört. Wir Schwestern schlossen einen Pakt, jede von uns erhielt eine Aufgabe. Meine war es, John zu richten. Tabitha, seine Frau, wird ihm hoffentlich irgendwann folgen. Meine Schwestern und ich wollen nicht länger schwach sein. Wir werden diejenigen töten, die an allem schuld sind. Was mit uns geschieht, ist uns egal. Wir leben zwar, sind aber nicht lebendig. Ich möchte nicht länger auf dieser Erde sein, unter Menschen, die schlimmer als die wildesten Tiere sind. Deshalb verabschiede ich mich jetzt von meinen geliebten Geschwistern. Ich mache Schluss, bevor Tabitha mich doch noch findet. Thérèse und Ambre, ich liebe euch, wir sehen uns in einer besseren Welt wieder. Bitte verzeiht mir diesen Schritt.«

Mit diesen Worten hielt sie sich eine Waffe an den Kopf und drückte ab. Der letzte Moment vor dem Knall zeigte ein Lächeln, als wäre der Tod das erste Schöne in ihrem Leben.

KAPITEL 14

Marianne redete leise auf Stéphanie ein. Das Mädchen hielt die Hände aufs Gesicht gepresst und schüttelte immer wieder den Kopf. Sie musste ihrer Tochter bei der Verarbeitung des gerade Gesehenen helfen. Und dazu beitragen, dass sich die Bilder nicht in ihrem Kopf festfraßen. Noch fand sie keinen Zugang zu Stéphanie, weil das Mädchen sie nicht an sich heranließ.

Derweil verzweifelte Perez an seiner Spezies. Menschen taten Dinge, zu denen Tiere niemals imstande wären, da hatte Jeanne schon recht. Ein Hirsch verhielt sich immer wie ein Hirsch, eine Katze wie eine Katze. Nur der Mensch war in seiner Grausamkeit unberechenbar. Nur er ging so weit, dass er verletzte und tötete, körperliche und seelische Schäden zufügte, ohne selbst bedroht zu sein.

Mit Mühe gelang es ihm, die allgemeine Weltverdrossenheit abzuschütteln, in die ihn der Film getrieben hatte. Im Kopf ging er die einzelnen Szenen noch einmal durch. An einem Satz, den Jeanne kurz vor ihrem Selbstmord gesagt hatte, biss er sich schließlich fest: »Ich mache Schluss, bevor Tabitha mich doch noch findet«, hatte sie gesagt. Er verstand ihn erst, als er das Puzzle neu zusammensetzte.

In diesem Augenblick klingelte sein Telefon.

Boucher.

Perez atmete einmal tief durch, bevor er das Gespräch annahm.

Die Stimme des Elsässers überschlug sich fast, so wütend war er. Der Friedhofsgärtner hatte vor wenigen Minuten das Grab mit dem offenen Sarg gefunden und sofort die Polizei verständigt. Die Polizisten von Banyuls informierten die Kollegen aus Port-Vendres und die wiederum ihren Chef.

Und natürlich musste Boucher nicht lange überlegen, wem er diesen »Scheißdreck«, wie er sich ausdrückte, zu verdanken hatte.

»Stopp«, wies Perez ihn zurecht, nachdem er den Vorwürfen eine Weile gelauscht hatte. »Ich habe damit nichts zu tun, jedenfalls nicht offiziell. Kommunizieren Sie der Presse zunächst, dass es sich wahrscheinlich um die Tat von Grabräubern handelt. Das ist die Version, bis Sie mit der vollen Wahrheit rausrücken dürfen.«

»Und die wäre?«, bellte der Elsässer heiser.

»Bitte unterbrechen Sie mich in den nächsten Minuten ausnahmsweise einmal nicht. Ich erkläre Ihnen jetzt, was genau sich ereignet hat, auch wenn es noch viele offene Fragen gibt. Danach kommen Sie bei Madame Finken vorbei und ich übergebe Ihnen eine Videokassette, das Handy von diesem Fernando und außerdem noch ein schwarzes Seidentaschentuch, das sich seit einiger Zeit im Besitz meines Hundes befindet. Dieses Taschentuch lassen Sie bitte auf DNA-Spuren untersuchen, ich hoffe, Hippys Speichel hat nicht alles zerstört. Danach sichern

Sie die DNA von John Fernando, denn der liegt in dem Sarg, nicht Mohammed Merhaba, verstehen Sie?«

Er machte eine kurze Pause. Boucher schnaufte.

»Weiter im Text: Die Tote von Montpellier heißt in Wahrheit Jean Mullen und ist die Tochter des Sektenführers Richard Mullen alias Père. Die DNA von John Fernando sollte derjenigen entsprechen, die Ihre Kollegen auf ihrer Leiche gefunden haben. Das fremde Blut, Sie erinnern sich? Ein *Match,* wie Sie es ausdrücken würden. Jean hat ihn umgebracht, was sie in dem Video gesteht. Zuerst ihn und dann sich selbst, vor laufender Kamera. Ein schrecklicher Film, ich muss Sie wirklich davor warnen.«

Am anderen Ende der Leitung hörte man Boucher nicht einmal mehr atmen.

»Die Frau von der Hütte«, fuhr Perez fort, »Tabitha, sie war die Ehefrau von John Fernando. Sie hat – das ist meine Interpretation, dafür habe ich keine Beweise – Jean Mullen und ihren getöteten Ehemann irgendwo aufgespürt. Um die Tat zu verhindern, kam sie offensichtlich zu spät, versuchte aber, das Ganze zu vertuschen, indem sie beide vom Tatort entfernte. Jean hat sie in der Pampa abgelegt und Fernando anschließend in Banyuls mithilfe von Pater Johannes verscharrt. Sie werden sehen, dass kein professioneller Bestatter die Leiche angefasst hat. Fernando ist übrigens, wie schon Pater Johannes, mit einem Kruzifix ermordet worden. Das Kreuz liegt nicht bei der Leiche, aber Jean hat es im Video erwähnt und die Wunde erscheint mir eindeutig. Warum hat Tabitha ihren Mann hier bei uns beerdigt, habe ich mich gefragt? Hatten er oder sie eine Verbindung zu Banyuls? Vielleicht ist der Grund profan, vielleicht war die Beerdigung hier durch den Pater relativ leicht zu bewerkstelligen. Wer weiß das schon? Ist am Ende auch nicht wichtig.«

Eine erneute Pause, in der Boucher noch immer sprachlos blieb.

»Et bien! Das war dieser Strang. Alles was jetzt kommt, fällt in den Bereich der Spekulation. Aber es müsste sich ungefähr so abgespielt haben. Jean Mullen erwähnt im Video ihre Schwestern. Eine davon ist Thérèse Berger, die Herointote aus Saint-Jean-Baptist. In Wirklichkeit hieß sie Thérèse Mullen. Die Schwestern sind auf einer Art Rachefeldzug, und wenn Sie das Video gesehen haben, Boucher, werden Sie deren Taten wahrscheinlich insgeheim sogar nachvollziehen können. Jean hat sich um ihren ehemaligen Peiniger John Fernando gekümmert, die Erklärung gibt das Video. Ihre Schwester Thérèse richtete Pater Johannes, warum, wissen wir nicht. Tabitha, die Aufräumerin, scheint mir so was wie die Frau fürs Grobe innerhalb der Sekte zu sein. Allerdings kam sie gleich zwei Mal zu spät, um die Blutrache der Schwestern zu verhindern: Der, den sie beschützen sollte, war bereits tot. Einen Unterschied zwischen den Fällen gibt es dennoch. Thérèse lebte noch, als Tabitha die Kirche betrat. Hier kommt das Seidentuch meines Hundes ins Spiel. Tabitha hat es verloren, als sie hinter dem Sarg durch die Straßen von Banyuls gelaufen ist. Hippy hat es sich geschnappt und kaut seither darauf herum. Trotzdem sollte man darauf noch Tabithas DNA sicherstellen können. Ist es dieselbe, die man unter den Fingernägeln der Toten gefunden hat, sollte das ausreichen, um sie des Mordes zu überführen. Thérèse Mullen mag eine Fixerin gewesen sein – eine Weltflucht, die man als Reaktion auf das, was man ihr angetan hat, durchaus nachvollziehen kann –, den letzten Schuss, da bin ich mir nahezu sicher, den hat sie sich nicht selbst gesetzt. Warum Tabitha nicht versucht hat, auch die Morde in der Kirche zu verschleiern, weiß ich nicht. Ich vermute, sie wurde von uns gestört. Jean-Martin, mein Schwiegersohn, und ich haben die Kirche betreten, bevor sie mit dem Aufräumen beginnen konnte. Vermutlich ist sie dann schnell abgehauen, ohne dass wir sie bemerkt haben. Diese Kirche ist ja etwas anders konstruiert als andere. Sie besteht aus zwei miteinander verbundenen Gebäuden. Der Gebetsraum kann durch eine verschiebbare Wand zweigeteilt werden. Deshalb steht der Altar auch in der Mitte, zudem gibt es viele Türen, die hinein- oder hinausführen. So, Monsieur le Commissaire, nun dürften Sie und Ihre Kollegen in Perpignan genug gegen die Sekte in der Hand haben, um das Nest in Orlu auszuheben.«

Für einen weiteren Moment blieb die Leitung stumm.

»Und die dritte Schwester? Wer steht auf ihrer Liste? Wen soll sie beseitigen?«, fragte der Kommissar dann tonlos.

Perez sah in diesem Augenblick hinüber zu Marianne, sie war aufgesprungen. In den Händen die CD, die ihm der Pfarrer von Sainte-Marie zugesteckt hatte. Aufgeregt deutete sie auf das Cover. Perez nickte ihr zu.

»Wenn Sie erlauben«, sagte er in das Mikrofon seines Mobiltelefons, »liefere ich Ihnen den Rest der Geschichte später. Vielleicht sogar zusammen mit dem lange gesuchten Sektenführer. Fürs Erste sollten Sie die ungeliebten Kollegen ausreichend beeindrucken können. Die werden ausrasten. Bravo, Monsieur Boucher, gut gemacht. Ich melde mich bei Ihnen. Vielleicht brauche ich vor der endgültigen Auflösung des Falls noch einmal Ihre Hilfe.«

KAPITEL 15

»Ich muss los«, sagte Perez. »Kommt ihr ohne mich klar?«

»Wohin willst du?«, fragte Marianne. Stéphanie drehte sich ihm ebenfalls zu. Das Weiß ihrer Augen war blassrosa wie die Morgendämmerung über Banyuls.

»Ambre retten, bevor es zu spät ist.«

Wenn es nicht bereits zu spät ist, hatte er hinzufügen wollen. Aber wozu die Niedergeschlagenheit der beiden noch befeuern?

Marianne hob fragend die CD in die Höhe, Perez nickte erneut grimmig.

»Das ist sehr schwer zu akzeptieren, unfassbar. Seit wann wusstest du es?«

Er zuckte die Schultern.

»Du kannst keinesfalls allein dorthin«, sagte sie.

»Das stimmt. Ich brauche Alain.«

»Pereira?«

»Er hat gewisse Möglichkeiten und Kontakte, die mir fehlen. Und ich weiß, dass er auch schwierige Situationen meistern kann.«

Während er die letzten Worte sprach, griff er bereits zum Telefon.

Pereira war nicht begeistert, zu dieser frühen Stunde gestört zu werden. Als ihm Perez aber den Grund seines Anrufs dargelegt hatte, sprang der Spanier sofort in seinen Wagen.

Während des Telefonats hatte sich Stéphanie aufgerichtet. Jetzt saß sie kerzengerade neben ihrer Mutter und wischte sich energisch die Tränen aus den Augen.

»Ich komme mit«, sagte sie, um eine feste Stimme bemüht.

Keine Frage, erst recht keine Bitte, eine klare Ansage, die keinen Widerspruch duldete.

Marianne sah sie lange an, schien zu überlegen.

»Dann lasst uns fahren«, sagte sie schließlich.

Sie trafen Alain Pereira auf dem Parkplatz unterhalb des Musée Maillol. Hintereinander fuhren sie hinauf in die Weinberge. Es war nur ein kurzer Weg bis zu dem Haus am Ende der Straße, das, wie schon bei Perez' erstem Besuch, scheinbar verlassen dalag.

Hippy wurde angewiesen, im Wagen zu bleiben. Er verhielt sich ruhig. Der Ernst der Lage schien selbst dem kleinen Kerl klar zu sein.

Das Glockenspiel jenseits der Mauer klimperte aufgeregt. Wind war aufgekommen, über dem Meer braute sich ein Gewitter zusammen. Es würde die ersehnte Abkühlung bringen.

»Soll ich vielleicht zuerst reingehen?«, fragte Stéphanie. »Ich bin sicher, dass sie mir nichts tun wird.«

Die Erwachsenen blickten sich zweifelnd an.

»Glaubt ihr, dass sie uns gefährlich werden kann?«, fragte Marianne.

»Eigentlich nicht«, sagte Perez. »Aber niemand von uns weiß, was uns hinter diesen Mauern erwartet. Ich fände es besser, ihr würdet Alain und mir das Feld fürs Erste überlassen.«

Pereiras Gesichtsausdruck legte nahe, dass er sich lieber der abwartenden Gruppe angeschlossen hätte. Perez selbst war auch mulmig zumute.

»Du wirst da nicht als Erste reingehen, mein Schatz«, sagte Marianne nun entschlossen an ihre Tochter gewandt. »Auf gar keinen Fall. Sag du bitte auch was, Perez.«

»Habe ich ja schon. Ist eine schwierige Situation. Wenn ich wirklich glauben würde, dass von Ambre eine Gefahr ausgeht, hätte ich Boucher mitgenommen. Je länger ich darüber nachdenke, desto besser finde ich Stéphanies Idee. Die beiden stehen sich nahe. Ihr wird sie ganz sicher nichts tun.«

Sie überlegten noch einen kurzen Augenblick, bevor sie sich darauf einigten, dass sie alle mehr oder minder gleichzeitig reingehen würden, dass sich die Erwachsenen aber zu Beginn im Hintergrund halten würden.

Sie fanden das Gartentor unverschlossen.

Stéphanie zögerte nicht, mutig schritt sie voran. »Hallo, jemand zu Hause?«, rief sie, bevor sie schließlich gegen die Haustür klopfte. Als niemand antwortete, holte sie sich mit einem kurzen Blick über die Schulter Perez' Einverständnis, dann drückte sie die Klinke nieder.

Auch die Haustür war unverschlossen.

Stéphanie stieß sie auf, verharrte aber auf der Schwelle.

Mitten im Raum stand ein langer Refektoriumstisch aus massiver Eiche. Um ihn herum einfache Stühle. Sechs an jeder Seite. Am Kopfende sahen sie eine Art hölzernen Thron mit hoher Rückenlehne. Perez erkannte den Stuhl des Sektenführers, der auf dem Cover der CD abgebildet war. Vier der anderen Stühle waren besetzt.

Das Bild, das sich ihnen bot, hätte friedlicher nicht sein können. Vater, Mutter und zwei Kinder am Frühstückstisch. Die Kleinen starrten die Eindringlinge ungeniert an, während Ambre nur kurz den Kopf hob, bevor sie seelenruhig weiteraß.

An ihrer Seite saß ein junger Mann, er war etwa im gleichen Alter und blickte stumm auf den Teller. Perez vermutete, dass es sich um den Vater der Kinder handelte. Andererseits war Ambre zum Zeitpunkt ihres Verschwindens mit John Fernando liiert gewesen, also könnten sie auch von ihm sein. Eine Erinnerung durchzuckte ihn. Hatte der Arzt in Perpignan nicht gesagt, dass Ambre erst vor Kurzem entbunden habe?

Als hätte das Baby, das in einer Trage jenseits des Tisches lag, Perez' Gedanken vernommen, meldete es sich in diesem Augenblick mit einigen juchzenden Lauten.

Er atmete einmal tief durch und schob dann Stéphanie sanft nach vorne. Sie zögerte kurz, dann aber ging sie die wenigen Schritte auf den Tisch zu.

Ohne Scheu legte sie Ambre die Hand auf die Schulter. Die verzog den Mund zu einem Lächeln, sie wirkte eher überrascht als aggressiv. Sie machte fast einen glücklichen Eindruck, als wäre nichts passiert. Und genau das machte

Perez Angst. Sie benötigte dringend psychologische Hilfe, je schneller, desto besser. Und ein paar Sitzungen würden in ihrem Fall nicht ausreichen. Aber genau aus diesem Grund war Alain Pereira dabei, darum würde er sich kümmern.

»Geht's dir gut?«, fragte Stéphanie.

Ambre nickte. »Das sind Jonathan und Louise, meine Großen«, sagte sie und sah die beiden Kinder liebevoll an. »Und meine Jüngste, Jolie. Ist sie nicht süß?«

Stéphanie ging um den Tisch herum und kniete sich neben die Trage.

»Voll süß«, sagte sie, nachdem sie wieder aufgestanden war. »Wie alt?«

»Elf Monate und dreizehn Tage. Und das ist Harold, einer meiner Brüder.«

»Wie cool, dann kenne ich ja jetzt deine ganze Familie.«

Harold sah noch immer auf seinen Teller. Ein schmaler junger Mann mit grob geschnittenem Gesicht und für sein Alter erstaunlich wenigen Haaren auf dem Kopf. Dafür trug er einen Kinnbart, der ihm einen altmodischen Anstrich verlieh.

»Nein«, sagte Ambre bloß.

»Nein? Wie viele Geschwister hast du denn?«

»Ich weiß es nicht«, flüsterte sie. »Vielleicht zehn oder mehr.«

»Oh je, deine arme Mutter«, sagte Stéphanie fröhlich.

»Wir haben viele Mütter.«

»Ach so. Okay …«, sagte sie gedehnt und fügte schnell hinzu: »Ist ja jetzt auch nicht so wichtig.«

»Ist eine von deinen Müttern hier? Oder dein Vater?«,

fragte Perez in diesem Moment. Er trat einige Schritte vor.

Es wirkte, als hätte niemand am Tisch seine Frage gehört. Jedenfalls erhielt er keine Antwort. Ambre biss ein Stück Baguette ab, die Kinder schauten ihr beim Kauen zu und Harold musterte weiterhin das Dekor des Porzellans. Ab und an tranken Louise und Jonathan einen Schluck Milch.

»Ich bin so froh, dass du wieder sprechen kannst«, sagte Stéphanie. »Ich habe so viele Fragen. Was ist da neulich mit dir in den Bergen passiert? Bevor Perez dich gefunden hat. Du warst völlig dehydriert. Bist du gestürzt oder so?«

Stéphanie erhielt ein Lächeln als Antwort. Es genügte ihr nicht.

»Und ich habe mich gefragt, wie ihr das mit dem Auto auf dem Parkplatz von Villefranche organisiert habt? Du musst gewusst haben, dass zwei deiner Kinder auf dem Canigou sind. Wie konntest du dir sicher sein, dass wir dich mitnehmen würden? Das kommt mir einerseits alles geplant vor, andererseits könnte es aber auch der totale Zufall sein.«

Ambre reagierte nicht. So, als wäre sie inzwischen nicht bloß stumm, sondern auch taub geworden.

»Harold hat dir geholfen, so muss es gewesen sein. Er hat das Auto bereitgestellt und deine jüngste Tochter Jolie irgendwie aus den Fängen der Sekte befreit. Oder haben deine Eltern damit etwas zu tun? Wo sind sie eigentlich?«

Perez bemerkte, wie eine Veränderung mit Ambre vorging. Ihre Muskeln strafften sich und sie ballte die Fäuste.

Zeit einzuschreiten. Er trat noch einen Schritt näher, bis er direkt neben seiner Tochter stand. Ambre murmelte etwas, was er kaum hörte.

»Was sagst du?«, fragte Stéphanie.

»Sie sind unten«, wiederholte Ambre deutlich lauter. Dabei schlug sie die geballten Fäuste auf die Tischplatte. Die Kinder duckten sich, Harold sah zum ersten Mal auf. Die Angst stand ihm ins Gesicht geschrieben.

»Deine Eltern?«

»Unten!«

»Dein Vater, Père? Richard Mullen ist unten im Keller?«

»Er ist böse.«

»Dürfen wir mal nach ihm sehen?«, fragte Perez und machte Pereira ein Zeichen, sich bereitzuhalten.

Er bekam keine Antwort. »Versuchen wir es«, flüsterte er und nahm Blickkontakt zu Marianne auf, die sich noch immer im Hintergrund hielt. Sie verstand auf der Stelle. Während die beiden Männer nach Mullen suchten, würden Stéphanie und sie sich um Ambres kleine Familie kümmern.

Vorsichtig einen Fuß vor den anderen setzend, stiegen Perez und Pereira die Steintreppe in den Keller hinab. Die erste Überraschung bestand in der schieren Größe des alten Gewölbes, die Grundfläche war deutlich größer als die des darüberliegenden Haupthauses. Perez dachte an den Stollen seines Vaters, der sich nebenan befinden musste. Wahrscheinlich hatte es sogar mal eine Verbindung gegeben. Früher hatten hier die Schmuggler ihre Waren versteckt.

»Hallo«, rief er in das Gewölbe hinein. Das Wort wurde von den Wänden zurückgeworfen und hing ein, zwei Sekunden im Raum, bevor es erstarb.

Die beiden Männer sahen sich an, Pereira zuckte die Schultern und deutete mit dem ausgestreckten Zeigefinger auf den Stollen vor ihnen. Trotz der schlechten Sichtverhältnisse war eine Krümmung des Ganges deutlich zu erkennen. Perez zog sein Handy aus der Tasche und schaltete die Taschenlampenfunktion ein. Pereira tat es ihm gleich. Dann erst schritten sie voran.

Hinter der Biegung tauchten rechter Hand einzelne Abteile auf, die durch ein Drahtgitter voneinander getrennt waren. Jeder dieser Verschläge hatte eine aus Eisenstreben und Holz bestehende Tür, die durch ein Vorhängeschloss gesichert war.

Hinter den ersten drei Türen lagerte Wein in Tonröhren. Perez hatte nicht die leiseste Idee, um welchen Wein es sich dabei handelte. Wenn später noch Zeit bliebe, würde er sich um diese Nebensächlichkeit kümmern – allein schon aus beruflicher Neugierde. Er hoffte, dass sein Vater Antonio seine Finger nicht im Spiel hatte.

Jetzt aber drängte es ihn vorwärts. Der vierte Raum war bis auf ein paar schimmelige Kartons leer. Zwei blieben noch, bis ein schmiedeeisernes Wappen an der Mauer das Ende des Stollens markierte. Der nächste Verschlag stand offen. In der hinteren Ecke lehnten Skibretter an der Wand. Daneben standen zwei riesige Seemannskisten sowie Koffer in Normalgröße und eine Aluminiumleiter.

Man merkte ihren Bewegungen die Anspannung an.

Sie hoben die Taschenlampen und näherten sich vorsichtig dem letzten Käfig.

Der Raum war vollkommen leer.

»Scheiße«, fluchte Perez. »Was jetzt?«

Er sah sich zu seinem Freund um. Pereira stand schon nicht mehr hinter ihm.

»Wo steckst du?«

»Hier drüben«, rief der Spanier.

Perez fand ihn vor dem Skilager. Der Strahl seiner Taschenlampe ruhte auf einer Gruppe von Ratten. Die kamen bekanntlich nur, wenn es etwas zu fressen gab. Die Männer blickten sich unsicher an.

Ein Schritt in den Raum hinein, die Ratten stieben davon.

»Sei mal still!«, sagte Pereira, den Zeigefinger auf die Lippen gelegt. »Hast du das gehört?«

Perez hielt den Atem an. Dann hörte auch er es. Das Geräusch schien von irgendwo unter ihnen zu kommen. Schnell bückte er sich zu den Koffern und schob sie ebenso beiseite wie das große Stück Pappe, auf dem sie gestanden hatten. Eine Bodenklappe wurde sichtbar. Die Spuren im Staub zeigten an, dass sie in letzter Zeit bewegt worden war.

»Und du meinst ...?«

»Ich weiß es nicht. Es gibt nur einen Weg, es herauszufinden ... Du oder ich?«

»Mullen«, rief Perez. »Sind Sie da unten?«

Keine Antwort.

»Na, dann mal los!«

Pereira griff nach dem Eisenring und zog, knarrend öffnete sich die schwere Klappe.

Perez trat vor und leuchtete in die Tiefe. Sofort sprang er wieder zurück. Ein fürchterlicher Gestank nach Exkrementen quoll aus dem Loch. Die beiden Männer drückten die Nase in die Armbeuge, bevor sie einen erneuten Blick wagten.

Etwa drei Meter unter ihnen lagen ein Mann und eine Frau. Zuerst sah es aus, als wären sie tot. Dann zuckte das rechte Bein des Mannes kaum merklich. Er stöhnte, es war nun laut und deutlich vernehmbar.

»Mullen?«, rief Perez erneut.

»Er ist nicht tot«, sagte Pereira erleichtert. »Er bewegt sich.«

»Sie auch. Siehst du es? Gott sei Dank!«

»Verdammt, wie sollen wir die da rausbekommen? Das schaffen wir nie.«

»Und wer weiß, ob man sie bewegen darf, vielleicht sind sie am Rücken verletzt. Wir müssen die Polizei und einen Notarzt rufen. Ich hoffe nur, dass die beiden am Leben bleiben – für Ambre.«

»Wie sind sie da bloß hinuntergekommen? Freiwillig werden sie wohl kaum die Leiter benutzt haben. Meinst du, Ambre hat sie ...?«

»Hast du die Teller und die Tassen gesehen? Sie wurden mithilfe dieses Stricks ...«, Perez deutete auf ein an der Klappeninnenseite befestigtes Tau, »mit Nahrung versorgt.«

»Immerhin wurden sie verpflegt.«

»Was darauf hindeutet, dass man sie nicht töten wollte, oder zumindest noch nicht. Vielleicht sollten sie auch noch ein wenig leiden, bevor ... Egal, das ist erst einmal nicht so wichtig. Wenn sie am Leben bleiben, kann ich mit Boucher verhandeln. Wenn nicht, wird es deutlich schwerer, auch für mich. Mord kann ich mit meinem Gewissen nämlich nicht vereinbaren, auch wenn die Opfer furchtbare Verbrechen begangen haben. Ich glaube fest daran, dass sie am Leben bleiben, basta! Und damit kommt jetzt dein Einsatz, Alain. Wir haben keine Zeit mehr zu verlieren.«

In der Wohnküche des Landhauses sahen Stéphanie und Marianne ihnen erwartungsvoll entgegen. Perez hielt sich nicht mit Erklärungen auf. Zügig ging er direkt auf Ambre zu und kniete sich neben ihren Stuhl.

»Ambre«, sagte er, sichtlich bemüht, ruhig zu klingen. »Wir haben eure Eltern unten gefunden, sie sind am Leben. Wir werden uns um alles Weitere kümmern. Ihr müsst jetzt so schnell wie möglich hier verschwinden. Packt zusammen, was ihr braucht, mein Freund Alain bringt euch dann rüber nach Spanien, in ein kleines Haus am Meer. Dort seid ihr fürs Erste in Sicherheit, das verspreche ich dir. Hörst du, Ambre? Ich verspreche es! Und ich verspreche dir außerdem, dass dein Vater nie wieder jemandem wehtun wird. Darum kümmere ich mich höchstpersönlich. Du hast mein Ehrenwort. Einverstanden?«

Perez wertete ihre Sprachlosigkeit als Zustimmung. Sie stand auf und räumte die Teller zusammen.

»Sie ist schlimmer dran, als ich gedacht habe«, flüsterte Pereira ihm im Vorbeigehen zu. »Aber du kannst dich auf mich verlassen. Es wird für sie gesorgt werden. Sie werden medizinisch und psychologisch bestens betreut werden. Und niemand wird sie finden. Es war gut, dass du mich angerufen hast.«

Es dauerte kaum länger als eine Viertelstunde, bis das Notwendigste in zwei Koffern verstaut war und die Kleinfamilie dicht zusammengedrängt in Pereiras Wagen saß.

Während Stéphanie und Marianne sich im Arm hielten und dem sich schnell entfernenden Auto nachsahen, griff Perez zum Telefon.

»Schon wieder ich«, sagte er, nachdem Kommissar Boucher sich gemeldet hatte. »Es ging nun doch alles schneller als gedacht. Wir brauchen Sie hier oben, außerdem einen Notarzt und vielleicht sogar einen Rettungshubschrauber.«

Er hörte Boucher am anderen Ende der Leitung stöhnen, diktierte ihm trotzdem die Adresse und lieferte dem Ortsunkundigen eine Anfahrtsbeschreibung.

»Und vielleicht«, sagte er noch, »bringen Sie sogar einen Fotografen mit, der könnte doch rein zufällig in der Nähe gewesen sein. Ein Wanderer, ein Winzer, ein Passant – da fällt Ihnen schon etwas ein. Der könnte dann nämlich ein paar Fotos machen, die dokumentieren, wie Kommissar Jean-Claude Boucher einen mit internationalem Haftbefehl gesuchten Verbrecher abführt. Obwohl ... ›abfährt‹ sollte es wohl eher heißen, denn weder Serge noch Marie-Ange Granado sind in der Lage, irgendwohin zu laufen. Serge Granado ist besser bekannt als Robert Mullen, alias Père. Der Sektenführer und seine Frau liegen schwer verletzt im Keller dieses Hauses. Deshalb brauchen wir schnellstens Ärzte und Sanitäter, die die beiden aus dem Verlies, einem drei Meter tiefen Bodenloch, herausholen und versorgen.«

»Sie wollen sagen ...«, hauchte Boucher.

»Sie haben ganz richtig gehört. Kommen wir zu der Bedingung. Denn dieser Triumph – und ein solcher wird es für Sie werden – hat wie alles im Leben einen Preis.«

»Was?«, bellte Boucher.

»Der Name Ambre Granado fällt in diesem Zusammenhang nicht. Die Akte der jungen Frau, die ich vor mehr als einer Woche völlig dehydriert in den Bergen gefunden habe, verschwindet wieder in der Versenkung. Zurück auf den Haufen ungelöster Fälle auf Ihrer Wache. Den Leuten in Banyuls werden wir erzählen, dass die junge Frau aus ihrer Lethargie erwacht und zu Mann und Kindern zurückgekehrt sei. Keine Fragen, keine Widerrede! ... Was?« Perez lächelte bei Bouchers Antwort. Manchmal war er doch ein ganz guter Typ, dieser seltsame Elsässer. »Sie kennen keine Frau namens Ambre Granado? ... Tant mieux, Monsieur le Commissaire! Umso besser! Und noch eine Kleinigkeit, Boucher. Ich hätte gerne das Videoband zurück, oder zumindest eine anständige Kopie ... Nun, meine Leute werden das Band ins Internet stellen. Die Welt soll sehen und hören, zu welchen Verbrechen diese selbst ernannten Propheten in der Lage sind ... Zu hart? Das ist es zweifellos. Es ist hart, widerlich und zutiefst verstörend. Trotzdem will ich es tun. Nennen Sie es Schocktherapie. Vielleicht braucht es so etwas, um die wachzurütteln, die gerne wegschauen. Es ist ein erschütterndes Dokument menschlicher Niedertracht. Keine Naturkatastrophe, nicht das Werk wilder Tiere, sondern von Menschen. Die Mullens waren nicht die Ersten und ich fürchte, sie werden nicht die Letzten sein. … Alles klar so weit? … Prima. Dann sage ich Ihnen jetzt, wo im Haus Sie suchen müssen. Sie werden Ihren Leuten und denen in Perpignan schon eine schöne Geschichte auftischen, da vertraue ich ganz auf Ihre Kreativität. Wir verschwinden und waren nie hier. Ich zum Beispiel habe heute lange geschlafen, wie immer. Bin gerade erwacht und sitze gleich mit einem Milchkaffee im *Catalan*. Und zwei, drei Croissants, bien sûr. Kommissar, immer wieder schön, mit Ihnen Geschäfte zu machen.«

KAPITEL 16

Kurz vor Mitternacht standen Marianne und Perez im knietiefen Wasser und sahen hinüber zur Plattform, die einige Meter entfernt vom Ufer in den Wellen schaukelte. Dort saßen Stéphanie und ihr Freund Jérôme, den alle Welt nur Jerry rief, in ein ernsthaftes Gespräch vertieft.

»Waren wir auch mal so?«, fragte Perez.

»Woher soll ich wissen, wie du warst, mon amour. Ich bin im Schwarzwald aufgewachsen, da war es ganz sicher nicht so.«

»Meinst du, sie kommt darüber hinweg?«

»Schwer zu sagen. Mal wirkt sie völlig abgeklärt und im nächsten Augenblick hat man das Gefühl, dieses zerbrechliche Menschlein vor der Welt schützen zu müssen.«

»Das ist das Alter. Sie ist noch nicht ganz erwachsen, aber auch schon lange kein Kind mehr. Aber das, was wir erlebt haben, würde jedem zusetzen, ganz gleich, wie sensibel er ist. Das steckt keiner so einfach weg.«

»Wir dürfen auch nicht vergessen, dass es gerade mal vier Tage her ist, alles braucht seine Zeit. Ich habe selbst noch immer Albträume. Und was ich in denen mit diesem Arschloch Mullen anstelle, darf man keinem erzählen.«

»Jerry tut ihr gut.«

»Das werden wir sehen. Jetzt, wo ich wieder ein bisschen mehr Zeit habe, werde ich dem jungen Mann mal auf den Zahn fühlen.«

»Einen Scheiß wirst du tun, klar?«

»Und wer will mich daran hindern?«

Er warf ihr einen herausfordernden Blick zu, dem sie mit Leichtigkeit standhielt.

»Ich!«

Sie lachten beide.

»Hast du was von Alain gehört?«

»Wir telefonieren täglich. Wollen wir uns auf die Steine setzen? Das Wasser ist etwas kühl.«

Marianne prustete los. »Das Meer hat mindestens sechsundzwanzig Grad, hier vorne am Ufer wahrscheinlich sogar dreißig. Ihr seid solche Weicheier, ihr Banyulencs. Unfassbar.«

»Was denn, nur weil ihr in Eiswasser badet? Stählerne Körper, stählerner Geist, ja, ihr Deutschen seid wirklich ein ganz besonders hartes Volk.«

»Lass es nicht an mir aus, Perez. Na schön, raus hier, bevor du festfrierst.«

Er atmete erleichtert auf, als sie sich in den Sand fallen ließen. Ein sanftes, warmes Windchen streichelte ihm die Haut.

»Das ist doch herrlich.«

»Ist es. Also, wie geht es Ambre und den Kindern?«

»Den Umständen entsprechend, würde ich sagen. Alain hat ähnliche Schwierigkeiten, wie wir sie hatten. Mal ist Ambre zugänglich und redet sogar mit ihm, mal total verschlossen und abweisend. Aggressiv auch. Den Kindern geht es gut. Sie haben Spaß am Meer.«

»Meinst du eigentlich, dass sie auch ...?«

»Dieu! Hoffentlich nicht. Alain hat gestern mit einem Kindertherapeuten gesprochen. Er kommt ab sofort jeden Tag. Außerdem haben sie eine Haushälterin gefunden, die selbst drei Kinder hat. Das ist alles schon sehr gut.«

»Wie werden wir das bezahlen?«

»Mach dir darüber keine Sorgen. Das Haus kostet uns keinen Euro. Eine alte Schuld, könnte man sagen. Und die Therapeuten sind Freunde von Alain. Als er ihnen vom Schicksal der Familie erzählt hat, waren sie sofort bereit zu helfen. Pro bono. Was dann noch übrig bleibt, bezahle ich. Am Geld soll es nicht scheitern. Hauptsache, die Familie ist irgendwann wieder in der Lage, ein einigermaßen normales Leben zu führen. Aber es wird dauern.«

»Gibt es denn neue Erkenntnisse? Mir gehen so viele Fragen durch den Kopf. Sicher hast du doch längst deine eigene Theorie ...«

»Nein, die Faktenlage ist dünn.«

»Versuch's trotzdem mal, wir sind doch unter uns.«

»Na schön. Ambre kehrte zu der Sekte zurück, nachdem sie lange Zeit als einziges Kind bei den Eltern gelebt hatte. Dort traf sie ihre Schwestern wieder und bekam Kinder, vielleicht von Speedy oder von unterschiedlichen Männern. Speedys Frau Tabitha ist übrigens gestern verhaftet worden.«

»Aha, hat die Razzia endlich stattgefunden?« Perez nickte. »Und?«

»Großes Tamtam. Die aus Perpignan versuchen, Boucher aus dem Fall rauszuhalten, was der sich nicht gefallen lässt. Immerhin war er auf den Titelseiten und präsentierte sich als Held der Geschichte. Der Gute ist vollkommen durch den Wind. Ich schwöre es dir, er redet noch wirrer als sonst. Also keine Ahnung, was bei den Verhören rausgekommen ist. Das wird die Beamten noch monatelang beschäftigen. Und dann werden sie versuchen, die Sekte zu verbieten, das hoffe ich jedenfalls. Ein langer Marsch durch die Instanzen. Wenn wir Glück haben, lösen sich die *Disciples de Dieu* von selbst auf, jetzt, wo Mullen im Knast sitzt. Sein Prozess wird Wellen schlagen, so viel steht fest.«

»Na schön, und die drei Schwestern?«

»Irgendwann wollten sie weg, aber sie wollten nicht einfach bloß verschwinden, sie wollten sich rächen. Jede benannte ihren schlimmsten Feind in der Sekte. Jean Mullen oder Jeanne Fillion wollte Speedy richten. Thérèse Berger nahm es mit Pater Johannes auf und Ambre plante den Königsmord.«

»Du meinst, sie wollte ihre Eltern tatsächlich töten?«

»Jackpot-Frage. Meiner Meinung nach ist sie zu einer solchen Tat nicht fähig. Und da sie nicht wusste, was sie sonst tun sollte, warf sie die Alten vorerst in dieses Loch.«

»Eine Mörderin, nein, das glaube ich auch nicht.«

»In der Sekte ist das alles natürlich nicht unbemerkt geblieben. Als die drei Schwestern spurlos verschwanden, mussten sie davon ausgehen, dass Ungemach drohte. Also haben sie ihren Racheengel ausgesandt: Tabitha.«

»Ein Engel mit Verspätung.«

»Kann man so sagen.«

»Sie hätte Ambre zuvorkommen können.«

»Wahrscheinlich wusste sie nicht, wo Mullens Unterschlupf war. Es spricht einiges dafür, dass allein Speedy Kontakt zu ihnen hatte, und der war nun tot und konnte sein Geheimnis nicht mehr preisgeben.«

»Und die Kinder? Der Canigou?«

»Ich nehme mal an, dass Ambre und ihr Bruder den Plan gemeinsam geschmiedet haben. Er blieb zunächst bei den Kindern in Orlu. So hatten die Schwestern immer noch eine Vertrauensperson vor Ort und wussten, was dort geplant wurde. Von ihm erfuhr Ambre vermutlich, dass die Kinder ausgewählt worden waren, die Gruppe auf den Canigou zu begleiten. Vielleicht warf sie die Mullens daraufhin ins Loch, um Zeit zu gewinnen, Zeit, die sie brauchte, um die Kinder zu befreien.«

»Aber der Anrufbeantworter ...«

»Ambre muss sie gezwungen haben, ihn zu besprechen.«

»Meinst du, sie hatte eine Waffe? Kommt mir gerade so in den Sinn.«

»Dieu! Die Frage habe ich mir noch gar nicht gestellt ... Wahrscheinlich schon. Wie sonst sollte das zierliche Persönchen zwei Erwachsene dazu bewegen, in ein drei Meter tiefes Erdloch zu klettern. Entweder sie oder ihr Bruder.«

»Der Anrufbeantworter könnte auch schon vorher mit dieser Ansage besprochen worden sein, als Teil von Mullens Verwirrspiel.«

»Auch möglich. Sie ist dann jedenfalls sofort losgestürmt, in Richtung Canigou.«

»Du glaubst immer noch, sie hat geplant, die Kinder dort zu entführen?«

»Ja, aber der Zeitpunkt hat sie wohl überrascht. Sonst wäre sie nicht so Hals über Kopf und völlig unzureichend ausgestattet aufgebrochen. In den Bergen ist sie dann zusammengeklappt. In jedem Fall war dieser Teil der Geschichte reiner Zufall. Unmöglich, das zu planen.«

Marianne nickte zustimmend.

»Mit Sicherheit hat sie, als sie gehört hat, dass Steph und ich auf den Gipfel steigen wollen, darauf gesonnen, uns zu begleiten. Dass wir auch auf die Idee kamen, sie mitzunehmen, war der nächste Zufall. Hätten wir das nicht getan, wäre sie wahrscheinlich ausgebüxt. Mit uns war es natürlich viel einfacher. So konnte sie den Plan, den sie mit ihrem Bruder geschmiedet hatte, doch noch ausführen. Wahrscheinlich hat der Junge das Auto unten auf dem Parkplatz deponiert, als sie in die Berge aufgebrochen ist. Wie sie nach dem Krankenhausaufenthalt wieder mit ihm in Kontakt getreten ist, bleibt eine weitere offene Frage.«

»Also eine Mischung aus Planung und Zufall.«

»Ich kann nichts davon beweisen. Trotzdem würde ich ein gewisses Sümmchen auf die Richtigkeit meiner Thesen setzen.«

Sie schwiegen eine ganze Weile und verfolgten das nächtliche Strandleben. Andere Jugendliche hatten sich zu Stéphanie und Jérôme gesellt. Fröhliche Schreie schallten übers Wasser zu ihnen herüber, die Stimmung war unbeschwert.

»Denkst du, Stéphanie hat ihre Ansichten aufgrund der Ereignisse geändert?«, fragte Perez.

»Ihre Ansichten zur Religion meinst du? Schwer zu sagen. Das Mädchen ist sehr reflektiert.«

»Deutsche.«

»Finken.«

»Sag ich ja.«

»Ich glaube, sie kann sehr gut differenzieren zwischen dieser kriminellen Vereinigung und der Institution Kirche.«

»Am Ende ist es die Religion, die die Menschen verrückt macht.«

»Irgendwas ist es immer. Es gibt viele Gründe, warum Leute in Sekten landen oder zu Fundamentalisten werden. Obwohl mir augenblicklich die Lust fehlt, mich mit diesen Gründen zu beschäftigen. Ich möchte sie auch nicht aus ihrer Verantwortung entlassen. Leider tragen Menschen Böses in sich.«

»Man kann an der Spezies zweifeln – ganz bestimmt.«

»Na, ihr beiden, worüber sprecht ihr?«

Stéphanie kam auf sie zugelaufen. Jérôme hielt sich im Hintergrund.

»Dies und das«, sagte Perez und strahlte sie an.

»Wir haben gerade darüber nachgedacht, ob die zurückliegenden Ereignisse deine Haltung zur Religion verändert haben«, sagte Marianne.

Perez stöhnte leise. Diese Finkens waren keine Banyulencs. Er entnahm der Kühlbox neben sich eine Flasche Weißwein, goss sich das Glas voll und trank einen Schluck.

»Hat es!«, sagte Stéphanie und strich sich die nassen Haare hinter die Ohren.

»Ach ja? Ich bin gespannt. Wollen wir morgen darüber reden?«

»Ja, können wir machen. Apropos, kannst du ausnahmsweise mal bei Perez schlafen?«

Zwei Köpfe schossen in die Höhe, zwei Münder klappten auf. Perez nahm vorsichtshalber schnell noch einen Schluck, den er bei den folgenden Worten seiner Ziehtochter ausprustete.

»Jérôme und ich haben uns gerade eben dazu entschlossen, die Nacht zusammen zu verbringen ...«

Gestatten: Perez – Lebemann, Kleinganove, Hobbyermittler

Machen Sie Urlaub an der Côte d'Azur mit Kommissar Duval

Leseproben und mehr unter www.kiwi-verlag.de KiWi